LES MASQUES DE WIELSTADT

DU MÊME AUTEUR
CHEZ POCKET

LES OMBRES DE WIELSTADT

COLLECTION SCIENCE-FICTION
dirigée par Bénédicte Lombardo

PIERRE PEVEL

LES MASQUES DE WIELSTADT

FLEUVE NOIR

Cet ouvrage a été initialement publié au Fleuve Noir
sous la direction de Patrice Duvic

ISBN : 2-266-14306-9

PROLOGUE

Jambes ballantes, chevilles croisées, une fée-demoiselle est assise sur un rebord de fenêtre, au faîte d'une vieille tour oubliée. Elle pourrait admirer Wielstadt qui, presque tout entière depuis cette hauteur, s'offre au regard dans les pourpres et les ors incandescents d'un crépuscule d'été. Mais elle voit à peine l'immense cité que le couchant incendie. Elle est rêveuse, mélancolique, triste peut-être.

Elle se nomme Chandelle, cette petite fée. Légère et gracieuse, elle mesure une douzaine de centimètres – pas même cinq pouces, donc. Elle a replié ses ailes de libellule. Sa chevelure acajou remontée en un fouillis de chignon, elle se tient le dos bien droit, la nuque fière, comme ces ballerines n'oubliant jamais les rudiments d'une pose élégante. Une lueur, générée par elle, la nimbe. La silhouette de son corps nu s'y dessine, un corps menu qui semble n'être qu'un peu de lumière façonnée. Il est pourtant bien réel, bien tangible. Et sensible. Pour preuve, Chandelle a pris soin de poser son charmant derrière sur un carré de mousse.

Abandonnée au lierre et aux nids d'oiseaux, la tour se dresse sur l'une des cinq collines de Wielstadt. Elle constitue de la sorte un poste d'observation idéal dominant la métropole et le Rhin qui la traverse. C'est rive droite que Wielstadt est la plus vaste. Mais son cœur historique est ailleurs, isolé par les deux bras que fait le fleuve à mi-parcours dans la cité – là se trouvent la ville-vieille et son port. Puis le Rhin divisé quitte la cité pour rejoindre au nord la *Rhein See*[1] toute proche. Inondé par les eaux de la *Mare Germanicum*[2], ce long bras de mer ne devrait pas être. Il est né, en des temps ancestraux, d'un cataclysme qui engloutit la vallée rhénane inférieure et repoussa loin à l'intérieur des terres l'estuaire du fleuve amputé. La carte de l'Europe en fut à jamais bouleversée, de même que son histoire alors en devenir. Ainsi prospéra Wielstadt, monstre urbain impossible, désormais à la croisée de tous les chemins et destins d'un Saint Empire romain germanique en guerre depuis cinq ans.

Pour Chandelle, Wielstadt n'est qu'un immense décor peuplé de géants bruyants et pataudes. En quelques années de discrètes explorations, la ville lui est devenue familière. Elle en connaît les rues, les bâtisses, les recoins et les détours comme un chat de gouttière connaît son territoire. Mais bien des choses lui échappent encore et lui échapperont toujours. Rusée, intuitive et volontiers bornée, Chandelle n'est cependant pas armée pour comprendre le monde. Elle vit l'instant, sans rien percevoir du tragique ni du grotesque de la comédie humaine qui se joue autour d'elle. Des émotions la traversent néanmoins. Tel ce chagrin qui lui serre le cœur depuis le départ de l'homme étrange et

1. Mer du Rhin (all.).
2. Mer du Nord (lat.).

secret auquel – contre toute attente – elle s'est attachée trois ans plus tôt.

Du bruit tire soudain Chandelle de sa rêverie.

Plus intriguée qu'inquiète, elle se lève et gagne à pas de loup le rebord intérieur de la fenêtre. Elle tend le cou, se penche un peu, pointe un nez prudent au-dessus du puits que fait la tour vue d'en haut. Un puits plein de décombres et de verdure, de planchers éventrés, de poutres saillantes, d'escaliers incomplets. S'aidant des pieds et des mains, glissant souvent, soufflant beaucoup, un homme a entrepris d'escalader la ruine. La tâche est rude. Elle conviendrait mieux à un acrobate qu'à ce colosse aussi lent que malhabile, dont la force est le seul atout. N'empêche, il progresse. La tour s'effondrera avant qu'il renonce.

Des hauteurs, Chandelle profite du spectacle. Elle s'est allongée à plat ventre, les coudes contre la pierre et le menton dans les mains. Elle admire, s'amuse énormément. A l'évidence, l'idée que l'autre pourrait tomber et se rompre le cou ne traverse pas sa petite tête. L'homme n'est d'ailleurs pas un inconnu. Il se nomme Feodor, occupe l'emploi de valct d'auberge. Gros, grand et fort comme quatre, c'est surtout une âme simple, un innocent plein de bonté. Naguère, il se prit d'affection pour Chandelle et voulut l'adopter. Elle ne l'entendit pas de cette oreille, n'eut aucun mal à tromper sa vigilance, s'échappa bientôt. Ne connaissant pas la rancune, Feodor se consola et, depuis, profite de la moindre occasion pour retrouver sa protégée. Cela fait quelques semaines que leur rendez-vous au sommet de la tour est quotidien. Chandelle l'a parfois oublié mais jamais Feodor...

A l'approche de l'énorme benêt, Chandelle décolle et, flottant dans l'air, attend que Feodor hisse à sa hauteur une tête poupine et souriante, aussi glabre que chauve.

« Bonjour ! Feodor est bien content de te retrouver avec moi ici. »

La petite fée va alors poser un baiser sur la grosse joue de Feodor, non sans le faire rougir un peu. Si elle ne lui a pas répondu, c'est qu'elle en est incapable. Mais pour être muette, Chandelle n'en comprend pas moins ce qu'on lui dit. C'est d'ailleurs le sens général des phrases, l'intention du propos qu'elle saisit, plutôt que les mots. Elle doit cependant faire un effort de concentration particulier avec Feodor, car celui-ci agrémente d'un fort accent polonais un étrange sabir qui lui est propre.

« Tu fais la petite place pour Feodor ? »

En fait de petite place, Chandelle doit s'écarter largement : assis les pieds dans le vide, Feodor occupe tout l'espace de la fenêtre. Dès qu'il est installé, la fée-demoiselle se pose sur son épaule, un bras passé derrière l'immense oreille et la tête appuyée contre le lobe.

« Tout est bien », dit Feodor.

Silencieux, ils restent un long moment à contempler Wielstadt. Devant eux, la ville est comme un gigantesque vitrail couché : les toits de tuile, les toits d'ardoise, les cours et les jardins innombrables sont autant de pièces colorées serties dans l'entrelacs sombre des rues. Puis Feodor s'exclame, en désignant le ciel :

« Regarde, Chandelle ! Regarde ! »

Il vient de voir le gigantesque dragon qui, haut dans les nuées empourprées, plane au gré de courants que lui seul devine. Il est presque immobile. Le cou tendu, la tête prolongeant l'axe de son corps, c'est à peine s'il penche la tête pour amorcer l'une ou l'autre des larges et lentes courbes qui, jamais, ne l'éloignent de Wielstadt.

A moins d'être Feodor, il faut être un étranger pour s'émerveiller à ce spectacle. Les authentiques *Wielstadter*, eux, ne remarquent pas le dernier des grands dragons d'Occident qui, depuis toujours, veille sur leur ville comme sur un trésor. Son absence, au contraire, les intriguerait avant de les inquiéter. Car c'est à ce puissant protecteur que la cité doit d'avoir, aussi loin qu'on s'en souvienne, été épargnée par les guerres. Nul n'a jamais pris Wielstadt par la force. Nul, même, ne peut se vanter de l'avoir assiégée plus de quelques heures. A chaque fois, le dragon a surgi pour cracher un feu destructeur sur l'ennemi, dévaster ses positions, décimer ses troupes. De fait, on ne peut pas plus dissocier Wielstadt de son dragon que du Rhin. L'une ne va pas sans l'autre, de toute éternité. Et si l'on ignore pourquoi, on ne s'en étonne pas.

Tout joyeux, frétillant presque, Feodor s'aperçoit que Chandelle n'est plus sur son épaule, mais debout sur son genou. Il voudrait partager sa gaieté avec elle. La petite fée, cependant, regarde ailleurs, regarde nulle part. Le colosse, désolé, soupire et lâche :

« Tu attends inquiète que le chevalier Kantz est revenu parmi nous, vrai ? »

Chandelle, avec une moue attristée, hausse timidement les épaules.

« Il est bientôt revenu de la guerre. C'est sûr. »

Chandelle lève alors les yeux vers le dragon qui oblique soudain vers l'est.

Vers la nuit.

1

Depuis le sommet d'une colline herbeuse, quelque part dans un coin perdu de campagne allemande, les deux hommes à plat ventre observaient les ruines d'une abbaye où, cinq cents mètres plus loin, brûlaient les feux d'un campement. On n'en voyait guère plus à la lueur des étoiles et d'un pâle croissant de lune. La nuit était sans nuages, silencieuse, encore tiède une heure avant l'aube.

« Ce sont eux.

— Sans doute, oui. »

Ils avaient chuchoté, et une même prudence faisait qu'ils hésitaient à trop lever la tête. Cela ne les empêcha pas, cependant, de repérer des silhouettes allongées et d'autres passant devant les feux.

« Des sentinelles.

— Quatre, peut-être cinq.

— C'est beaucoup.

— Point tant, puisqu'ils sont une trentaine. Du moins à ce qu'il semble…

— Et nous ne sommes que vingt », conclut le frère maréchal Markus.

Ce disant, il jeta un regard en arrière, vers les mousquetaires qu'il commandait et qui attendaient à couvert. Tous étaient des templiers comme lui. Pour autant, ils ne portaient pas la casaque blanche à croix écarlate qui les désignait d'ordinaire. Sans pourpoint ni chapeau, le visage et la chemise noircis à la suie, ils étaient équipés aussi légèrement que possible : une rapière, une dague pour l'ultime corps à corps, et un pistolet qui, tenu par le canon, serait toujours bon à fracasser des crânes une fois déchargé.

Soucieux, le frère Markus se tourna vers celui qui, immobile, scrutait les ténèbres lointaines à ses côtés.

« L'occasion est trop belle, dit-il. Nous ne pouvons attendre que des renforts nous arrivent.

— Je pense comme vous, frère Markus », fit l'autre.

Celui-là n'appartenait pas au Temple. Tout vêtu de noir, les cheveux aux épaules et les tempes grisonnantes, il n'arborait pas la tonsure des frères. Il avait posé près de lui sa rapière au fourreau, ainsi qu'un feutre dont le large bord était relevé à droite par une broche d'argent. A son oreille pendait une perle baroque, larme de nacre grise qui accrochait étrangement les lueurs nocturnes. Grand et mince, presque maigre, il avait à la quarantaine l'allure grave et menaçante d'un inquisiteur en armes. On disait d'ailleurs qu'il avait été prêtre avant de se faire connaître à Wielstadt.

« Alors, chevalier ? lâcha le frère Markus.

— Alors nous attaquons. Si vous en êtes d'accord. »

Emportant son chapeau et sa rapière, le chevalier Kantz rampa à reculons jusqu'à ne plus pouvoir être vu depuis l'abbaye. Là, il se redressa et enfila un lourd gantelet de buffle à sa main droite, celle qui tiendrait l'épée – un gant de cuir très fin habillait déjà la gauche. Il accrocha son fourreau au baudrier qui lui barrait la poitrine, s'assura que la lame glissait bien dans sa gaine huilée, s'entraîna à saisir, en aveugle, le poignard qui lui battait les reins. Enfin, il vérifia que son pistolet à rouet était correctement chargé et remonté[1].

Pendant ce temps, le frère rejoignit ses hommes en catimini et donna d'ultimes consignes.

« Nous donnerons l'assaut à mon signal », conclut-il.

Les templiers acquiescèrent. Ils l'avaient écouté respectueusement mais sans se départir d'une froide réserve, comme pour indiquer que s'ils obéissaient, c'était à leur corps défendant.

« Qu'y a-t-il ? » demanda le frère maréchal.

Les frères échangèrent des regards hésitants. Enfin, l'un d'eux avança et dit :

« Mon frère, ce n'est le moment ni le lieu de disputer et nous agirons selon vos ordres. Cependant certains, dont je suis, s'inquiètent de vous savoir suivre les avis du chevalier Kantz. On le dit sorcier.

— Il ne l'est pas.

— Il est connaisseur de la Kabbale et familier des arts obscurs.

— Cela est vrai.

— Il sait de puissants maléfices.

— Je ne le crois pas.

— Il a commerce avec les démons !

— Oui, pour les détruire. Comme un louvetier

1. Les armes « à rouet » devaient leur nom à leur système de mise à feu. Celui-ci était essentiellement composé d'une petite roue striée (le rouet) et d'un chien mobile mordant une pyrite de fer. Le rouet était mû sur son axe par un ressort que l'on remontait avec une clef. L'action du doigt sur la détente libérait le ressort qui faisait tourner le rouet. Si le chien était baissé, le rouet frottait contre la pyrite et provoquait des étincelles qui enflammaient la poudre d'amorce (ou pulvérin). La flamme se transmettait à la poudre noire dans le canon et le coup partait.

connaît les mœurs des loups qu'il chasse. » L'autre voulut ajouter quelque chose mais le frère Markus le fit taire en levant l'index. « Mes frères, promit-il, ce sujet sera bientôt débattu. Pour l'heure, si vous ne vous fiez pas au chevalier, fiez-vous à moi. »

Tandis que les templiers se déployaient pour cerner l'abbaye, le frère maréchal rejoignit Kantz et lui dit :

« D'abord les sentinelles. Si Dieu le veut, nous surprendrons les autres dans leur sommeil et ferons plus de prisonniers que de morts ou de blessés. Et à moindre mal pour nous. »

Kantz ne répondit pas.

Absorbé par sa tâche, il venait de resserrer d'un cran son ceinturon et poursuivait l'inspection de sa mise. Le rabat dressé de ses bottes de monte pouvait le gêner : il trouva plus prudent de le coucher.

Le templier, cependant, restait à attendre.

« Oui ? fit Kantz en levant le nez.

— Pensez-vous qu'il est parmi eux ? »

Le chevalier haussa les épaules.

« Je ne sais s'il faut le craindre ou l'espérer...

— Et comment le reconnaîtrons-nous ?

— Croyez-m'en, répondit Kantz avec un sourire sans joie. Je saurai le démasquer bien assez tôt. »

Tout en massant du pouce la paume de sa main gauche, il se tourna vers un point qu'il ne pouvait voir, là-bas, au-delà de la colline.

Le calme régnait dans les vestiges de l'abbaye.

Le silence n'était troublé que par les crépitements des feux de camp et, à l'occasion, par l'un ou l'autre de ces bruits que produit la campagne à la nuit : la course d'un rongeur dans la broussaille, le ululement d'une chouette, le chant d'un insecte. Il y avait aussi, quand on approchait, les ronflements et soupirs des mercenaires endormis. Ils étaient étendus çà et là, tout habillés, leurs armes à portée de main et le chapeau sur les yeux. Afin de profiter du peu de fraîcheur nocturne que dispensait un été caniculaire, la plupart s'étaient installés à l'écart des foyers entretenus à la seule intention des sentinelles. Certains avaient même trouvé refuge plus loin encore, dans les ruines alentour.

Elsing, lui, faisait son possible pour résister au sommeil.

La veille au soir, le sort l'avait désigné pour assurer avec trois autres le dernier tour de garde. Les paupières lourdes, il errait parmi les bâtisses dont ne subsistaient que des grands murs cernant le vide, des escaliers montant vers des étages disparus et des toitures effondrées, des arches perçant des façades orphelines, des fenêtres hautes où nichaient les oiseaux. C'était le hasard qui avait mis l'abbaye sur le chemin des mercenaires. Une aubaine. Car ils la découvrirent une heure avant le crépuscule et leur capitaine décida néanmoins d'y faire halte aussitôt, alors qu'ils chevauchaient jusqu'à la nuit noire depuis plus d'une semaine. Ils se trouvaient désormais dans le comté de Mark, une ou deux journées à l'est de Wielstadt. Il ne restait guère que le duché de Berg à traverser, et quand bien même feraient-ils un léger détour pour ne pas fouler les terres de l'évêché de Münster, ils touchaient, enfin, au but.

Au hasard de sa ronde, Elsing aperçut une sentinelle à qui il adressa un signe de tête amical. Comme lui, l'autre était épuisé et attendait l'aube avec impatience : peut-être pourraient-ils alors voler quelques instants de repos avant le départ. Puis il faudrait remonter en selle et ne presque pas s'arrêter de la journée, par des routes poussiéreuses ou à travers champs, sous un soleil implacable, jusqu'au soir, sans répit.

Les mercenaires arrivaient tout droit de Nordheim.

Ils y avaient suivi l'armée de Christian de Brunswick, l'un des quelques irréductibles à n'avoir pas désarmé après l'échec de la révolution de Bohême [1]. Frère cadet du duc de Brunswick-Wolfenbüttel, il n'avait pas 25 ans et dirigeait déjà sa troisième campagne contre l'empereur Ferdinand et les catholiques allemands. Ainsi avait-il, dès l'hiver, quitté les Provinces-Unies à la tête de régiments levés grâce aux subsides hollandais, dévasté l'évêché d'Osnabrück et remonté la Weser jusqu'à Rinteln. Puis, toujours plus loin vers l'ouest, il gagna Gröningen avant d'établir son quartier général à Nordheim, au cœur du Saint Empire. Malgré ces succès apparents, Christian n'était ni bon politique ni habile stratège. Sa famille et nombre de princes protestants rechignaient à le soutenir pour ne pas encourir le courroux impérial, tandis qu'il avait fait montre par le passé d'un plus grand talent pour piller des provinces et rançonner des villes que pour emporter des batailles. En cette année 1623, son intention était de remonter le cours de l'Elbe jusqu'à la Bohême et de la soulever tout en faisant alliance contre l'Empereur avec la Transylvanie, Etat vassal de l'Empire ottoman. Le projet était ambitieux, fou sans doute. D'ailleurs, afin de rejoindre la Bohême, Christian devait traverser la Saxe, ce qu'il ne pouvait risquer de faire sans l'autorisation du puissant duc saxon…

Pour Elsing et ses compagnons, l'aventure bruns-

1. Commencée en 1618, la révolution de Bohême vit la plupart des princes protestants allemands prendre les armes et guerroyer contre l'empereur Ferdinand II. Elle prit fin à la bataille de la Montagne Blanche, le 8 novembre 1620, avec la victoire des catholiques et des impériaux. Venait de se jouer le premier acte d'un conflit appelé à déchirer le Saint Empire jusqu'en 1648 : la guerre de Trente Ans.

wickoise s'était arrêtée là, c'est-à-dire à Nordheim où, début juillet, ils cantonnaient encore avec une armée forte de quelques 21 000 soldats. Un soir, leur capitaine avait annoncé qu'il venait d'accepter une mission de confiance. Il s'agissait d'escorter jusqu'à Wielstadt un certain Maximilian Osiander, qui lui avait été présenté comme l'un des proches conseillers de Christian de Brunswick. En fait, le capitaine ignorait alors tout de cet Osiander. Il savait en revanche qu'il faudrait faire vite, très vite, et que le salaire serait à la mesure de l'effort. Les deux premiers jours de voyage s'avéreraient les plus dangereux, quand il s'agirait de traverser les régions contrôlées par les régiments bavarois de l'Empereur. Ensuite, le chemin serait libre. « Et peut-être même plaisant ! » avait ajouté le capitaine.

Plaisant ! songea Elsing en frissonnant de fatigue. *La bonne farce ! Que pouvait-il y avoir de plaisant à chevaucher grand train du matin à la nuit, sans vraiment ménager les montures et certes pas les cavaliers ? Et cela pour une peste d'homme qui vous regarde comme... Comme...*

Mais Elsing était trop harassé pour trouver ses mots, même en pensée.

Résigné, il interrompit sa marche, posa son mousquet crosse contre terre et, les deux mains agrippées au canon, s'y appuya de tout son poids. Il balaya d'un long regard le relief inégal des ruines alentour, s'aperçut qu'il s'était un peu trop éloigné des feux. Surtout, il approchait des vestiges du cloître où, la veille au soir, le fameux Osiander s'était isolé pour la nuit.

L'homme s'était attiré l'inimitié de son escorte dès le début du voyage. Affichant un mépris hautain, il ne cherchait la compagnie de personne et n'adressait la parole aux mercenaires que pour les envoyer chercher le capitaine, le seul à qui il daignait glisser quelques mots de loin en loin. Cette morgue était déjà assez détestable, mais elle aurait sans doute été mieux admise, car mieux comprise, venant de l'un de ces grands gentilshommes pour qui l'essentiel de l'humanité n'est que valetaille. Or Osiander était une brute. Doué d'un physique d'Hercule obèse, le cheveu gras et les joues toujours râpeuses, il buvait, mangeait, rotait, pétait et se grattait les puces comme le dernier des traîne-rapières. Il était en outre vêtu en reître : bottes fatiguées, culottes usées, vieux pourpoint ouvert sur une chemise crasseuse et chapeau informe ; à son côté pendait une épée qui semblait avoir beaucoup servi. En un mot, Osiander avait le profil idéal pour être admis, en égal, parmi les mercenaires. Alors d'où venait qu'il les regardait de si haut ? D'où venait cette fierté hautaine qui leur donnait à croire qu'ils étaient des poux dont il devait supporter la présence ?

Le troisième soir, au bivouac, un homme n'y tenant plus provoqua une querelle avec Osiander. C'était un Saxon maigre mais vif qui avait gagné l'estime de ses pairs par son courage, ses qualités d'escrimeur et le plaisir évident qu'il prenait à tuer. Bien sûr, le capitaine s'interposa. Mais Osiander déclara qu'il se battrait s'il obtenait l'assurance que nul n'interviendrait, quoiqu'il advienne. On promit et fit cercle autour des duellistes.

Ce fut à peine un combat.

Durant cinq bonnes minutes, Osiander excita son adversaire. Affectant une aisance théâtrale, il feinta beaucoup, ne prit jamais l'initiative d'un assaut, dévia toutes les attaques avec une économie de mouvements insultante. Vite épuisé, l'autre se laissa gagner par la rage et chargea dans un grand cri furieux. Osiander ne cilla pas, ne fit rien pour s'écarter. Au dernier moment, il saisit de la main gauche la lame qui s'abattait sur lui et interrompit l'élan du Saxon en lui pointant l'estoc contre la glotte.

Le mercenaire se figea, d'abord incrédule, puis effrayé. Les yeux dans les yeux, les escrimeurs restèrent longtemps immobiles. Le Saxon tremblait, transpirait à grosses gouttes, n'osait pas bouger sous peine d'être égorgé aussitôt. Dans le même temps, il tentait de dégager sa rapière du poing nu et ensanglanté d'Osiander ; elle jouait à peine, semblait prise dans un étau. « Pitié… » gémit-il. Osiander sourit, et seul le mercenaire vit l'éclat jaune qui brilla dans son regard quand, pivotant le poignet, il cassa net la lame d'acier. Puis le Saxon sentit un flot poisseux couler contre sa gorge : Osiander venait de lui percer la jugulaire…

Rebroussant chemin vers les feux de camp, Elsing frissonna encore, non de fatigue cette fois. Il était un soldat de fortune. Il avait vu bien des horreurs, auxquelles il participa souvent. Mais il savait que la mort du Saxon resterait longtemps gravée dans sa mémoire. Il savait également qu'il n'oublierait jamais Osiander. Si la violence et la cruauté devaient avoir un visage, c'était celui-là.

Soudain, Elsing entendit un bruit.

Il s'arrêta, serra son mousquet à rouet contre lui, le doigt sur la détente, et s'adossa au mur qu'il s'apprêtait à contourner. Il tendit l'oreille. Avait-il rêvé ? Non. Il y avait quelqu'un, quelqu'un qui venait de faire craquer une branche sous sa semelle. Elsing hésita à donner l'alerte. Après tout, ce n'était peut-être rien. Il devait vérifier et, si nécessaire, un coup de feu alarmerait ses camarades tout aussi efficacement qu'un appel aux armes.

Elsing prit une inspiration puis, tout en épaulant son mousquet, pivota pour mettre en joue le coin d'ombre où l'on avait bougé. Il balaya deux fois l'air de son canon avant de trouver sa cible…

… un mercenaire qui achevait de se soulager et trempa ses bottes en sursautant.

Elsing lâcha un soupir, baissa son arme. L'autre lui sourit, désolé, et s'en retourna bientôt.

Comme son cœur battait encore fort dans sa poitrine, Elsing estima qu'il avait mérité de faire une pause. Il avisa un muret contre lequel il s'assit et posa son mousquet. L'envie lui vint de priser un brin : nul doute que cela lui donnerait le coup de fouet dont il avait tant besoin. Il fouilla ses basques à la recherche de son tabac, ne le trouva pas, se souvint qu'il l'avait laissé avec ses maigres affaires, près de sa couverture. Pestant, Elsing se relevait quand on le saisit par l'arrière et l'égorgea d'un coup de dague.

Il mourut presque aussitôt mais, dans un mouvement convulsif des jambes, fit tomber son mousquet. Le choc déclencha le mécanisme de mise à feu et la détonation claqua dans le silence.

Kantz et le frère Markus étaient seuls au pied du mur d'enceinte lorsque le coup de feu retentit. Ils échangèrent un regard surpris, se hâtèrent aussitôt d'escalader la paroi. De l'autre côté, ils s'adressèrent un signe de tête confiant et se séparèrent pour pénétrer dans le dédale des ruines. Ils savaient que le reste des templiers en avait sans doute fait autant. Il importait désormais d'aller vite, de fondre sur un adversaire qui ne tarderait pas à prendre les armes et se déployer pour combattre.

Remontant à petites foulées un couloir obscur entre deux bâtisses, Kantz tomba soudain nez à nez avec une sentinelle désemparée. Il lui déchargea son pistolet en plein visage et dépassa sans s'arrêter l'homme qui s'effondrait lentement, la face ensanglantée et l'arrière du crâne emporté. Des cris, des détonations, des bruits de courses et de luttes résonnaient, impossibles à situer. Des chevaux hennissaient nerveusement.

A l'approche d'un bâtiment, Kantz hésita : il lui semblait avoir surpris un mouvement à l'intérieur. Il tenait sa rapière dans la main droite, son pistolet dans la gauche. Un pistolet déchargé, certes, mais qui pouvait encore servir de massue – la base de sa crosse était même renforcée de métal à cet effet. D'un mouvement sec du poignet, Kantz fit tournoyer l'arme pour la saisir par le canon. Alors, seulement, il tenta un coup d'œil dans l'édifice partiellement effondré. Il ne vit que des masses sombres indistinctes d'où saillaient des pièces de charpente. L'avait-on aperçu ? Entendu ? C'était presque certain. Néanmoins, si un ennemi était embusqué là, Kantz devait le déloger.

Il entra.

L'attaque vint de la gauche. Kantz fut saisi à bras-le-corps, presque soulevé du sol et violemment plaqué contre un mur. Le choc lui coupa le souffle ; un angle de pierre lui meurtrit les reins. Sa rapière était inutilisable contre un assaillant qui le ceinturait encore. Kantz tenta des coups de genou dont le dernier fit mouche à la seconde où la lame d'un poignard brillait dans le noir. Il réussit à se dégager, évita l'acier qui visait son ventre, frappa son adversaire à la tête avec son pistolet. Une fois, deux fois, trois fois, quatre fois peut-être. Jusqu'à entendre l'os craquer et sentir des gouttes chaudes lui gicler au visage.

Essoufflé, Kantz s'écarta du cadavre les bras ballants et lâcha le pistolet poisseux. Il tarda à recouvrer ses esprits. La rumeur confuse des combats parvenait difficilement à ses oreilles bourdonnantes. Il sortit du bâtiment, fit quelques pas au hasard, trouva dans un angle de murs un escalier qui montait vers la nuit. Il l'escalada. Il devait se repérer, voir où l'on se battait, surprendre d'éventuels fuyards. Plus que tout, il craignait que s'échappe celui que les templiers et lui étaient venus chercher.

En haut des marches, Kantz observa les alentours et aperçut le frère Markus qui, non loin de là, était aux prises avec deux spadassins : il était blessé, avait besoin d'aide. Redescendre et cheminer par les ruines serait trop long, trop hasardeux. Aussi Kantz n'hésita pas. Il prit un pas d'élan, franchit d'un saut trois mètres de vide, se reçut au sommet d'un mur épais qu'il remonta tout du long, bondit encore, se laissa tomber assis sur un vieux toit et glissa jusqu'au sol dans un fracas de tuiles.

Son arrivée surprit l'un des mercenaires qu'un méchant direct du gauche estourbit aussitôt. L'autre s'apprêtait déjà à achever le frère maréchal. Kantz s'élança, attrapa l'homme par le col et le catapulta en arrière avec une force décuplée. Accompagnant le mouvement, il pivota, brandit sa rapière…

… et se figea en reconnaissant celui qu'il allait clouer au sol.

« Vous ? »

De longues secondes s'écoulèrent, incrédules et silencieuses.

Et soudain le frère Markus hurla :

« CHEVALIER ! »

Kantz se détourna et manqua de peu d'être transpercé. C'était le second mercenaire qui revenait à la charge. Le chevalier rompit, dévia plusieurs coups d'épée avant de riposter et prendre du champ. Son adversaire était habile escrimeur ; pire, il avait l'expérience de la guerre et connaissait bien des ruses. Ils enchaînèrent les échanges furieux. Puis Kantz crut trouver une ouverture. Il attaqua, découvrit son flanc, reçut la botte de son adversaire dans les côtes. La respiration coupée, il grimaça et chancela. L'autre voulut exploiter l'avantage : il redoubla d'ardeur. Kantz ne put alors que se défendre, reculant, reculant encore, jusqu'à gravir en aveugle un éboulis instable. Le mercenaire sabra l'air sous Kantz qui bondit à pieds joints et répliqua d'un large moulinet. Le spadassin se cambra pour ne pas être égorgé. Déséquilibré, il fit quelques pas en arrière. Le chevalier en profita pour quitter son promontoire. Il reprit aussitôt l'assaut, tenta quelques feintes malhabiles. Le mercenaire donna dans le piège. Il se fendit trop, la jambe, le corps et le bras dans l'axe de sa rapière pointant comme une flèche. Kantz emmêla les gardes de leurs épées et, de tout son poids, porta un, deux crochets du gauche qui broyèrent lèvres et nez, assommèrent presque le mercenaire, lui firent mettre un genou à terre. Dégageant sa lame, le chevalier se releva et conclut par un grand coup de pied sous le menton. L'homme tomba à la renverse, les bras en croix, la mâchoire et la nuque brisées.

Sans reprendre son souffle, Kantz se précipita vers le frère Markus. Lequel avait au côté une blessure qui n'était pas trop mauvaise, une autre à la cuisse qui l'empêchait de marcher et le ferait seulement boiter quelque temps si la gangrène ne s'en mêlait pas. Mais pour être épuisé, le frère maréchal était conscient.

« L'avez-vous trouvé ? demanda-t-il.

— Point encore.

— Alors courez, chevalier ! Ne vous inquiétez pas de moi ! Courez ! »

Regardant de droite et de gauche, Kantz trouva un pistolet qu'il confia au frère Markus.

« Chargez-le, dit-il. Et ne tentez pas de bouger. Je ferai savoir où vous êtes. »

Le templier acquiesça et regarda le chevalier qui s'éloignait déjà.

A petites foulées, Kantz traversa les ruines et gagna celles du vieux cloître, où se concentraient les derniers combats. Une vingtaine de bretteurs, mercenaires et templiers, s'y affrontaient en une mêlée confuse. L'acier rencontrait l'acier, trouvait des chairs et tranchait l'os. Des corps se bousculaient. Les cris des guerriers se mêlaient aux râles des mourants. Certains avaient abandonné la rapière pour la dague. D'autres s'étaient empoignés, roulaient par terre et, rendus insanes par la rage de survivre, tentaient d'étrangler l'adversaire, de lui crever les yeux avec les pouces, de le mordre à la gorge jusqu'à faire couler le sang. Tous les coups étaient permis, et le secours d'un allié frappant par surprise garantissait souvent la victoire.

C'est là, dans ce chaos furieux, que Kantz le vit pour la première fois.

Plus grand que la normale, l'homme était aussi gras que musculeux. Il se battait avec une aisance indécente, hilare et débraillé, son torse luisant de sueur. On aurait pu le croire enivré et sans doute l'était-il, moins de vin que de violence cependant. Il éclatait d'un rire d'ogre à chaque fois qu'il blessait, mutilait, tuait. Il lui arriva même de précéder un coup de grâce de quelques pas de danse moqueurs.

Kantz ne s'y trompa pas et le colosse, à son tour, repéra le chevalier. Fut-il surpris ? Peut-être. Mais il le cacha bien et afficha cette joie que l'on réserve d'ordinaire à un vieil ami retrouvé au détour d'une rue. Lorsque leurs regards se croisèrent, Kantz éprouva une vive chaleur à la paume gauche, celle où un pentacle sacré était tatoué. Aussitôt, il avança.

L'autre ne l'attendit pas. Il lui adressa une révérence et quitta le cloître.

Kantz se pressa, traversa la mêlée et, au passage,

sauva la vie d'un templier en embrochant un mercenaire par-derrière. Puis il s'aventura dans les ruines au-delà.

Guidé par son instinct, il traversa une bâtisse, enjamba un fossé, longea une paroi, fit quelques détours. Enfin, il poussa une porte vermoulue pour pénétrer dans un vaste espace envahi de décombres, entre des pans de mur inégaux. Un coup de feu claqua. Kantz sentit un trait brûlant lui griffer la joue : la balle n'avait fait que l'effleurer.

Impassible, il se tourna vers le tireur. Celui qu'il traquait se tenait à distance respectable, un pistolet fumant à la main et la rapière à la ceinture. La voûte du ciel les coiffait. Les bruits de la bataille semblaient étrangement lointains.

L'aube pointait.

« Manqué, fit le chevalier en dégantant sa main gauche.

— Point tant puisque tu saignes… Qui te dit que j'espérais mieux ?

— Je connais ta race.

— Alors tu sais nos caprices. »

Dans le noir, les yeux de l'homme brillèrent d'une lueur orangée.

« C'est la première fois, sais-tu ?

— Que tu me rencontres ? demanda Kantz.

— Toi ou l'un de tes pairs, oui…

— C'est l'évidence.

— Vraiment ?

— Sinon, tu ne serais pas là, à me parler. »

L'autre éclata de rire.

« Car tu te figures pouvoir me vaincre ?

— Oui. »

L'assurance de Kantz n'était pas feinte. La lame nue de sa rapière fut, un bref instant, parcourue d'étincelles pourpres.

« C'est peut-être bien possible… Mais comment savoir ?

— Bientôt, nous saurons », promit Kantz.

Il fit un pas en avant.

« J'ai peur que non, chevalier. Nous allons devoir remettre notre rencontre à plus tard. Des tâches pressantes m'appellent. »

Trois silhouettes sortirent des ténèbres environnantes. Elles n'y étaient pas dissimulées : elles en naquirent. Kantz sentit la paume de sa main tatouée le démanger ; le pentacle commença à palpiter en rougeoyant.

« A bientôt, chevalier ! Je t'étriperai un autre jour. Ou une autre nuit !

— Lâche ! Reste et combats ! »

Mais Kantz n'interpellait déjà plus que le vide, tandis que les silhouettes approchaient. Elles avaient l'apparence de spadassins tout drapés et encapuchonnés de noir. Des masques aveugles, en cuivre, leur étaient rivetés sur la face, découpés de manière à ne laisser voir que le menton et une bouche maigre, crevassée, desséchée. Une bouche de cadavre.

Kantz se mit en garde. Il devinait à qui – ou plutôt à quoi – il avait affaire. Malheureusement, il ne se sentait pas capable de vaincre de telles créatures en cette heure. Son tatouage le démangeait. Une goutte de sueur lui vint à la tempe.

Les spectres se déployèrent en arc de cercle et, dans un même mouvement, à la même seconde, dégainèrent des rapières dont le métal blanchâtre tinta.

De la main gauche, Kantz tira la dague qu'il avait au ceinturon, contre les reins. Il fit un pas en arrière et prit une pose résolument défensive. Campé ferme sur ses jambes, le dos rond, ses deux lames brandies à l'horizontale devant lui, il se tenait prêt. Son regard balayait ses ennemis mais lui bougeait à peine. La goutte de sueur serpenta sur sa joue, jusqu'à la commissure des lèvres.

Le spectre de droite attaqua le premier. Il se rua sur Kantz, porta deux ou trois coups et s'éloigna. Il fut aussitôt relayé par un autre qui, obligeant le chevalier à faire volte-face, se contenta lui aussi d'un bref échange, continua sur sa lancée. Le troisième chargea immédiatement. Kantz pivota en catastrophe pour faire face, para une botte experte et laissa son adversaire le dépasser.

Le souffle court, Kantz regarda les spectres retrouver leurs positions initiales. Il songea qu'ils ne voulaient pas le tuer, mais le retenir pour couvrir la fuite de leur maître. Ou peut-être jouaient-ils un jeu cruel avant la mise à mort. Quoiqu'il en soit, Kantz ne supporterait pas longtemps ce traitement. Il s'aperçut qu'il était blessé : une estafilade au bras droit.

Les spectres reprirent bientôt leur danse macabre...

Dans le cloître, les templiers victorieux comptaient les morts et soignaient sans distinction tous les blessés lorsque leur maréchal parut, soutenu par un frère. Il boitait, avait la cuisse et le côté ensanglantés, s'appuyait sur une rapière au fourreau comme sur une canne. On se précipita, voulut en vain le faire asseoir.

Fouillant l'assistance du regard, le frère Markus demanda :

« Où est le chevalier ? »

Les templiers se dévisagèrent, hésitèrent, cherchèrent autour d'eux.

« Il n'est pas du nombre des morts ni des blessés, fit un frère.

— Je l'ai pourtant vu ici durant la... » commença un autre.

Mais son maréchal le fit taire :

« Ecoutez ! »

Tous firent silence et les échos distants d'un combat leur parvinrent.

« Vite ! ordonna le frère Markus. Hâtez-vous et le secourez ! »

Cinq templiers tirèrent l'épée et s'élancèrent.

Kantz était en nage. Il respirait mal et tenait tout juste debout. La pointe de sa rapière griffait le sol au hasard de ses pas incertains ; son bras gauche pendait mol et sanglant. Il était également blessé au poignet, à l'épaule, à la cuisse, sur le flanc en deux endroits. Les plaies étaient peu profondes : elles n'étaient que cruelles et douloureuses.

Les spectres ne l'avaient pas épargné, prolongeant les échanges à l'envi, prenant chacun la suite de l'autre et recommençant. Dès que le chevalier s'accordait au rythme d'un combat, dès qu'il trouvait ses marques et commençait à échafauder une tactique, son adversaire rompait et laissait la place. C'était comme escalader une montagne vers un sommet toujours mouvant. Ne sachant plus où donner de la tête, Kantz ne tarda pas à faiblir. Dans le même temps, les spectres se firent plus agressifs, plus véloces, plus vicieux. Ils semblaient infatigables et l'étaient bel et bien.

Kantz était désormais au bord de la syncope. Il voyait à travers un brouillard ; un bourdonnement continu l'assourdissait. Un spectre le surprit, se glissa derrière lui et lacéra ses omoplates au passage. Le chevalier grimaça, tomba à genoux. Il dut s'appuyer sur le poing qui serrait sa rapière pour ne pas s'étaler de tout son long. De sa bouche coula un filet de bave rouge. Un second spectre bondit et frappa. Par réflexe, Kantz interposa sa main gauche. Des étincelles pourpres crépitèrent lorsque l'acier honni rencontra sans dommage le pentacle saint.

Les spectres eurent un mouvement de surprise et reculèrent. A l'instant même, les templiers arrivèrent avec le premier rayon de soleil. Sans hâte, les spectres firent ensemble quelques pas en arrière et s'évanouirent peu à peu dans l'ombre.

« Chevalier ! Chevalier ! Etes-vous sauf ? »

Kantz sentit des mains le soutenir.

« Grand Dieu !... Mais que n'appeliez-vous pas ! »

Kantz ne put retenir un sourire résigné.

Il parvenait à peine à respirer, alors pour ce qui était de crier à l'aide...

2

Réveillé tard, Tobias Haug passa le gros de la journée à ne rien faire ou presque. Il somnola, joua quelques patiences accroupi sur son lit, s'amusa – le plus souvent avec succès – à lancer les cartes dans son chapeau retourné, tricha aux dés contre un adversaire imaginaire. Mais surtout, il resta allongé, torse nu, et contempla longuement le plafond, ses taches et ses lézardes, les mouches qui s'y promenaient. Il ne mangea pas parce qu'il n'avait rien à se mettre sous la dent ; il but à même le broc l'eau destinée à sa toilette. Le temps s'écoula ainsi, paisible. Les volets mi-clos préservaient dans la chambre une pénombre agréable et tiède. Dehors, c'était la canicule.

Vers cinq heures, Tobias Haug se leva, enfila une chemise, mit ses bas puis ses bottes – celles-ci, largement évasées, montraient la dentelle jaunie qui terminaient ses chausses, juste sous le genou. Il se débarbouilla avec ce qui restait d'eau, s'inquiéta particulièrement de l'élégance de sa moustache et de son bouc : quelques petits coups de ciseaux s'avérèrent nécessaires ; un coup de rasoir lui fit les joues nettes. Enfin, il passa son baudrier et se coiffa d'un feutre dont le panache avait connu des jours meilleurs.

Reculant de quelques pas, Haug vérifia sa mise grâce au petit miroir posé sur le meuble de toilette. Il se sourit, prit une pose avantageuse. Certes, il y avait des cavaliers plus élégants. Mais lui était bel homme, dans ce genre canaille qui plaisait tant aux dames. Il était de surcroît grand, mince, athlétique, jeune encore puisqu'il se donnait vingt-cinq ans – et peu importait qu'il soit plus vieux de sept. D'épais cheveux blonds et des yeux verts ajoutaient à son charme. Cependant, une observation attentive s'avérait moins flatteuse : une ruse envieuse habitait ce regard et il y avait plus de mépris que de nonchalance dans le sourire. L'homme, en fait, brillait de l'éclat sombre et trompeur des arrivistes.

Néanmoins satisfait, Haug fixa le fourreau de sa rapière aux boucles de son baudrier et sortit. Il habitait un second. Au-dessous vivait la famille d'un cordonnier, lequel avait son atelier au rez-de-chaussée. Or à peine Haug s'était-il engagé dans l'escalier qu'il entendit son propriétaire discutant avec l'artisan. Il pesta, rebroussa chemin à pas de loup, s'enferma à double tour tandis que, déjà, quelqu'un montait. Il poussa les volets, eut un mouvement de recul et plissa les paupières contre l'aveuglante lumière qui l'assaillit.

On frappa.

« Monsieur Haug ? fit une voix mâle. Monsieur Haug ! Il nous faut parler du loyer. Voilà trois mois que je ne vois rien venir. Et ceci malgré vos promesses, monsieur Haug… Monsieur Haug ? »

Mais répondre était bien la dernière chose que souhaitait Tobias Haug. Il emprunta la fenêtre, se laissa tomber sans bruit sur le toit d'une remise, enjamba un mur et atterrit souplement dans une ruelle.

Il affichait un franc sourire, ravi du tour qu'il venait de jouer.

La chaleur surprit Haug et ne tarda pas à le mettre en nage. Dans un ciel pur, presque blanc, brillait un soleil impitoyable et triomphant. L'air cuisait. L'ombre était rare et d'un médiocre réconfort. Sans être désertes, les rues de Wielstadt étaient bien moins fréquentées qu'elles ne l'auraient dû à cette heure. Ceux qui le pouvaient marchaient vite, pressés de quitter la fournaise ; les autres, comme assommés, avaient le pas lourd, le souffle court, la tête basse. Les fronts et les tempes luisaient de sueur. Les portefaix et les tireurs de charrette à bras faisaient une besogne héroïque.

Tobias Haug ne traîna pas. Ce n'était pas la canicule qui le chassait, ni la perspective de croiser son propriétaire, mais l'insupportable odeur qui régnait dans le quartier. Toutes proches, des tanneries dégageaient une puanteur ignoble, stagnante faute de vent, et que la canicule décuplait. Elles étaient réparties le long de la Wiel – cette rivière serpentant rive gauche avant de rejoindre le Rhin – et l'une d'elles se dressait même à un jet de pierre de la chambre de Haug. Le seul avantage de ce voisinage était qu'il obligeait à pratiquer des loyers bas. Une piètre consolation. Car rien ne pouvait compenser le supplice de cette pestilence infligée à des nez qui, pourtant, n'étaient guère délicats. Privée d'égouts comme toutes les villes du XVIIe siècle, Wielstadt fleurait le fumier, le crottin mille fois piétiné, l'urine chaude et la crasse d'une multitude malpropre. Cet infect bouquet s'estompait néanmoins quand, des tanneries, arrivaient la fragrance entêtante des peaux écharnées, les émanations des cuves à chaux, les vapeurs âcres des bains d'acide, les effluves de teinture. Se calfeutrer chez soi était presque inutile. Il n'y avait de véritable salut que dans la fuite.

L'air devint ainsi plus respirable après quelques pâtés de maisons. Haug franchit alors un pont de bois sur la Wiel, pénétra dans le quartier des Petites-Forges, emprunta des venelles qui étaient autant de détours mais offraient une pénombre bienvenue. Il remonta ensuite la rue des Ecuries-Sanglantes vers la halle Saint-Patrick. Cernée de commerces et de tavernes, cette place couverte accueillait chaque mercredi le plus grand marché de la rive gauche. Elle n'était sinon – comme aujourd'hui – qu'un lieu de passage abandonné aux promeneurs, aux mendiants, aux chiens errants. Les cabarets alentour, en revanche, débordaient de clientèle. Tous avaient dressé des tréteaux dehors, servaient jusque dans la rue des groupes agglutinés aux fenêtres.

Haug reconnut des amis attablés sous une treille, et qui buvaient joyeusement. Il les rejoignit, offrit aussitôt une tournée pour qu'on lui fasse bon accueil et ne doute pas de sa générosité. Par la suite, il entretint l'illusion, oublia souvent de commander lorsque son tour venait, but beaucoup quand il payait, à peine moins sinon. Il eut bientôt faim, une faim terrible car il n'avait pas mangé depuis la veille. Heureusement, son voisin prit les devants, demanda du pain, du fromage et des fruits. Vantant le bel appétit de chacun, Haug fit bombance. Puis, alors qu'il ne lui restait que quelques piécettes, il proposa une partie de dés. La chance lui sourit. Il gagna, parut employer tous ses gains à régaler la compagnie, empocha en fait un coquet bénéfice.

Le temps passa vite et Haug faillit se faire surprendre. Le soleil était déjà bas quand il s'en fut, repus, en laissant l'impression qu'il était le meilleur des camarades…

La cour était déserte, isolée, silencieuse. Les bâtiments qui l'encadraient comptaient quatre à cinq étages. Du carré de ciel tombait la lumière affaiblie, indirecte, d'un proche crépuscule. C'était rive droite, dans le quartier de la Croix-de-l'Orme, un quartier populaire dont les habitants savaient ce qu'il fallait ne pas voir.

Tobias Haug arriva le premier. Pour tuer le temps, il fit quelques mouvements d'assouplissement qu'il savait inutiles, tira l'épée et porta des bottes dans le vide. Il ne s'interrompit pas lorsqu'il entendit un carrosse s'arrêter non loin ; il s'entraînait toujours quand on entra dans la cour. Malgré de longues nuits de débauche, sa condition physique restait excellente. Il avait le poignet sûr, à la fois ferme et souple, et maniait la rapière avec aisance. Il était, à l'évidence, un escrimeur averti. Et telle était bien l'impression qu'il souhaitait donner.

Du coin de l'œil, Haug surveilla les trois aristocrates richement vêtus qui venaient d'arriver. L'un s'avança, la mine grave. Il avait la cinquantaine et le cheveu blanchi, semblait robuste cependant. Sans doute était-il le vétéran de quelques batailles et longues chevauchées, ce genre d'hommes issus de vieille mais petite noblesse que les princes aiment attacher au service de leurs fils.

« Le bonjour, monsieur.

— Le bonjour, monsieur », répondit Haug en cessant enfin ses exercices.

Il rengaina, adressa un salut aux deux autres restés en retrait. Ceux-là n'avaient pas vingt ans et le plus jeune n'était qu'un adolescent. Livide, il avait les mains tremblantes et le regard voilé par la peur.

« Je ne vois pas vos témoins, s'étonna l'homme aux cheveux blancs.

— C'est que je n'en ai pas…

— Vraiment ?

— Ils ne serviraient de rien », affirma Haug.

L'usage voulait que chaque participant à un duel vienne accompagné d'un ou deux témoins, dont le rôle avoué était de s'assurer de la régularité de la rencontre. En réalité, ils constituaient une escorte prête à en découdre en cas de guet-apens. Parfois, on convenait que les témoins s'affronteraient eux aussi deux par deux. Une querelle privée pouvait ainsi opposer des bretteurs qui, pour la plupart, ne se connaissaient pas, se haïssaient encore moins, et se tueraient pourtant.

« Je suis prêt, affirma Haug en affichant une parfaite décontraction.

— Nous le sommes aussi. Et ce duel aura lieu si vous le désirez. Cependant...

— Cependant ?

— Cependant j'avais espéré que nous pourrions vider cette querelle dans l'honneur, quoique sans croiser le fer... »

Il en coûtait visiblement au vieux gentilhomme de proposer pareille chose. Il s'efforçait de garder une contenance, mais son regard flanchait, sa voix tremblait.

Pourquoi t'humilies-tu de la sorte ? songea Haug. *Qu'est-ce qui t'y oblige ? Je parie que tu n'en ferais pas autant pour ton propre fils. Alors pourquoi ? Une ancienne promesse que tu as faite au père et qui t'oblige à protéger le béjaune, envers et contre tout ? Ah il est beau, ton champion ! Regarde-le, vieil imbécile. Regarde-le qui sue la trouille. Il ne doit plus avoir un fil de sec à cette heure.*

Il y eut alors un bruit de ferraille : l'adolescent venait de lâcher sa rapière. Honteux, fébrile, il voulut la ramasser, s'empressa, se prit la jambe dans son fourreau, s'entailla l'index sur la lame.

« Je vous en conjure, monsieur... Il n'a pas seize ans ! »

Haug, l'œil rieur, toisa son vis-à-vis.

« Si je ne me trompe, votre protégé est fort bien né, non ?

— Oui. Il est le…

— Peu importe. Je veux dire qu'à son âge et compte tenu de son rang, il pourrait prétendre à commander un régiment avec grade de colonel. Et il serait trop jeune pour mourir ? »

Si elle était perfide, la remarque n'en était pas moins juste. L'autre, d'ailleurs, n'y trouva rien à redire.

Il y eut un long silence que Tobias Haug prolongea à l'envi. Il s'amusait beaucoup.

Il avait voulu cette rencontre. Il l'avait provoquée et soigneusement organisée. Tout l'art était dans le choix de la victime. Il fallait un jeune aristocrate débauché, plein de morgue mais sans courage. Celui-là, Haug l'avait suivi et épié durant plusieurs jours. Puis, l'avant-veille au soir, il l'avait attendu de longues heures à la porte d'une maison de jeu. Quand il se montra enfin, l'adolescent était ivre, une courtisane au bras. Haug le bouscula, en fit juste assez pour que le ton monte. L'esclandre attira des curieux et, devant eux, Haug se laissa défier en duel. Le piège venait de se refermer.

« Que proposez-vous ? demanda Haug.

— Une réconciliation.

— Vous oubliez que je suis l'offensé…

— On vous fera de sincères excuses. La chose est déjà arrangée.

— Serions-nous ici, si des excuses suffisaient ?

— Mais alors que voulez-vous ? » fit le vieux gentilhomme.

Puis il comprit.

La porte s'ouvrit à la volée et Tobias Haug fit son entrée aux « Huit Tonneaux ». Il lança un salut collectif et jovial, fut accueilli par tous comme un vieil ami disparu, échangea des accolades, traversa la taverne bondée jusqu'au comptoir. Le patron l'y attendait, l'œil mauvais.

« Je t'ai dit de ne plus mettre les pieds chez moi.

— Erreur ! fit Haug. Tu m'as dit de ne pas revenir avant de t'avoir payé.

— Et alors ?

— Alors voici ! »

Haug attrapa une serveuse par la taille et vida une bourse ventrue sur le plateau qu'elle tenait. Les thalers dégringolèrent.

« Il y a bien plus que le compte, l'ami ! » Puis, se tournant vers la salle, il ajouta à la cantonade : « C'est nuit de fête ! Je veux que chacun boive à ma santé, et jusqu'à plus soif ! »

Des vivats ponctuèrent l'annonce ; des applaudissements crépitèrent ; des cris joyeux éclatèrent partout dans la salle. Ravi, Haug saisit un pichet, trouva une table dans la cohue et fut bientôt rejoint par des amis qu'ils connaissaient à peine, des catins enamourées. Il était riche, aimé, et cela seul comptait. Demain serait un autre jour.

Assise à l'écart, une femme ne partageait pas la liesse générale. Dès qu'il était entré, elle avait suivi Haug d'un regard inamical. Elle était jeune et belle, brune, habillée comme un homme, l'épée au côté.

Elle vida son verre, se leva, partit sans payer. Le tavernier s'en aperçut mais ne songea pas une seconde à réclamer son dû.

Il savait à qui il avait affaire.

3

La nuit tombait, envahissait les bois alentours, gagnait la clairière où les templiers avaient dressé leurs tentes, autour de maigres feux. Agenouillé à l'écart, Kantz se recueillait tête nue, mains jointes, paupières baissées. Ses lèvres bougeaient à peine. Devant lui, sa rapière était fichée tel un crucifix guerrier.

Le bruit d'une branche brisée sous la semelle interrompit sa prière.

« Veuillez me pardonner, fit le frère maréchal Markus qui approchait. Je ne voulais pas vous importuner.

— Ce n'est rien. »

Kantz arracha son épée du sol, en nettoya l'estoc terreux, la remit au fourreau et s'assit. Le templier s'installa à ses côtés sur une souche, la jambe gauche tendue pour atténuer la douleur de sa cuisse blessée.

« Etes-vous bien allant, chevalier ?

— Je suis fatigué. Comme nous tous.

— Vos blessures ? »

Kantz fit jouer ses omoplates et grimaça. Il avait le poignet droit bandé ; une estafilade sur sa joue droite cicatrisait, laisserait sans doute une marque.

« Le dos me doule[1] fort encore, mais vos baumes font merveille. Il n'y paraîtra bientôt plus.

1. Douler : faire souffrir, être douloureux.

— J'en suis heureux. Je prierai pour votre prompte guérison. »

Le templier bougea et, sous le pansement que cachait son pourpoint, le coup d'épée qu'il avait reçu au flanc se rappela méchamment à lui. Il se contracta, dut attendre de retrouver son souffle pour dire :

« Nous n'avons guère eut l'occasion de causer, depuis ce matin… »

Kantz acquiesça, absent.

Après la bataille, les frères levèrent le camp en début d'après-midi seulement. Il leur fallut d'abord porter secours à tous les blessés, attendre que les mourants rendent l'âme, creuser une fosse pour les cadavres de l'ennemi. Puis on alla chercher les montures restées à une demie lieue de l'abbaye, et l'on prit la route. La plupart des moines soldats chevauchaient devant, au pas. Suivait le chariot des estropiés, auquel était attachée la chaîne des prisonniers en état de marcher. Un dernier attelage emportait les dépouilles des templiers tombés au combat.

« Nous passerons demain par l'abbaye de Vals, indiqua le frère Markus pour mettre fin au silence. Nos morts y trouveront une sépulture décente en terre consacrée, et les plus gravement navrés y seront soignés. Nous pourrons alors aller bon train jusqu'à Wielstadt. »

Il espérait une réplique. Ce ne fut pas celle escomptée.

« Ce sont des chrétiens que nous avons occis ce jourd'hui, affirma Kantz.

— Des reîtres, précisa le templier. Protestants pour la plupart, c'est-à-dire hérétiques. De surcroît, avions-nous le choix ? »

Kantz préféra ne pas répondre. Il se leva péniblement, soupira.

« N'êtes-vous pas las de cette guerre ? N'a-t-elle pas que trop duré ? »

Elle durait, en fait, depuis cinq ans et venait de prendre un tour nouveau. Après la bataille de la Montagne Blanche, certains princes protestants ne désarmèrent pas contre l'Empereur et entreprirent de sillonner le pays à la tête de troupes levées sur leurs propres deniers, ou grâce à des subsides étrangers. Poursuivis par les régiments bavarois et espagnols du général Tilly, ils traversèrent la Rhénanie, la Westphalie, l'Alsace et la Lorraine. Ils livrèrent quelques batailles sanglantes et rarement victorieuses. En terre catholique, ils dévastèrent les campagnes et pillèrent les villes, autant par calcul stratégique que pour satisfaire les appétits d'une soldatesque vorace. Régulièrement, ils trouvèrent refuge et soutien dans les Provinces-Unies hollandaises. Puis, en cette année 1623, ils portèrent la guerre ailleurs. Dans le nord du Saint Empire d'une part, où le comte Mansfeld, après avoir pillé l'évêché de Münster, occupa dès le printemps la Frise orientale et l'Oldenbourg. Jusqu'aux portes de la Saxe d'autre part, où Christian de Brunswick s'était imprudemment avancé, à la tête d'un important contingent.

« Nous ne sommes, ni vous ni moi, de ceux qui décident les guerres, dit le frère Markus. Nous sommes des soldats, chacun à notre manière. Alors nous combattons. Vous, les rejetons des Enfers. Moi, les adversaires de l'Eglise. C'est là tout. A chacun sa besogne. »

Kantz se tourna vers le templier qui, impassible, fixait les ténèbres. Il ignorait tout de son passé mais le devinait fils de bonne noblesse allemande. Ses traits sévères évoquaient la rigueur et le courage. Il était grand et mince, le port noble et martial, avait passé la quarantaine. En sa qualité de frère maréchal, il était le chef militaire de la commanderie de Wielstadt, à la fois moine et capitaine. Il avait derrière lui deux décennies de service. Son expérience de la guerre était déjà grande quand la Bohême se souleva. Depuis, il n'avait presque pas dessellé ni remit la rapière au fourreau. Champions du catholicisme, bras armé du pape, les Templiers étaient de toutes les batailles.

« Chaque jour passant, déclara Kantz, j'ai le sentiment que la paix s'éloigne un peu plus. C'est à croire que de mauvais génies attisent tous les feux, soufflent sur toutes les braises, et qu'ils n'auront de cesse que de savoir le Saint Empire tout entier consumé. »

Dos au frère Markus, Kantz resta un long moment immobile et sans mot dire, les poings sur les hanches. Il fallait que sa colère retombe, qu'il oublie un peu la haine qu'il avait de cette guerre et de ceux qui la voulaient. Le silence dura entre les deux hommes, presque hostile, jusqu'au moment où Kantz lâcha :

« C'était un démon. »

Le templier eut un mouvement de surprise.

« Je vous demande pardon ? »

Kantz lui fit face, étrangement résigné, comme si la révélation qu'il faisait lui était aussi pénible à dire qu'à admettre.

« Celui que nous pourchassions, celui que les mercenaires escortaient… Je ne sais trop ce que sont les créatures qui s'amusèrent si bien à me tourmenter, mais leur maître était un démon.

— En êtes-vous certain ?

— Oui. J'ai vu luire les *braises de l'Enfer*. Cela ne permet pas le doute.

— Les braises de… ?

— De l'enfer. C'est le nom que l'on donne à l'éclat jaune qui brille dans les yeux des possédés, sous l'effet d'un sentiment violent. L'envie, la joie, la colère… Je vous le dis : un démon, et des plus terribles, habite le corps de cet homme. »

Le frère maréchal accueillit la nouvelle avec une

sincère inquiétude. Il ne songea cependant pas une seconde à mettre la parole du chevalier en doute.

« Les prisonniers, fit-il, prétendent qu'il se nomme Maximilian Osiander.

— Cela ne me dit rien.

— Moi non plus. Ils ignorent presque tout de lui, sinon. Mais ils le détestaient, et le craignaient beaucoup. D'une peur profonde... Il semble qu'Osiander les épouvantait, même s'ils peinent, par orgueil de soldat, à l'avouer. »

Kantz le croyait volontiers.

Il savait quelle aura malfaisante entourait les démons incarnés. Elle ne se manifestait pas immédiatement. Mais, à fréquenter le démon, on ressentait une gène d'abord, une angoisse ensuite. Puis venait la crainte qui, à son tour, se muait parfois en une terreur sourde, viscérale. Le comble était que certains hommes ou femmes ne fuyaient pas. Ils restaient au contraire, comme fascinés par la malveillance féroce qu'ils devinaient chez leur nouveau maître.

« Peut-on le vaincre ? demanda le frère Markus.

— Moi je le puis, affirma Kantz. Avec l'aide de Dieu, et cette épée », ajouta-t-il en tapotant la rapière qui pendait à son côté. « Mais pour être véritablement détruit, un démon doit être tué le jour anniversaire où, dans le mois, il a rejoint notre monde. C'est le calendrier lunaire qui préside au destin des démons. Toute la difficulté est donc de connaître le zodiaque d'un démon. Et s'il est sage, il ne s'exposera jamais au danger quand les astres lui sont défavorables.

— Il nous faudra donc le débusquer.

— Oui. Si cela est possible. »

Kantz semblait abattu. Le templier voulut le réconforter et dit :

« Les mercenaires avaient pour mission d'escorter Osiander jusqu'à Wielstadt.

— Mais où dans Wielstadt ? soupira Kantz.

— Le point de rendez-vous, seul leur capitaine le savait. Malheureusement, il a pu s'échapper. Il se nomme…

— Jacob Huyghens. Je le connais. Du moins, je l'ai connu. »

4

Encore tout crotté de sa chevauchée, Maximilian Osiander se tenait seul dans le salon enténébré. Face à l'une des grandes fenêtres qui touchaient presque le plafond, il regardait la cour pavée où, sous le ciel nocturne de Wielstadt, s'activait une armée de valets. Ils travaillaient en silence, à la lueur de lanternes sourdes, s'employaient à décharger meubles et tapis de plusieurs chariots bâchés. Les chevaux de trait, paisibles, avaient des chaussons de tissus aux sabots ; bien graissés, les essieux et les roues ne grinçaient pas. Les valets œuvraient vite. Dans moins d'une heure, l'hôtel particulier serait aménagé.

Osiander ne bougea pas quand il entendit une porte gémir dans son dos. Les talons de deux individus martelèrent le parquet à sa rencontre. Des hommes. L'un portait des bottes : ses éperons cliquetaient ; le second avait des souliers et la soie crissait à chaque pas.

« Monsieur, nous ne vous attendions pas de…

— … de sitôt, oui. »

Osiander se tourna vers celui qui s'était adressé à lui. Il le dominait de toute sa taille, de toute sa masse. Petit et bossu, l'autre se tenait le chapeau à la main. Il était richement vêtu, en bourgeois parvenu. D'entrée, Osiander le méprisa. On put le lire dans ses yeux.

« Je me nomme...

— Jarold Börgartz », l'interrompit encore Osiander.

Mais il ne le regardait pas.

En revanche, il dévisageait le deuxième homme. Celui-là avait l'allure et la vêture d'un reître. Il était grand, le corps sec et nerveux. Une rapière pendait sur sa cuisse ; la poignée d'une dague dépassait de sa botte. Il portait un pourpoint de buffle largement ouvert sur une chemise douteuse, tachée de vieille sueur. Ses cheveux – d'un blond presque blanc – caressaient ses épaules. Sa bouche lippue avait quelque chose d'obscène : trop rouge, trop charnue, trop humide. Tenu par des sangles et des boucles métalliques, un masque de cuir couvrait le côté gauche de son visage, ne laissant voir que l'œil.

Tout le long du scrupuleux examen, le spadassin ne cilla pas, fit son possible pour cacher son trouble. Osiander apprécia l'effort.

« Nos valets font vite et bien, dit Börgartz. Tous composent votre domestique. L'hôtel vous sied ?

— Non.

— Non ?

— Je ne veux pas de la valetaille. Je garde l'hôtel.

— Comme il vous plaira. Cependant il me semble que...

— Pas de valetaille », répéta Osiander du ton de celui qui veut être obéi.

Börgartz pâlit, humilié d'être traité comme un inférieur. Il se contint néanmoins, trouva vite un nouveau sujet de conversation.

« Et votre escorte ?

— Il n'y a plus d'escorte. Décimée.

— Décimée ? Voulez-vous dire que...

— Je veux dire que nous avons été assaillis chemin faisant. Par des templiers qui, je n'en doute pas, nous cherchaient.

— Mais j'ignorais tout de cela, s'alarma Börgartz.

— Bien sûr, que vous l'ignoriez », lâcha Osiander avec un regard terrible et menaçant. Comment l'auriez-vous pu savoir ? »

Börgartz balbutia, comprit les soupçons d'Osiander, en perdit presque le souffle. Puis il se reprit et, dans un sursaut d'orgueil, décréta :

« Monsieur, vous ne pouvez imaginer que l'un des nôtres vous a trahi. Je vous jure sur l'honneur que… »

Osiander le coupa dans son élan, une main levée et un sourire aux lèvres

« C'est bien, monsieur Börgartz… C'est bien… », dit-il en se tournant vers la fenêtre.

Mais l'autre insistait :

« Vous devez croire en notre loyauté. Elle est sans faille.

— Le bonsoir, monsieur Börgartz. Au plaisir de vous revoir. »

Börgartz hésita.

Enfin, il réunit ce qui lui restait de dignité pour saluer, et s'en fut d'un pas vif.

De nouveau, le silence s'installa dans le salon. Il dura longtemps, jusqu'au moment où Osiander s'adressa au spadassin qui n'avait pas bougé.

« Ton nom ?

— Reinecker.

— Je devine que l'on t'a attaché à mon service.

— Oui.

— Et que l'on t'a chargé de rapporter, en secret, le moindre de mes gestes…

Reinecker ne tergiversa pas :

« Oui.

— Il faudra le faire, à l'occasion. Mais il faudra surtout bien me servir. Laissons-les croire que tu m'espionnes, et que je suis la brute qu'ils se figurent. Est-ce entendu ? »

— C'est entendu. »

Osiander lança une œillade rusée à Reinecker. Il l'avait bien jugé.

« Dès demain, tu engageras des hommes. De bons bretteurs, et qui tuent sans songer. Avec eux tu surveilleras une taverne. La "Tête de Loup". Tu connais ?

— Oui.

— Parfait. C'est là que devait me conduire mon escorte. Son capitaine se nomme Huyghens, et je sais qu'il a survécu à l'assaut des Templiers. Il se montrera peut-être là-bas. Je veux que tu te saisisses de lui et me l'amènes. Compris ?

— Oui.

— Alors va. »

Docile, Reinecker était arrivé à la porte quand son maître l'interpella.

« Une dernière chose…

— Oui ?

— Il y aura un jour où tu me trahiras, comme tu viens de trahir Börgartz. Ce jour-là, assure-toi de m'avoir bien tué. »

5

Kantz et les templiers revinrent à la nuit noire d'une expédition qui les avait tenus éloignés de Wielstadt pendant trois semaines. Trois semaines de chevauchée, de canicule et de poussière, de campement à la dure, avec comme point d'orgue, le combat furieux livré dans l'abbaye. Parce qu'ils s'étaient aventurés loin vers l'est et souvent hors des sentiers battus, leur périple avait été ponctué de tristes découvertes. Des fermes mises à sac, des champs calcinés, des vergers rasés. Mais aussi quelques grappes de miséreux pendus aux arbres ; un charnier pourrissant sous le soleil ; des cadavres abandonnés nus et mutilés, au creux des fossés ; une famille crucifiée sur un mur de grange.

Kantz laissa les frères rue de Vienne et rentra à pied. Il était épuisé, empestait l'écurie, avait pour l'humanité un dégoût qui s'étendait jusqu'à sa propre personne. Il voulait dormir, boire peut-être, oublier. Plus que tout, il voulait être seul.

En conséquence, l'accueil ravi qui l'attendait fut presque une torture. A peine avait-il poussé la porte que Heide, sa vieille gouvernante, se précipitait à sa rencontre, lui souhaitait la bienvenue. Elle s'inquiéta de sa santé, l'aida presque de force à se débarrasser de son chapeau et de son pourpoint, le poussa vers la cuisine. Petite et menue, voûtée par l'âge, elle semblait minuscule près de Kantz ; ses yeux clairs étaient embués de larmes qu'elle s'efforçait d'essuyer discrètement, tout en s'affairant et parlant beaucoup. Derrière elle arriva Stefan, un jeune gaillard blond au service de la maisonnée depuis bientôt trois ans. Lui aussi était réjoui par le retour de son maître. Mais il n'eut pas le temps de l'exprimer.

Alors que Heide obligeait Kantz à s'asseoir pour le débotter, une flèche de lumière jaillit par la fenêtre ouverte du jardin. Elle virevolta dans la pièce, rasa dangereusement quelques bibelots, parut rebondir contre les murs et le plafond, fit une explosion de pétales en traversant un bouquet en pot, enchaîna deux grandes boucles verticales et s'arrêta net devant le visage du chevalier. C'était Chandelle, brillante comme jamais, ses ailes diaphanes battant si vite qu'on ne pouvait les voir.

Elle posa un baiser sur le nez de Kantz puis, une main sur la hanche, l'autre levée haut, la fée-demoiselle montra son plus joli profil et prit la pose canaille d'une gitane concluant un numéro de danse.

Kantz se renfonça dans son siège en soupirant.

Malgré lui, malgré la fatigue et la guerre, il souriait.

Le lendemain matin, le soleil était déjà haut lorsque Kantz se réveilla. Il paressa un peu, apprécia le confort de son lit couvert dont les rideaux, par ces chaleurs, restaient ouverts. Les volets bien clos laissaient filtrer une lumière pâle que l'on devinait éblouissante au-dehors. La chambre, parfaitement paisible, conservait un reste de fraîcheur nocturne.

Kantz se leva enfin, fit sa toilette, passa des vêtements

propres et repassés. Puis il descendit dans la cuisine, en quête d'un déjeuner tardif. Il était affamé.

La maison était modeste, traditionnelle, avec une étroite façade à colombages et deux étages faisant saillie au-dessus du rez-de-chaussée. On entrait par un long couloir aveugle qui allait de la rue à la cour, desservait un escalier à vis. Une porte latérale ouvrait sur la « salle », à la fois salle à vivre et salle à manger ; celle-ci communiquait directement avec la cuisine. Kantz avait ses appartements au premier. La chambre de Heide était au second, jouxtant le grenier sous les combles. Pour Stefan, une pièce avait été bâtie, faute de place, au fond de la cour aménagée en jardin.

« Vous voilà seulement levé ? lança Heide en voyant paraître Kantz.

— Bonjour, Heide.

— Bonjour, Monsieur. Vous m'avez l'air affamé comme loup en hiver.

— Tu devines bien.

— A pareille heure, je ne sais si vous déjeunerez ou dînerez [1].

— Peu m'importe la repue. Je veux manger. »

Après le bénédicité qu'il ne manquait jamais de dire, Kantz se régala d'une omelette, de jambon, de fromage, de fruits et de vin coupé. Heide avait acheté une miche de pain blanc – presque une friandise – pour l'occasion. Le chevalier songea à lui reprocher cette dépense mais renonça. Repu, il sécha son verre et demanda :

« Où est Stefan ?

— Quérir de l'eau. La plupart des fontaines ne donnent plus et les porteurs pratiquent des prix insolents. Il

1. Au XVIIe siècle, on ne désignait pas les repas (ou « repues ») comme de nos jours. Ainsi, on *déjeunait* au lever, on *dînait* à midi, et on *soupait* le soir.

nous faudra bientôt boire l'eau du Rhin. » Heide soupira. « Fasse le Ciel qu'il pleuve sous peu.

— Et Chandelle ?

— Ça ! lâcha la gouvernante. Bien malin qui peut le dire ! »

Kantz savait que la fée-demoiselle agaçait volontiers Heide par son inconséquence et son entêtement : pour une ménagère, c'était un peu comme avoir chez soi une tornade miniature, et passablement capricieuse. Sans piper mot, il se leva de table et avait déjà un pied dans le couloir quand Heide lança :

« Elle vous a attendu, savez-vous ? »

Kantz se retourna.

« Pardon ?

— Chandelle. Elle s'est languie tout le long de votre absence. Une vraie pucelle amoureuse. »

C'était dit sans méchanceté. Et si le ton était moqueur, on sentait poindre une compassion sincère, trop pudique sans doute.

Kantz sourit.

« Merci, Heide.

— Et merci pour quoi ? » s'offusqua la gouvernante en rougissant.

Elle se ressaisit aussitôt, empoigna le coin de son tablier pour briquer la table. Elle n'adressa plus un regard à son maître mais marmonna beaucoup…

Kantz monta à l'étage, traversa sa chambre et pénétra dans son cabinet particulier. La pièce était petite, étrange, toute tendue de velours pourpre. Une unique fenêtre en vitrail l'éclairait, encadrée par les hauts rayonnages d'une bibliothèque. Quelques meubles seulement : un fauteuil, une table encombrée de livres et de papiers, un gros coffre, un lutrin portant un épais grimoire à couverture de cuir et fermoir d'argent. Un prie-Dieu en ébène achevait de décorer cette chapelle profane – la « chambre du sorcier », ainsi que la nommait Heide. Ici, Kantz étudiait et priait, de longues heures, des jours entiers parfois. Car s'il ne fréquentait pas les églises et n'aimait guère les prêtres, Kantz était pieux. Sa foi était sincère et savante, sereine, nourrie de lectures et de méditations.

De sa bibliothèque, le chevalier tira plusieurs volumes qu'il feuilleta l'un après l'autre, jusqu'à trouver le texte qu'il cherchait. Le livre sous le bras, il quitta la pièce dont la porte se verrouilla derrière lui. Il rafla au passage un oreiller sur son lit, descendit dans le jardin. Il avait là un vieux fauteuil en bois qu'il sortait dès les beaux jours et laissait jusqu'à l'automne à l'ombre d'un orme centenaire – *son* orme. Utilisant l'oreiller comme un coussin, Kantz s'installa confortablement, lut à plusieurs reprises une seule et même page, baissa les paupières pour réfléchir et – gagné par la tiédeur et le calme ambiants – finit par s'endormir.

Sur ses genoux, le livre ouvert laissait voir une gravure : celle d'un masque aveugle et riveté.

Une cloche sonnant trois heures réveilla Kantz. Il bâilla, s'étira, retrouva Heide et Stefan dans la cuisine. Tendant au jeune homme le livre sur lequel il s'était assoupi, il dit :

« Porte ceci dans ma chambre et rejoins-moi ici. Nous sortons. »

Tandis que Stefan obéissait, Heide aida Kantz à enfiler un pourpoint gris à crevés blancs. Un vêtement dont il se serait bien passé. Mais il était gentilhomme et ne pouvait sortir en chemise.

« Où allez-vous ? » demanda la vieille gouvernante en apportant le chapeau et l'épée de son maître. Stefan était déjà de retour, tête nue, un gilet sans manches passé sur sa camisole de gros drap.

« Nous allons chez Zacharios, faire achat de quelques bouteilles.

— Monsieur… hésita Heide. C'est-à-dire que…

— Ne t'alarme de rien. Il me fera crédit. »

Le chevalier et son valet sortirent dans la rue, où une chaleur de forge les surprit. D'un bleu tirant sur le blanc, le ciel était une toile monochrome où brillait un soleil énorme. Sa lumière éblouissait, obligeait à plisser les paupières, douloureuse. Chaque pas soulevait une poussière qui poudrait les chausses, encroûtait les narines, collait aux peaux moites.

Ils n'avaient qu'une dizaine de pâtés de maisons à franchir et arriveraient pourtant en sueur. Chemin faisant, Kantz observa Stefan du coin de l'œil, se dit qu'il avait bien changé depuis l'hiver 1620. Il était alors un adolescent sans feu ni lieu, dégourdi et joyeux, qui vivait de rapines. A vingt ans, il était à présent un adulte. Il était surtout un excellent valet sachant lire, compter, obéir, faire le nécessaire de son propre chef et devancer les désirs de son maître. Le chevalier n'avait jamais regretté de l'avoir pris à son service, sur les conseils de Heide. Au contraire, il se reprochait souvent de n'avoir offert à Stefan qu'un emploi de domestique. Il lui semblait que le jeune homme méritait mieux. Peut-être pourrait-il le faire admettre en tant que second clerc dans une étude ? Ou comme commis chez un négociant qui, le moment venu, le nommerait son secrétaire particulier ? Kantz devait y songer.

Rue des Coquillards, ils trouvèrent porte close à l'enseigne de la « Cigogne Noire ». C'était anormal. Ils frappèrent à l'huis, heurtèrent les volets en vain.

Intrigués, ils firent le tour de l'auberge, traversèrent la cour, y remarquèrent des meubles brisés empilés – des chaises surtout, mais aussi un banc et une table ; une caisse contenait de la vaisselle en morceaux, ainsi que des pichets et des gobelets en étain auquel nul ne pourrait rendre leurs formes initiales : ils devaient avoir été piétinés. Stefan sur les talons, Kantz poussa la porte des cuisines, entra, gagna la salle commune. Elle était plongée dans la pénombre, les tables et les bancs empilés le long des murs. Et au milieu du vaste espace dégagé, un colosse pataud armé d'un balai rêvassait plus qu'il ne travaillait.

« Holà, Feodor ! Y es-tu ? »

Le grand benêt sursauta, lâcha son balai, renversa un seau d'eau à ses pieds.

« Chevalier Kantz ! Le bonjour de moi pour vous ! »

Kantz ne s'étonnait plus que personne ne leur ait répondu quand, avec Stefan, ils avaient toqué : Feodor avait des absences qui l'entraînaient volontiers assez loin du monde terrestre. Restait le mystère d'une fermeture exceptionnelle.

« Le bonjour pour toi pareil, Stefan ! » ajouta Feodor.

Il approcha bras ouverts, enlaça Kantz qui subit l'épreuve sans broncher. Puis, tandis que Stefan affrontait courageusement un sort identique, le chevalier remarqua des éclaboussures sur les murs et quelques carreaux cassés. Il découvrit également une méchante bosse sur le front du géant. Pour finir, un lustre manquait.

« Que s'est-il passé ici, Feodor ?

— Oh ! fit l'autre, tristement. Une grande querelle avec des cris et des horions donnés.

— Je vois. Zacharios est-il blessé ?

— Non, non. Juste moi avec une chaise qui a un peu estourbi Feodor sur la tête.

— Où est-il ?

— Feodor ? »

Stefan pouffa.

« Non, fit Kantz. Zacharios. Où se trouve-t-il, maintenant ?

— Dans la cave. »

Le chevalier laissa Feodor à son ménage et, à Stefan qui le suivait, dit :

« Toi qui es si enjoué, apporte ton aide à Feodor, veux-tu ? »

La cave de la « Cigogne Noire » était telle qu'on pouvait l'attendre : silencieuse et ténébreuse. Le plafond bas reposait sur des colonnes massives ; un dallage de pierre recouvrait le sol. Il régnait là une fraîcheur humide qui fit frissonner Kantz dès l'escalier. Absorbé par sa tâche, Zacharios ne l'entendit pas venir. Il sondait les tonneaux de vin et de bière, comptait les bouteilles, notait le résultat sur un carnet. Des bougies de suif l'éclairaient.

Zacharios était un faune. Il avait ainsi des pattes de bouc ; de courtes cornes saillaient sur son front ; ses cheveux bouclaient ; sa barbe pointait naturellement. Il était petit, même pour sa race. De tous les « peuples fabuleux », les faunes étaient les plus nombreux à s'être mêlés aux hommes. On les avait longtemps crus disparus, engloutis dans l'oubli en même temps que le monde hellénique. Ils avaient néanmoins refait surface à la Renaissance, et essaimé partout en Europe.

Zacharios, quant à lui, était né à Wielstadt. Il avait la grosse quarantaine, possédait la « Cigogne Noire » depuis treize ans. Râleur mais généreux, maniant volontiers l'ironie, il était le meilleur ami de Kantz.

« Le bonjour, maître Zacharios, fit Kantz en esquissant une révérence.

— Kantz ! Quelle joie de te revoir ! » Un franc sourire aux lèvres, le faune se leva pour échanger une accolade. « Depuis quand ne nous sommes vus ?

— Un mois ou presque, il me semble.

— C'est trop long ! Je devrais t'en tenir rigueur. »

Les yeux de Zacharios, cependant, disaient tout le contraire. Le chevalier trouva un tonnelet où s'asseoir ; l'autre prit place sur un tabouret et, d'un tonneau, tira deux verres de vin.

« Je suis passé par la salle, dit simplement Kantz après avoir trinqué.

— Bah ! Une querelle qui tourna mal et prit comme un feu de paille. Quelques plaies et bosses, des carreaux cassés, des meubles bousculés et de la vaisselle fêlée. Ce ne serait presque rien si le guet ne m'avait obligé à fermer boutique pour quelques jours. Et je crois bien que ce sont les centaures de la garde, en ramenant l'ordre, qui firent le plus de dégâts. De la belle ouvrage, tu peux m'en croire ! »

Zacharios but une gorgée de vin. Kantz devinait que son ami minimisait l'événement mais préféra passer outre.

« Le motif de la querelle ?

— Le duc de Bavière. J'avais hier à ma table des soldats bavarois qui voulurent boire à la santé de leur prince et invitèrent l'assistance à les imiter. Certains s'en offusquèrent, le firent savoir. Le ton monta et… »

Zacharios reposa son verre d'un geste trop vif, s'éclaboussa la manche. « A la parfin, me diras-tu ce qui pressait tant l'Empereur de conférer à Maximilien la dignité électorale ? Sais-tu quel ressentiment cela fit naître chez les plus tempérés des réformés ? Et jusque dans mon auberge ? »

Kantz, impavide, ne répondit pas aussitôt.

« Oui, je le sais. Et je sais comme toi que l'Empereur devait tôt ou tard marquer sa reconnaissance au duc de Bavière. Le moment était peut-être mal choisi, il est vrai. »

Constitué d'une multitude de royaumes, comtés, duchés, fiefs, villes libres et autres terres d'Eglise, le Saint Empire romain germanique était une monarchie élective. Son souverain était ainsi élu par la Diète, un collège de sept électeurs réunissant trois princes ecclésiastiques (les archevêques de Mayence, Cologne et Trèves) et quatre princes laïques (le roi de Bohême, le duc de Saxe, le margrave de Brandebourg et le comte palatin du Rhin). Dans les faits, la lignée catholique des Habsbourg occupait le trône impérial depuis deux siècles. Pour autant, la Diète ne jouait pas les utilités. Elle participait au gouvernement de l'Empire et chaque élection était l'occasion de tractations d'autant plus âpres que le duc de Saxe et le Palatin étaient protestants.

Sacré empereur le 9 septembre 1619, Ferdinand II était aussi l'héritier légitime de la couronne de Bohême. Une Bohême révoltée qui n'allait pas tarder à s'élire un nouveau roi en la personne de Frédéric V, le comte palatin. Le Saint Empire était en crise, des provinces se soulevaient, les princes protestants s'armaient. Ferdinand ne pouvait rester sans rien faire. Cependant les caisses étaient vides, tandis que les maigres troupes impériales étaient occupées ailleurs. Aussi l'Empereur se tourna-t-il vers le très pieux et non moins ambitieux duc Maximilien de Bavière. Celui-ci fournit d'importants régiments commandés par le général Tilly, et l'on sait ce qu'il advint de la révolution de Bohême. La guerre se prolongeant, les subsides et régiments du puissant duc furent encore et toujours mis à contribution. Maximilien y gagna des terres et des honneurs, mais Ferdinand avait promis plus. Il fallut bientôt tenir.

Le 7 janvier 1623, l'Empereur convoqua à Ratisbonne une Députation, c'est-à-dire une réunion restreinte de la Diète. Son intention était de déposséder Frédéric V de sa dignité de prince électeur pour la conférer à Maximilien. En avait-il le droit ? La question fut âprement débattue durant de longues semaines, tandis que les opérations militaires se poursuivaient en Frise et Westphalie. Finalement, Ferdinand obtint gain de cause. Le parti protestant n'y put rien : désormais, le duc de Saxe serait le seul représentant de la religion réformée au sein d'une Diète majoritairement catholique. Des voix inquiètes s'élevèrent. On craignait que l'élévation du duc bavarois à la dignité électorale prolonge le conflit en alarmant les luthériens et calvinistes allemands. On avait raison.

« Enfin, conclut Zacharios, ce qui est fait est fait. Quand bien même ce n'était pas à faire… » Il remplit les verres et proposa : « Parlons de toi, plutôt. De quand es-tu rentré ? »

Le chevalier raconta, en partie, son expédition avec les templiers. Il expliqua qu'ils étaient sur les traces d'un homme et de son escorte, sans dire les motifs ni préciser que l'homme s'était avéré être un démon. En fait, Kantz interrompit son récit au moment où il volait au secours du frère Markus pour tomber nez à nez avec quelqu'un qu'il avait reconnu et manqué de tuer.

« Qui donc ? demanda Zacharios.

— Jacob Huyghens.

— Jacob ? Un mercenaire ?

— Oui. J'appris même qu'il était le capitaine de ceux que nous avons vaincus. »

Cela faisait presque trois ans que l'on était sans nouvelles de Jacob. Avant cela, il était un étudiant en droit promis à un bel avenir. Kantz le connaissait bien. Avec quelques autres, ils formaient un groupe d'amis réunis autour d'un libraire, Günter Vecht. Réservé, volontiers austère, Jacob n'était pas le personnage le plus marquant de ce petit cercle. Mais il comptait, était aimé.

Puis vint la guerre. Du jour au lendemain, à l'hiver 1620, Jacob disparut. Kantz le soupçonnait déjà, à l'époque, d'avoir participé à la bataille de la Montagne Blanche. Aussi devina-t-on que le jeune homme avait définitivement pris les armes, qu'il avait rejoint les troupes des princes en lutte contre l'Empereur. Car Jacob était protestant. Un protestant sincère qui n'avait pu rester les bras croisés tandis que l'on bafouait sa foi et persécutait ses coreligionnaires.

« A-t-il été pris ? s'enquit Zacharios. Ne me dis pas que…

— Non, le rassura Kantz. Il est sauf et s'est échappé. »

Le faune acquiesça, soulagé. « Quel curieux destin, à la parfin. Qui, naguère, aurait pu deviner que Jacob deviendrait soldat ?

— C'est la guerre, affirma Kantz. Grâce au dragon, nous croyons en être préservés, ici, à Wielstadt. Elle nous semble être une guerre étrangère. Il est vrai que les armées des uns ou des autres ne nous menacent pas. Mais la guerre est perverse. Elle a mille façons de nous atteindre. Vois comme elle a bouleversé la vie de Jacob. Dieu seul sait ce qu'il a pu faire, de son gré ou non, en presque trois ans de campagne. A-t-il participé au sac de Paderborn ? Etait-il à la bataille de Lorsch ? A-t-il pillé Osnabrück ? Et quelles horreurs a-t-il vu les impériaux commettre ? Toutes les guerres sont infâmes. Celle-ci l'est plus encore. Quiconque s'y engagera perdra son innocence, son âme, sa vie. Je te le dis, Zacharios, Jacob n'est que le premier. Cette guerre aura raison de chacun de nous. »

Le faune déglutit, fixa longtemps son ami. Ils restèrent silencieux.

Kantz avait dans le regard une lassitude qui touchait au désespoir.

6

La journée avait pourtant bien commencé. Certes, il faisait une chaleur du diable et le quartier puait toujours autant, mais Haug avait trouvé au lever, glissé sous sa porte, un message d'excellent augure.

Natif de Liverpool, Tobias Haug se nommait en réalité Tobias Hoggins. Il était arrivé dans le Saint Empire avec les troupes que le roi d'Angleterre, Jacques Ier, avait envoyées défendre le Palatinat rhénan. Nous étions en 1620, avant la bataille de la Montagne Blanche mais après que le comte palatin, Frédéric V, eut accepté la couronne de Bohême. Malgré ses réticences à s'impliquer dans le conflit, Jacques Ier ne pouvait pas faire moins. Parce qu'il gouvernait la plus grande puissance protestante d'Occident, il se devait de manifester son soutien aux Réformés allemands. En outre, Frédéric V était son gendre.

Le comte palatin régnait en fait sur deux territoires distincts : le Palatinat rhénan qui s'étendait de part et d'autre du Rhin moyen, et le Haut-Palatinat, situé au nord de la Bavière, 250 kilomètres plus loin vers l'est. Le Haut-Palatinat fut très tôt envahi par le duc de Bavière. Quant au Palatinat rhénan, des régiments espagnols l'attaquèrent dès l'été 1620 au nom de l'Empereur. Lorsque la bataille de la Montagne Blanche eut lieu, les possessions palatines situées sur la rive gauche du Rhin étaient déjà occupées. Sur la rive droite, en revanche, des villes résistaient encore. Deux ans durant, catholiques et protestants se livrèrent une guerre féroce dans le Palatinat rhénan – une guerre qu'ils portèrent largement alentour, qui n'épargna surtout pas les populations, et qui fit la ruine de ce coin d'Europe. Une à une, les dernières citadelles rhénanes du Palatin tombèrent : Heidelberg et Mannheim en 1622, au terme de sièges terribles ; Frankenhalt en 1623, par reddition négociée.

Venu avec la garnison qui défendit héroïquement Heidelberg, Tobias Hoggins n'eut pas à subir la canonnade des Impériaux. Parlant trois mots d'allemand, il déserta bien avant, changea de nom et entama une vie d'aventures. Il se fit mercenaire, brigand, courrier, garde du corps. Ainsi, c'est en qualité d'homme de main qu'il arriva à Wielstadt. Il y suivit son maître, un homme étrange et secret, dont il ne connaissait pas le visage et qui pouvait le laisser de longues semaines sans nouvelles, mais qui payait grassement.

Comme il fallait bien vivre entre deux missions de confiance, Haug pratiquait le métier de duelliste. Le plus souvent, des bourgeois incapables de se battre (et qui n'avaient pas même le droit de porter l'épée, faute d'être gentilshommes) l'employaient pour donner à un aristocrate la leçon que – selon eux – ce dernier méritait. Il suffisait alors à Haug de provoquer l'autre en duel sous un prétexte quelconque. Selon le cas et le salaire, il infligeait à son adversaire une défaite humiliante, le blessait ou le tuait – de sorte que Haug n'était jamais qu'un assassin professionnel qui donnait rendez-vous à ses victimes. Quand les clients se faisaient rares, il se choisissait lui-même une proie, de préférence un jeune fat fortuné dont les proches voudraient défendre la vie et l'honneur, en déboursant discrètement. De loin en loin, cela rapportait beaucoup à qui savait s'y prendre. Mais Tobias Haug était dépensier, joueur, buveur, amateur d'affections tarifées, volontiers paresseux. De sorte qu'il passait l'essentiel de son temps à courir après l'argent et fuir ses créanciers.

A force de s'accumuler, les dettes finissaient régulièrement par peser lourd, par devenir dangereuses. Il y avait bien sûr le risque qu'un commerçant porte plainte devant les tribunaux. Ce n'était pas le pire, cependant. Le vrai péril venait des prêteurs sur gages. Haug avait souvent recours à eux. Trop souvent, ces derniers temps. Il devait se refaire, gagner vite et beaucoup. Le comble était que, quelques jours plus tôt, Haug avait extorqué la somme nécessaire à la famille d'un béjaune si terrifié qu'il peinait à tenir son épée. Que restait-il du pécule après des nuits de débauches joyeuses ? Presque rien. Haug ne regrettait même pas son inconséquence. Les thalers lui brûlaient les doigts : il l'avait admis comme une fatalité.

Ce matin-là, donc, vers onze heures, Tobias Haug découvrit un pli qu'une main anonyme avait glissé sous sa porte. Il avait dormi comme une souche, n'avait entendu personne monter l'escalier. Pour ce qu'il en savait, le papier pouvait tout aussi bien avoir été déjà déposé quand il était rentré peu avant l'aube, abruti de chants, de vin et de fatigue. Un sourire aux lèvres, il s'empressa de faire sauter le cachet de cire vierge et lut :

« Sois ce jourd'hui à l'endroit que tu sais, à l'heure que tu sais. Si rien ne vient, n'attends point. »

Pas de signature. Elle aurait d'ailleurs été inutile. Haug savait qui était l'auteur de ces lignes et ce qu'elles signifiaient. Son maître avait une mission à lui confier.

Avec la mission viendrait un salaire, peut-être une avance, de quoi régler les créances les plus urgentes.

Haug s'accorda encore quelques heures de sommeil, paressa chez lui et ne sortit qu'en fin d'après-midi. Il se promena, acheta un petit pâté en croûte à un marchand ambulant, but un verre à la fenêtre d'une auberge, marcha le long du Rhin pour profiter de sa fraîcheur. Ses pas le conduisirent devant les « Huit Tonneaux ». Il lui restait de l'argent. Fort peu pour vivre plusieurs jours comme il l'avait prévu, mais bien assez pour quatre ou cinq pichets, une partie de dés, un repas et la ribaude qui ne manquerait pas de s'asseoir sur ses genoux. Comme il avait l'espoir d'un gain prochain, il entra, ne se priva de rien, dépensa tout.

Les choses, ensuite, se gâtèrent.

La nuit était tombée quand les trois hommes surprirent Haug au sortir de la taverne. Ils l'entraînèrent rapidement dans une ruelle voisine et le plaquèrent contre un mur. Haug comprit aussitôt à qui il avait affaire. Conscient qu'il n'aurait pas le dessus, il se rebiffa mollement, voulut négocier, tenta une plaisanterie. Il en fut quitte pour un coup de poing au ventre qui lui coupa le souffle.

« Il est deux choses, fit une voix féminine depuis l'ombre, deux choses que le Roi Misère ne souffre pas. »

Toujours maintenu, Haug se redressa. Il vit approcher une très jeune femme. Elle avait dix-sept ans à peine, était habillée comme un spadassin, l'épée au côté. De longs cheveux noirs couvraient ses épaules. Elle était jolie, mince, sûre d'elle-même.

« Ecoutez, commença Haug, je ne… »

Mais il ne put achever : l'une des brutes venait de lui envoyer un second direct à l'estomac.

« Convenons, dit l'inconnue, que je parle et que tu ne fais qu'écouter. C'est entendu ? » Haug acquiesça. « Très bien... Donc, il est deux choses que le Roi Misère ne souffre pas. La première est qu'on lui fasse des dettes sans rembourser. La seconde est qu'on se moque de lui.

— Mais jamais je n'ai... » se rebella Haug malgré lui.

Cette fois encore, un coup le fit taire. L'homme qui frappait interrogea la jeune femme du regard. Elle acquiesça et Haug reçut un genou dans le bas-ventre. Il gémit. Ses bourreaux le laissèrent s'affaisser sans lui lâcher les bras.

« Reprenons... La somme que tu dois au Roi Misère est de conséquence. Tu devrais payer, or rien ne vient tandis que tes finances sont excellentes. Ne nie pas. J'étais aux “Huit Tonneaux”, le soir où tu fis montre d'une si grande libéralité. Et ce soir encore, tu as fait bombance. Alors comment crois-tu que le Roi Misère prit la chose ?...

— J'aurai l'argent... promit Haug. Bientôt... Je paierai.

— Bien sûr que tu paieras. Et avant trois jours. Sinon...

— Avant trois jours, c'est entendu. »

La jeune femme s'éloigna et, presque sortie de la ruelle, dit à ses sbires qui n'avaient pas bougé :

« Je veux qu'il se souvienne de la rossée. Mais ne lui rompez pas le cou ni les membres. Un estropié ne nous servirait de rien. Retrouvez-moi au “Dragon couché” quand vous en aurez fini. »

Tobias Haug fut malgré tout au rendez-vous, place d'Augsbourg, à l'heure dite.

Il arriva crotté, en boitant, le visage tuméfié et du

sang sur sa chemise, mais il arriva à temps : un clocher sonna bientôt onze coups. Peu après, un carrosse sans armoiries fit son entrée sur l'esplanade déserte. Il s'arrêta à la hauteur de Haug. Une portière ouverte invita le duelliste à monter, ce qu'il fit.

Dans la cabine, un homme seul attendait. Il était grand, élégant, richement vêtu, les cheveux gris. Un masque d'or lui cachait le visage, ne laissant voir que des yeux noirs. Dès que Haug se fut assis sur la banquette en face de lui, dos au sens de la marche, le carrosse s'ébranla.

Ils restèrent un moment silencieux. Haug était conscient de la piètre image qu'il donnait de lui-même, et n'osait rien dire. Immobile, l'autre le fixait d'un regard sévère.

« Que t'est-il arrivé ? demanda enfin l'homme au masque.

— Une mauvaise rencontre. Des détrousseurs, mentit Haug.

— Cela ne pouvait advenir à pire moment. J'avais une mission à te confier…

— Je la remplirai ! Je…

— Non, fit le Masque d'or en levant la main. Oublie cela.

— Mais pourquoi, Monseigneur ? » lança Haug.

Il voyait s'éloigner la perspective d'un salaire dont il avait plus que jamais besoin.

« Si tu voyais ta mine, tu ne songerais pas à poser la question. Et Dieu seul sait quelle figure tu auras demain… »

L'homme masqué se tut, mais continua de dévisager Haug.

« Combien étaient-ils, ces détrousseurs ?

— Trois.

— Une chance que tu aies survécu. A te voir, on

jurerait qu'ils ont eu le dessus… Et pourtant te voilà, toujours riche de tes bottes et de ton épée… »

Le ton était plus que suspicieux. Haug voulut se justifier par un nouveau mensonge :

« A vous dire vrai, Monseigneur…

— Ne te donne pas tant de peine, Haug. Je sais ce que tu es et ce que tu vaux. »

L'homme au masque avait une canne posée près de lui. Il l'empoigna, voulut frapper du pommeau contre le toit de la cabine. Pour le cocher, ce serait le signe de s'arrêter et Haug devrait descendre.

« De grâce, Monseigneur ! implora ce dernier. Acceptez au moins de me dire de quoi il retourne ! »

L'autre suspendit son geste, parut réfléchir, puis se renfonça dans son siège. Le carrosse roulait toujours.

« Il s'agit d'une lettre à remettre en main propre. A une certaine personne vivant à Heidelberg.

— Je connais la ville, affirma Haug convaincu de marquer un point.

— Je le sais. Et voilà pourquoi j'avais de prime songé à toi.

— Avec votre permission, j'accomplirai cette tâche.

— Impossible. En cette heure, tu peux encore tromper ton monde. Mais demain, le corps te doulera tout entier. Tu seras même incapable de tenir en selle. »

Le Masque d'or avait raison. Cependant, il paraissait disposé à accueillir toute proposition raisonnable. Haug eut alors l'idée qui pouvait le sauver.

« La mission est urgente ?

— Oui. »

Haug acquiesça. « Ce pli, l'avez-vous céans ?

— Je l'ai.

— De l'argent ?

— J'ai avec moi le pécule que j'escomptais te donner.

— Alors confiez-moi l'un et l'autre, Monseigneur. Je me fais fort de trouver le parfait messager. »

L'homme masqué hésita.

« Il faut un homme de confiance, dit-il. Et que nos ennemis ne connaissent pas. Un homme qui saura faire face au danger, qui accomplira sa mission quoiqu'il en coûte et ne songera jamais à trahir.

— Je m'assurerai de son silence de la meilleure des manières : il ne saura pas qui il sert. »

Une nouvelle fois, le maître de Haug s'accorda le temps de la réflexion.

« C'est entendu, lâcha-t-il. Nous ferons comme tu dis. Mais ne me fais pas défaut. Je me fie à ton jugement et ne tolérerai pas un mauvais succès en cette entreprise.

— Ai-je déjà failli ? demanda Haug avec un sourire satisfait.

— Ce jourd'hui, il s'en fallut de peu. »

Le carrosse laissa Haug en haut de la rue des Trousse-Cotte et s'éloigna presque aussitôt. Le quartier était animé, à la fois populeux et mal famé. Par les portes et les fenêtres grandes ouvertes des tavernes, sortaient des cris, des chants et des rires, tout un brouhaha joyeux qui résonnait dans la nuit. Des prostituées allaient et venaient, aguicheuses, montraient leurs jambes ou se soupesaient les seins quand passaient des hommes, soldats et marins pour la plupart.

Haug se hâta. Avant de le livrer à ses brutes, la jeune messagère du Roi Misère avait dit qu'elle serait au « Dragon couché », un cabaret tout proche. Avec un peu de chance, Haug l'y retrouverait et pourrait conclurc un accord.

Il claudiquait toujours ; ses côtes le faisaient souffrir ; la tête lui tournait un peu. Tout à ses projets, il ne remarqua pas la ribaude qui le suivit longtemps des yeux. Elle était rousse et belle, provoquante dans la robe rouge qui flattait ses courbes et découvraient une gorge laiteuse. Curieusement, personne ne semblait s'intéresser à elle.

Ni même la voir.

7

En 1623, l'ordre du Temple s'apprêtait à célébrer le centenaire de sa seconde existence.

Fondé au XIIe siècle par une poignée de pieux chevaliers en Palestine, il avait prospéré deux siècles durant avant d'être diffamé, combattu, ruiné, puis finalement aboli en 1312. Les « Chevaliers du Christ » faillirent alors disparaître. Quelques-uns, guère plus nombreux – selon la légende – que leurs glorieux fondateurs, trouvèrent cependant refuge dans le Saint Empire romain germanique. Des congrégations amies les y accueillirent ; des princes leur offrirent protection. Ce furent malgré tout des années noires, au cours desquelles les Templiers s'employèrent clandestinement à se réorganiser, gagner de nouveaux frères et cultiver de nouvelles terres. Ils firent si bien que, le XVIe siècle commençant, l'ordre n'attendait qu'un retour en grâce papale pour revenir occuper le devant de la scène militaire et religieuse allemande.

A l'époque, deux menaces pesaient contre l'Occident chrétien. La première, intérieure, était la Réforme ; la seconde, extérieure, était l'ambition de conquête ottomane. Rome pouvait-elle se passer encore longtemps de l'aide du Temple qui, en retour, ne demandait que le droit d'exister au grand jour ? Il semblait que non, mais le pape hésitait toujours lorsqu'en 1529, le Turc pénétra en Autriche et assiégea Vienne. Sans attendre, les Templiers se mobilisèrent partout en Allemagne du sud, revêtirent leurs couleurs et prirent les armes. Les armées ottomanes furent repoussées et les Templiers passèrent pour les principaux artisans de la victoire. Deux mois plus tard, une bulle papale consacrait leur renaissance.

Jadis, au faîte de sa gloire, l'ordre comptait plusieurs provinces : en Terre sainte, celles de Jérusalem, de Tripoli et d'Antioche ; en Occident, celles de France, Angleterre, Poitou, Provence, Aragon, Portugal, Pouille et Hongrie. Désormais, les fiefs et terres des Templiers étaient distribués dans deux provinces, l'une et l'autre allemandes : celles de Rhénanie et de Bavière. La province rhénane était de loin la plus vaste et, jusqu'à la guerre, la plus riche ; sa « maison » – ou commanderie – principale se trouvait à Wielstadt. Frère Berthold, commandeur de la maison de Wielstadt, avait ainsi autorité sur l'ensemble de la province de Rhénanie.

Avec son escorte, le frère commandeur Berthold rentra au crépuscule d'une tournée d'inspection dans le proche évêché de Paderborn, où le Temple possédait des fermes que la soldatesque de Christian de Brunswick avait pillées l'an passé. Les cavaliers et les montures s'en revenaient fourbus après deux longues semaines. Ils passèrent sans gloire le splendide portail au-dessus duquel flottait l'étendard blanc à croix vermeille.

La commanderie de Wielstadt était située non loin du port, entre les deux bras du Rhin. C'était une immense abbaye fortifiée en pleine ville, avec chapelle, cloître, réfectoire, cuisines, dortoirs, écuries, étables, greniers, cimetière et potager, ainsi qu'une auberge pour les pèlerins et les visiteurs. A la fois moines et soldats, les Templiers menaient là une existence de travail et de prière, quand ils ne combattaient pas. Levés dès l'aube, ils vivaient toujours selon les sévères obligations d'une Règle rédigée au XIIe siècle par saint Bernard et le premier maître de l'ordre, Hugues de Payns.

Abandonnant sa monture à un sergent[1], le frère Berthold retrouva son maréchal qui l'attendait. Ils se saluèrent, échangèrent une accolade chaleureuse. La cinquantaine bien avancée, le commandeur était solidement bâti, avait le cuir tanné, le cheveu gris et ras, la barbe fournie. On l'imaginait plus volontiers portant la cotte de maille et le haubert que le pourpoint blanc, la casaque et le feutre des Templiers modernes ; de même, il avait des mains à manier une lourde flamberge plutôt que la rapière ou le pistolet. Il était pourtant un mousquetaire, comme tous les frères chevaliers. Equipés d'un casque et d'un plastron d'armure, les frères sergents combattaient en tant qu'arquebusiers à cheval.

« Qu'en est-il de nos terres de Paderborn ? demanda bientôt le frère Markus.

— On a rebâti et commencé de ressemer, mais elles coûteront longtemps avant de rapporter… Pour le comble, la plupart des villages sont dépeuplés. Soit parce que leurs habitants ont été massacrés, soit parce qu'ils ont fui. Les horreurs qui furent commises là-bas dépassent l'entendement. Des hordes infernales n'eurent pas fait pire. »

1. Au sein du Temple, les *frères chevaliers* étaient tous de noble naissance. Les *frères sergents*, roturiers, occupaient des positions subalternes. Ils n'étaient pas vêtus de blanc, mais de noir ou de brun. Ils portaient néanmoins la croix vermeille et étaient sinon des templiers à part entière.

Ils marchaient, allaient vers le bâtiment où le frère Berthold avait ses quartiers.

« Et votre mission ? reprit ce dernier.

— Comme nous étions informés de votre retour, le chevalier Kantz patiente dans le cloître. Vous apprendrez tout de sa bouche. »

C'était une pièce austère, pauvrement meublée, aux murs nus. Kantz et le frère maréchal d'un côté, le frère Berthold de l'autre, les trois hommes étaient assis à une table encombrée de paperasse. Des chandelles de suif donnaient une lumière mouvante. Grand comme la main, un crucifix de bois était accroché à la porte.

« Ainsi, il s'agirait d'un démon, conclut le frère commandeur lorsque Kantz eut achevé son récit.

— Nous nous figurions avoir affaire à un émissaire de l'Ombre, indiqua le chevalier. Maximilian Osiander l'est peut-être, mais il est bien plus…

— Nos espions ne se sont donc pas entièrement fourvoyés, intervint le frère Markus.

— Certes, certes… » lui accorda son commandeur. Puis, s'adressant à Kantz : « Est-il à Wielstadt ?

— C'est à craindre. Notre ville était sa destination première.

— Et qu'y venait-il faire ?

— Nous l'ignorons.

— Peut-on le trouver ? Le débusquer par quelque manière ?

— Non. Je devinerai sa présence si je l'approche, mais c'est là tout. »

Le frère Berthold réprima un geste d'impatience. Il soupira, ferma les paupières, se massa l'arête du nez entre le pouce et l'index. Enfin, il demanda :

« Que savons-nous de lui ?

— Rien ou presque, répondit le frère maréchal. Son

nom, bien sûr, ou du moins celui du malheureux dont ce démon a dévoré l'âme et pris le corps. Nous savons aussi qu'il comptait parmi les proches conseillers de Christian de Brunswick.

— Sans pouvoir dire, précisa Kantz, si Osiander était déjà possédé quand il avait l'oreille de Brunswick.

— Rien ou presque en effet », lâcha le frère commandeur avec amertume, reprenant les mots de son maréchal. « Et ces créatures que vous affrontâtes, chevalier ?

— Des créatures de l'Ombre, à n'en pas douter. Elles ont pour nom : *Spectres Assassins*. Elles sont des esprits malins tirées des Limbes par un enchantement. En notre monde, elles se réfugient dans les ténèbres et s'en nourrissent ; elles peuvent s'y mouvoir et en saillir selon leur caprice. Le jour et les vives lumières leur sont hostiles. Mais dès la nuit venue…

— Peut-on les vaincre et les détruire ?

— Oui. Il ne suffit que de courage et de bon acier. »

Tout cela, Kantz l'avait appris récemment dans ses livres, lesquels avaient pour la plupart une méchante odeur de soufre. Il préféra se taire sur ce point, pour ne pas éprouver la piété des templiers qui, d'ailleurs, se gardèrent bien d'approfondir la question.

« Alors que faire, chevalier ? s'enquit le frère commandeur Berthold.

— Attendre, dit Kantz. Nous jouons les noirs dans cette partie. Le premier coup ne nous revient pas. »

La réunion achevée, Kantz traversa la cloître avec le frère Markus, lequel avait tenu à le raccompagner aux portes de la commanderie.

La nuit était tombée. Sous les arcades, des templiers allaient solitaires et silencieux, ou par deux, discutant à voix basse. L'un d'eux, enveloppé dans un grand manteau blanc, était assis sur un banc de pierre. C'était un beau vieillard, robuste encore, le visage ridé et le cheveu rare. Kantz le remarqua sans raison particulière mais leurs regards se trouvèrent un long moment tandis que le chevalier passait.

« Etes-vous sûr de ne pas souhaiter une escorte ? demanda le maréchal tandis le frère portier ouvrait la poterne. Ne serait-ce que pour tenir les flambeaux. »

Mais Kantz déclina l'offre et s'aventura seul dans les rues enténébrées. Après la canicule du jour, la ville connaissait des heures délicieuses, fraîches et paisibles, dont le chevalier voulait profiter. Des étoiles tombait ce qu'il fallait de lumière à un promeneur sans sommeil ; un petit vent caressait la ville ; une quiétude languissante gagnait l'âme et le corps.

Oublieux du monde, Kantz flâna et ne fit aucune rencontre.

Du moins jusque chez lui.

8

Posant le livre sur sa poitrine, Günter Vecht retint un bâillement et, s'étirant, prit garde à ne pas déranger celle qui dormait à ses côtés. Tout était calme dans la chambre à coucher. La chandelle posée près du lit donnait un rien de lumière vivante. Derrière les volets mi-clos, la fenêtre ouverte laissait passer la fraîcheur ainsi que les reflets bleutés du ciel étoilé. Le silence avait envahi la maison dont les boiseries, parfois, craquaient.

A cinquante-sept ans, Günter Vecht était un homme heureux.

Sa santé, d'abord, s'avérait excellente pour quelqu'un de sa génération, en un siècle où les années pesaient lourd passée la quarantaine. A son âge, en principe, on était un vieillard quand on n'avait pas trépassé. Vecht, lui, appartenait à cette catégorie d'êtres que la mort foudroie mais que le temps use à peine. Il était bâti en Hercule, jouissait d'une vigueur qui impressionnait naguère et laissait désormais incrédule. De surcroît, il portait beau. Les rhumatismes l'épargnaient ; il avait toutes ses dents et les avait saines ; il voyait, entendait et mangeait comme à vingt ans. Avec les rides, son visage de patriarche romain avait gagné en charme et en autorité. Et si ses cheveux blanchis désertaient le haut de son crâne, ils poussaient drus et longs ailleurs. Bref, même les marques de la vieillesse semblaient destinées à souligner, par contraste, son étonnante vitalité. On l'imaginait volontiers mourir centenaire.

Les affaires, cependant, n'allaient pas si bien. Günter Vecht était libraire, ce qui signifiait à l'époque qu'il était également imprimeur – sa boutique et les ateliers se situaient au rez-de-chaussée d'une vaste maison dont il était propriétaire ; lui logeait à l'étage. Trois années de guerre dans le Palatinat et ses environs avaient suffi à ruiner la Rhénanie. Wielstadt avait alors accusé un coup sévère, car sa richesse venait surtout des échanges commerciaux qui se faisaient *via* le Rhin, entre nord et sud. L'activité économique de la région cessant, ou du moins diminuant dramatiquement, la cité perdit de son influence au profit d'autres villes portuaires telles qu'Anvers et Amsterdam. A son niveau, Vecht fit très tôt l'expérience de la pénurie et de l'inflation : faute de matières premières, il dut imprimer moins et augmenter ses prix. La ruine, cependant, ne le menaçait pas en ce chaud mois d'été 1623. Il avait les reins assez solides pour tenir encore et espérait – légitimement, semblait-il – que tout irait mieux maintenant que le Palatinat rhénan avait capitulé, que la guerre se faisait ailleurs. Vecht était si confiant en l'avenir qu'il avait contracté des emprunts pour acheter une belle demeure où, sous peu, il emménagerait en famille.

Et tel était le véritable motif du bonheur de Günter Vecht. Ce n'était ni sa santé, ni la perspective d'un retour à la prospérité. Après une longue vie de célibataire, après une multitude d'aventures galantes, Vecht s'était marié et vivait une idylle. Annerose, son épouse qui en cette heure dormait si paisiblement près de lui, n'avait guère plus de trente ans. Elle était la veuve d'un fabriquant de papier qui, ruiné par la guerre, s'était suicidé ne laissant à sa femme que des dettes et une fillette de quelques mois à peine. L'enfant avait à présent deux ans et un nouveau père. Le libraire l'entendait qui respirait paisiblement dans son berceau, au pied du lit conjugal.

Se tournant vers Annerose, Vecht dut résister à la tentation d'effleurer les longs cheveux blonds, une épaule nue et, là-bas sous le drap, l'éminence d'une hanche ronde. Il admira longtemps la belle endormie, espérant qu'elle se réveillerait seule, lui sourirait et l'attirerait vers elle. Il pourrait alors goûter sa bouche, sa gorge, son ventre, plonger vers le refuge de ses cuisses. Il serait tendre et patient, ferait naître en elle une houle chaude, profonde et lente, invincible. Les yeux au ras du corps alangui, il guetterait les premiers frissons, écouterait les soupirs, verrait les joues rosir. Les poings serrés sur l'étoffe, elle ondulerait bientôt, aurait des mouvements qu'elle peinerait à réprimer, des gestes pour fuir les délices d'une torture consentie. Puis Annerose se cambrerait sous la déferlante soudaine, étoufferait un gémissement en mordant sa lèvre et retomberait vaincue, repue, paisible. Il faudrait alors cesser la caresse juste avant la douleur, poser un baiser sur le doux renflement, aller chercher la récompense d'un regard amoureux.

Tout cela, Vecht le rêva et faillit le faire.

Mais un bruit dans la maison vint rompre l'enchantement.

L'escalier débouchait dans un couloir carrelé, entre la boutique et l'atelier d'imprimerie. Vecht s'y engagea prudemment. Il était pieds nus, vêtu de ses chausses et de sa chemise dont les pans lui couvraient les cuisses.

Sa main droite serrait un lourd bâton clouté ; la gauche, une chandelle qu'il tenait haut pour éclairer d'avantage. Il ne se souciait pas d'être silencieux, encore moins d'être invisible. Il allait lentement cependant, scrutait les ténèbres à chaque pas, tendait l'oreille. Il redoutait d'être surpris.

La porte de l'atelier était bien close. Il entra dans la boutique, fit gémir le parquet. Il se figea aussitôt. Günter Vecht n'était pas un pleutre. Il s'était déjà battu plusieurs fois dans sa vie, le plus souvent contre des brutes bornées et fières d'elles-mêmes, race qu'il détestait. Il ne craignait donc pas les coups et les distribuait volontiers à l'occasion. Or cette fois-ci, il ne s'agissait pas seulement de lui. Il songeait à Annerose, à l'enfant. Il voulait les protéger et tremblait pour eux.

La boutique semblait vide, mais elle avait plein de recoins obscurs qui étaient autant de cachettes. Il avança, s'arrêta au milieu de la pièce et la balaya d'un long regard circulaire.

C'était une porte ou un volet forcé qu'il avait entendu depuis sa chambre. Après, plus rien. Pouvait-il s'être trompé ? Il l'espérait sans le croire. Quoi qu'il en soit, il était incapable de regagner son lit avant d'avoir inspecté la maison de la cave aux combles. Si quelqu'un était entré, il lui fallait le trouver, le mettre en fuite, lui rompre le cou si nécessaire. Et si l'intrus n'était pas seul, Vecht ferait front, frapperait tant qu'il pourrait, hurlerait à réveiller la ville. Devrait-il en mourir qu'il ne reculerait pas. Il protégeait bien plus que quelques livres précieux et ses économies.

Il n'y avait personne dans la boutique. Côté rue, la porte et la fenêtre étaient protégées par d'épais volets toujours en place, et intacts. Restait la porte de la réserve, pièce qui avait une lucarne donnant sur l'arrière cour. L'ouverture était étroite. Néanmoins, un homme mince pouvait s'y faufiler. Il fallait vérifier.

Quelqu'un martela subitement le volet de la porte d'entrée. Vecht sursauta, manqua lâcher sa chandelle dont la flamme vacilla. Il hésita. On frappa encore. Le cœur battant, Günter Vecht alla ouvrir la fenêtre sur rue mais se contenta d'entrebâiller le volet. Il empoignait ferme son gourdin.

« Qui va là ? »

Un homme se tenait tout près, empêchant Vecht de distinguer autre chose que quelques silhouettes tenant des flambeaux dans la rue.

« Un meurtrier s'est échappé », dit-il.

Il avait l'allure et la vêture d'un spadassin. L'épée au côté, il portait un grand chapeau qui cachait ses yeux. Sa bouche était épaisse, humide, purpurine. Un étrange masque de cuir couvrait sa joue gauche.

« Et alors ? fit Vecht, méfiant.

— Nous l'avons pourchassé jusque céans. Il peut s'être caché chez vous.

— Et qui me parle ?

— J'ai grade d'exempt au guet de Wielstadt. »

Tu me mens, compère, songea Vecht.

« Et eux ?

— Exempts comme moi. »

Un autre mensonge.

Les exempts du guet étaient, en quelque sorte, les inspecteurs en civil de la police municipale. Ils étaient peu nombreux, très discrets ; on leur confiait les enquêtes criminelles les plus délicates. De fait, poursuivre des criminels dans les rues, en pleine nuit, n'entrait certes pas dans leurs attributions légitimes. Du moins Vecht croyait-il le savoir.

« Passant devant chez vous, insista l'autre, nous avons

vu une lumière derrière vos volets. Aussi avons-nous pensé que…

— Il n'y a sous mon toit que ma femme, ma fille et moi. Et je suis le seul à ne pas être ensommeillé. C'est ma chandelle que vous avez aperçue, messieurs.

— Il est fort tard », fit le spadassin qui, à son tour, devenait soupçonneux. « Vous ne dormez donc pas ?

— Le sommeil me fuit, qu'y puis-je ? J'allais boire un verre de vin quand vous avez frappé à mon huis.

— L'homme est cependant dangereux. La prudence dicte de nous assurer que ce meurtrier n'est pas chez vous.

— Ne vous inquiétez de rien, affirma Vecht d'un ton ferme. Tous mes huis sont bien clos tandis que votre homme s'éloigne chaque minute un peu plus. »

Le prétendu exempt hésita, comprit qu'il ne forcerait pas la porte du libraire sans esclandre.

« C'est bien, dit-il à ses sbires. Cherchons ailleurs. »

Et il s'éloigna enfin.

Après avoir refermé le volet et la fenêtre, Günter Vecht resta un instant songeur, soulagé de s'en être tiré à si bon compte mais encore soucieux, incapable de deviner qui étaient les spadassins et ce qu'ils voulaient réellement. Tout à ses pensées, il s'en retournait déjà lorsqu'il entendit un gémissement.

Cette fois, c'était sûr : il y avait quelqu'un dans la réserve.

Le bras tendu, Vecht poussa la porte de son arrière-boutique en se tenant tout contre le mur, hors de vue et d'atteinte. Il était toujours armé de son bâton ferré. En revanche, il avait posé la bougie en bonne place pour éclairer les lieux. Le battant grinça et s'ouvrit en grand. Le libraire attendit un peu avant de hasarder :

« Qui est là ? »

Une voix mâle et faible lui répondit :

« Günter… Günter, est-ce vous ? »

Intrigué, Vecht jeta un œil à l'intérieur, n'eut que le temps de deviner un corps allongé parmi les caisses et les piles de papier vierge.

« Qui est là ? répéta-t-il.

— C'est moi, Günter… Jacob… Jacob Huyghens… »

9

« Vous rentrez fort tard. »

Elle l'attendait à sa porte, près de la fenêtre à laquelle Heide avait laissé une bougie allumée avant d'aller se coucher. La rue Königberg était sinon déserte, silencieuse et obscure sous le ciel piqueté d'étoiles.

« Je ne me savais pas attendu, répondit Kantz. A qui ai-je l'honneur de parler ? »

L'inconnue ne répondit pas, mais se laissa dévisager.

Elle était jeune, jolie sans doute, pour autant que le chevalier put en juger en dépit du feutre qui la coiffait. L'épée au côté, elle était vêtue en spadassin : bottes, chausses et pourpoint entrouvert montrant la chemise. Kantz, sans y paraître, nota que les bottes et les chausses étaient fatiguées, que le pourpoint avait quelques accrocs. Cependant, la chemise était propre. Et la rapière, plus courte et légère que la normale, devait avoir été forgée sur mesure. *La belle se donne des airs de truanderie*, songea Kantz, *mais elle n'est point si miséreuse*.

« Il faut me suivre, dit-elle

— Vous le disiez vous-même : il est fort tard. Convenons plutôt de nous retrouver demain. »

Elle lui lança un petit objet qu'il attrapa au vol de sa main toujours gantée. Il s'agissait d'un jeton en plomb, assez semblable à une petite pièce de monnaie. Sur une face, le jeton était grossièrement frappé d'une couronne et d'une inscription : *Miseria Rex*.

Le Roi Misère, en latin.

« Il vous attend.

— Alors montrez-moi le chemin. »

Emboîtant le pas à la jeune femme, Kantz eut un regard pour la chandelle qui, derrière les carreaux, brûlait à son intention. Il se dit qu'il ne rentrerait pas assez tôt pour l'éteindre.

Ils cheminèrent longtemps et, de rues en venelles, s'enfoncèrent dans une cité de plus en plus sordide.

Dès le crépuscule, les villes du XVIIe siècle devenaient des dédales ténébreux où l'on s'aventurait à ses risques et périls. L'éclairage public restait à inventer, pour le bonheur des malandrins en embuscade et le malheur des noctambules esseulés. Les mauvaises rencontres étaient partout probables, mais elles étaient certaines en quelques lieux. Il existait ainsi à Wielstadt des poches de misère et de violence, cachées dans les tréfonds. Même de jour, le guet n'y venait qu'en grand nombre et prêt à livrer bataille.

Kantz comprit bientôt que la jeune fille le conduisait vers l'un de ces coupe-gorge. Elle marchait d'un pas vif, assuré, ne se retournait jamais. Le chevalier devina cependant que cette hardiesse était feinte, ou du moins forcée. Il savait d'expérience que ceux qui ne craignent rien n'éprouvent pas le besoin de le montrer. Or la demoiselle manifestait trop d'aplomb, trop de morgue. Peut-être estimait-elle avoir un rang à tenir. Mais vis-à-vis de qui ? Des truands qu'une messagère du Roi Misère fréquentait à coup sûr ? Oui, c'était possible.

Son sexe était une faiblesse qu'elle pouvait vouloir faire oublier par un excès de confiance affiché. Les mœurs du siècle étaient profondément misogynes. Dans la roture comme dans la noblesse, on n'envisageait pas qu'une femme s'habille en homme, et certes pas en spadassin. L'idée était grotesque, aberrante, scandaleuse, contraire aux lois humaines et divines. Il était d'ailleurs certain que la charmante amazone que suivait Kantz vivait en marge de la société par la force des choses. Ainsi vêtue, l'épée au côté, elle n'aurait pu faire trois pas dans la Wielstadt des honnêtes gens sans être arrêtée par le guet et bientôt condamnée.

Pour l'heure, elle allait libre et confiante par des cours et des ruelles toujours plus tortueuses, crasseuses et sinistres. Kantz voulait croire qu'ils approchaient du but. Ils rencontraient souvent, désormais, des personnages à la mine inquiétante qui les regardaient passer sans mot dire. Ils adressaient au chevalier des regards hostiles, comme pour lui faire comprendre qu'il n'était pas chez lui et risquait gros. Cela ne faisait aucun doute. Kantz ne devait sans doute qu'à son accompagnatrice d'être toujours en vie. Elle était, elle, en terrain de connaissance.

Elle s'arrêta enfin au fond d'une venelle profondément encaissée entre des murs lépreux.

« C'est là », dit-elle.

S'avançant, Kantz vit quelques marches qui descendaient vers une porte basse, dans un renfoncement maçonné.

« Seul ? demanda-t-il.

— Seul. »

Il acquiesça, dépassa son guide, emprunta le petit escalier et poussa le battant vermoulu. Ce qu'il y avait de l'autre côté, Kantz dut attendre que ses yeux se soient accoutumés à la lumière pour le voir.

C'était une arrière-cour chaude et lumineuse, cernée par des bâtiments de quelques étages, sous un carré de ciel étoilé vers où montaient les fumées. De grands flambeaux éclairaient en faisant danser les ombres ; ils crépitaient dans l'air saturé d'odeurs puissantes : vin aigre, corps malpropres, épices et bois brûlé.

Il régnait en ce lieu une ambiance de foire villageoise et de bivouac mercenaire un soir d'après pillage. Assis en cercle sur des tapis déchirés, une poignée de vrais mendiants et faux estropiés s'amusaient à une partie de trictrac. Non loin d'eux, des hommes attablés buvaient et riaient, servis par des filles trop gaies, débraillées, qui feignaient la colère quand on les touchait. Dans un escalier à claire-voie, des enfants poursuivaient en criant un chaton effrayé ; d'autres, avec de petits fouets, faisaient tourbillonner des toupies de bois. Sur une terrasse, accroupies autour d'un grand baquet d'eau, des femmes en chignon, les bras nus et les hanches larges, battaient vigoureusement le linge qu'elles mettaient à sécher sur des cordes tendues ; elles échangeaient des propos vulgaires et menaçaient de leurs battoirs les gamins qui venaient se perdre parmi les draps humides. Des gaillards féroces, à la voix forte, jouaient aux quilles et misaient peu. Une truie et ses petits somnolaient dans un enclos. Le long d'un mur, sous un appentis, des grabats et des couvertures accueillaient des hommes endormis, ou qui tuaient le temps, l'œil vague, en fumant des pipes. Ils pouvaient voir, entre les jambes des spectateurs, deux lutteurs en sueur qui s'empoignaient, souffraient, grognaient, roulaient sur le sol malpropre, se relevaient furieux et ravis. Des chiens rôdaient, allaient mendier près des tables, se disputaient des os. Un soudard besognait debout une femme échevelée ; troussée haut, elle lui serrait la taille entre les jambes. Deux faunes rivalisaient d'adresse au couteau en visant une cible de fortune. Depuis un balcon, une *Egyptienne*[1] agitait ses jupes au rythme d'un tambourin qu'étouffaient les bravos des voyeurs. Sous un porche, un quarteron de tire-laine partageaient un butin. Et il y avait encore toute une société de gueuses, voleurs et miséreux qui allaient, venaient, s'apostrophaient d'une fenêtre à l'autre, donnaient à voir ou à entendre des parties de dés acharnées, des querelles jalouses, des menaces d'ivrognes, des embrassades viriles, des œillades galantes, des chants hurlés, des conciliabules secrets, des baisers goulus et des caresses furtives.

Kantz, pour la première fois de sa vie, était admis dans le saint des saints de la truanderie de Wielstadt, dans sa Cour des Miracles.

Cette cour avait un monarque.

« Approche, fit le Roi Misère. Approche, chevalier. Viens te joindre à moi. As-tu soupé ? »

Seul devant un repas de banquet, il trônait en vue de tous sur un fauteuil dont les ors s'écaillaient. Il souriait franchement et s'employait à démembrer un poulet rôti.

Kantz s'avança, salua le chapeau à la main. Le Roi Misère claqua des doigts pour que l'on apporte un tabouret et fut aussitôt obéi. Le chevalier s'assit, conscient de l'estime que lui manifestait son hôte en l'accueillant à sa table. Néanmoins, le tabouret était bas.

« Mange, invita le Roi Misère. Taille dans ce qui te plaira. Et tiens, prends mon verre. Je lamperai au cruchon. »

Gros et grand, gras et fort, il avait l'allure et les manières d'un rustre. Il portait à même la peau un pourpoint de cuir bâillant sur un torse puissant, velu, luisant

1. Une bohémienne.

de transpiration. Ses cheveux lui tombaient sur le visage, sales et mal peignés ; sa barbe broussailleuse retenait des miettes et des gouttes de sauce. Il parlait volontiers la bouche pleine, faisait passer chaque bouchée d'une gorgée de vin, buvait en s'inondant le menton. Mais cette outrance vulgaire était trompeuse. Elle déguisait une intelligence rusée que le regard, vif et pétillant, trahissait à l'occasion.

Par politesse, Kantz mangea et but un peu. Il dut reconnaître que les viandes étaient excellentes et les crus, délicieux.

« Celui-là vient d'Alsace, indiqua le Roi Misère en notant la mimique admirative du chevalier. On en trouve plus guère de nos jours depuis… Enfin tu le sais comme moi. » Il faisait allusion au pillage de la province, en 1621. « Il m'en reste encore tout un tonneau. Je t'en ferai porter, si cela te sied…

— Grand merci mais je bois peu. Ton vin tournerait vinaigre chez moi.

— Et ta servante, Heide ? Ou Stefan ? Ils l'aimeraient peut-être. »

Pour le Roi Misère, c'était une manière de dire à Kantz qu'il n'ignorait rien le concernant. Le chevalier ne fut pas dupe et préféra répliquer sur le ton de la plaisanterie.

« Ils ne sont pas accoutumés à semblable nectar. De sorte qu'ils ne voudraient plus boire autre chose et que je passerais pour un mauvais maître en refusant, ou paierais de ma ruine la paix dans ma maisonnée. »

Beau joueur, le Roi Misère s'esclaffa.

Puis il repoussa son assiette en bousculant quelques plats et, appuyé sur les coudes, se pencha vers Kantz.

« De quand date notre dernière rencontre, chevalier ?

— Trois ans.

— Point tant, puisque nous étions à l'hiver.

— Soit, concéda Kantz. Deux ans et quelques mois.

— Tu n'as guère changé. Peut-être le poil un peu plus blanc, sur les tempes…

— Peut-être, oui.

— Et ce bijou à ton oreille, l'avais-tu déjà ? »

Instinctivement, Kantz porta les doigts à la perle baroque noire qui pendait à son oreille. « Je l'avais. »

Le Roi Misère fixa longtemps le chevalier impassible.

« Il faudra un jour que nous parlions bec à bec, et que tu me contes ton histoire. Tu as de grands secrets et les secrets ne me plaisent que si je les partage. » Kantz sourit. « Te plairait-il, céans, de me dire d'où te vient le dessin qui orne cette main toujours gantée ? Ou qui te donna cette épée capable de prodiges, à ce que l'on dit ?

— Non. Il ne me plairait pas. »

Le Roi Misère se renfonça dans son fauteuil, sans doute plus amusé qu'agacé. Il devait s'attendre à cette réponse.

« Va donc au diable, chevalier ! Tu fais un bien mauvais convive…

— Tu n'es pas des premiers à me chanter pouille[1] sur cet air-là. Mais si ce n'est pas l'agrément de ma compagnie qui me vaut d'être à ta table, me diras-tu ce que c'est ? »

Le Roi Misère laissa passer quelques secondes avant d'expliquer :

« J'ai une mission à te confier, chevalier.

— Une mission ?

— Oui, et de confiance. » Comme Kantz se taisait, il poursuivit : « Il s'agit de porter une lettre à Heidelberg et de la remettre, de la main à la main, à une certaine

1. Chanter pouille : réprimander, faire des reproches.

personne que je te dirai. Puis il faudra revenir avec la réponse.

— De qui est la lettre ?

— Il importe peu que tu le saches. »

Kantz affronta le regard impérieux du Roi Misère. Enfin, il dit :

« Non.

— Tu refuses ?

— Je refuse car je ne suis pas attaché à ton service. Je ne suis ni l'un de tes gueux, ni l'un de tes reîtres. Choisis tes valets parmi tes sujets, Roi Misère. Ils te servent bien. » Il se leva, prit son chapeau. « Permets que je me retire. »

Il s'aperçut alors qu'un grand silence régnait dans la cour, que toutes et tous s'étaient figés pour suivre la scène qui se jouait entre leur monarque et son invité. Des têtes nouvelles apparurent aux fenêtres, aux balcons, aux portes. On chuchotait pour informer les retardataires. Les flambeaux grésillaient. Un chien gémit, intrigué par ce calme soudain.

Alors, depuis son trône, le Roi Misère dit d'un ton égal :

« Tu cours grand risque à me défier en mon fief, chevalier. Si tu veux vivre, assieds-toi et écoute plutôt. Lorsque tu vins naguère quérir mon aide, il me souvient avoir accepté. Mais il me souvient aussi y avoir mis une condition : tu serais mon débiteur et devrais, un jour, me rendre la faveur. Ce jour est venu, chevalier. Et je n'imagine pas que tu puisses faillir à ta parole. Il ne s'agit après tout que d'une lettre, quand j'aurai pu te demander une vie… Buvons encore et parlons, veux-tu ? »

Après le départ de Kantz, Tobias Haug parut. Il n'était pas encore remis de la rossée reçue la veille mais s'efforçait de faire bonne figure. Il boitait cependant, réprimait une grimace à chaque pas, avait le visage tuméfié.

Ayant rejoint le Roi Misère, il se tint légèrement en retrait et respecta son silence.

« Tu as entendu ?

— Oui.

— Kantz portera la lettre. Maintenant, il faut payer.

— J'ai la moitié de la somme. Le reste lorsque Kantz sera de retour avec la réponse.

— Non. Je ne veux pas avoir à espérer la réussite du chevalier. Je ne traite pas avec ton maître, mais avec toi.

— Mais…

— Tu m'es venu voir, poursuivit le Roi Misère sans se retourner. Tu proposais une affaire qui ne me coûterait rien et rapporterait beaucoup. Je n'avais qu'à obtenir du chevalier qu'il porte une lettre. C'est chose faite : Kantz a promis et il tiendra. A présent, je veux ce qui me revient. Car il n'est question que de tes dettes, n'est-ce pas ? Tes dettes que tu rembourses grâce au salaire d'un labeur qu'un autre accomplira pour toi. Aussi, peu m'importe les projets de ton maître. Peu m'importe qu'il attende le bon succès de cette entreprise pour régler le solde. Je ne veux avoir affaire qu'à toi et je veux être payé, jusqu'au dernier thaler dû, que Kantz échoue ou non. C'est bien compris ?

— Oui », fit Haug.

Il était résigné.

« Alors déguerpis. Et prie le ciel que Kantz succède[1]. »

1. Succéder : réussir.

10

Ce fut un périple sans encombre. Alternant le pas et le trot pour ménager sa monture, Kantz alla néanmoins bon train et gagna Heidelberg en cinq jours. Il longea le cours du Rhin, traversa successivement les évêchés de Cologne, Trêves et Mayence avant de pénétrer dans le Palatinat. La guerre qui, depuis l'hiver, s'était portée ailleurs dans le Saint Empire, avait éprouvé ces régions. Et plus on allait vers le sud, plus les stigmates de deux années d'horreur s'offraient aux yeux. Au bout de la route, Kantz découvrit ainsi les terres du Palatin exsangues et désertées, parsemées de villages ruinés, de champs en friche, de vergers saccagés.

Un périple sans encombre donc, mais non sans surprise.

Le premier soir, Kantz fit étape dans la ville de Cologne, où il bénéficia de l'hospitalité du Temple. Si la commanderie locale n'était pas aussi grande que celle de Wielstadt, laquelle était « maison chêvetaine de province », elle réservait néanmoins quelques cellules à ses invités. Après les vêpres, le chevalier se retira dans celle qui lui avait été assignée, fit sa toilette et, en quête d'un peigne, ouvrit l'une de ses sacoches de selle. Une petite créature lumineuse en jaillit comme catapultée : c'était Chandelle.

Affectant un parfait naturel, prenant surtout garde à ne pas croiser le regard de Kantz, la fée-demoiselle voleta pour un tour du propriétaire qui dura peu car la pièce était petite et des plus austères.

« Que fais-tu là, toi ? »

Elle fit mine de ne pas entendre, d'être fascinée par la contemplation d'un crucifix anodin devant lequel elle volait sur place.

« Je n'ai pas souvenir de t'avoir conviée. »

Il s'agissait, à n'en pas douter, d'un crucifix passionnant.

« Je crois même t'avoir confiée aux bons soins de Heide, en te priant d'être sage. »

Il y avait un personnage sur la croix.

« Et tu y consentis, docile comme jamais. »

Un personnage fort peu vêtu et qui semblait beaucoup souffrir.

« Donc tu promis sans tenir. C'est-à-dire que tu mentis. »

Mais que pouvait-il bien avoir sur la tête, ce curieux personnage ?

« Cependant, il n'est pas question que je rebrousse chemin et te ramène à Wielstadt… »

Ah ! Voilà qui commençait à plaire à Chandelle.

« … Aussi vais-je t'abandonner aux frères de cette commanderie. Ils te garderont sous cloche jusqu'à mon retour. »

Hein ?

Chandelle pivota, lança un regard effaré à Kantz et plongea dans la sacoche qui l'avait amenée. Un carreau d'arbalète n'aurait pas été plus direct, ni plus rapide. Sous le choc, le rabat de la sacoche se referma.

Le chevalier retint un rire et se dit qu'une nuit d'inquiétude serait une punition bien suffisante. Il se coucha, souffla la bougie, s'endormit en souriant.

A son réveil, il trouva la petite créature tendrement lovée sur sa poitrine.

Il attendit un peu avant de la réveiller.

Chandelle fut ainsi du voyage jusqu'à Heidelberg.

Comme Kantz chevauchait le plus souvent par des routes désertes, la fée-demoiselle volait librement alentour et, le soir, ne retournait dans la sacoche que le temps de rejoindre la chambre. De fait, à chaque fois qu'ils firent étape à l'auberge, Kantz dut exiger de dormir seul. Cela n'allait pas de soi. A une époque où l'intimité de corps comptait peu, il n'était pas rare que deux ou trois parfaits étrangers – pourvu qu'ils soient du même sexe – partagent un lit sans s'offusquer. Si l'on voulait éviter la compagnie, il fallait payer pour autant de personnes que le lit pouvait en accueillir.

Heidelberg était une ville de moyenne importance, construite au bord du Neckar, un affluent du Rhin. Elle s'étirait au bas d'une colline boisée, très escarpée, à laquelle son château était accroché ; des ouvrages fortifiés achevaient de la défendre. L'an passé, en 1622, la capitale palatine avait subi un long siège imposé par les armées impériales. La Députation de Ratisbonne ayant entériné la mise sous séquestre des biens du comte Palatin, la cité était désormais occupée de plein droit par les troupes de Maximilien de Bavière. Parallèlement, les Jésuites s'employaient avec succès à en extirper l'hérésie protestante.

Kantz arriva le soir, peu avant que les portes de Heidelberg ne soient fermées pour la nuit. Une adresse était inscrite sur la lettre que lui avait confiée le Roi Misère : Madame la Baronne de Ludehn, Hôtel de

Ludehn. Pressé d'en finir, le chevalier se fit indiquer le chemin et passa bientôt le porche d'une luxueuse demeure. Des carrosses et des valets en livrée attendaient dans la cour ; par les fenêtres grandes ouvertes du rez-de-chaussée, sortait la rumeur policée d'une réunion mondaine : la baronne recevait. Toujours à cheval, Kantz demanda s'il était bien à l'hôtel de Ludehn et un page, très occupé à suivre une partie de dés entre cochers, répondit que oui sans se retourner. Kantz mit pied à terre, tapa sur l'épaule du page, lui plaça d'autorité les rênes de sa monture dans les mains, dit « Je reviens », et gravit les marches du perron.

Il n'eut pas à frapper. Un majordome ouvrit à son approche et le considéra d'un œil soupçonneux. Tout vêtu de noir, poussiéreux, l'épée au côté et le pourpoint ouvert sur la chemise à cause de la chaleur, Kantz ressemblait trop à un spadassin pour inspirer confiance. Du point de vue du majordome, une chose était sûre : le nom de ce particulier ne figurait certainement pas sur la liste des invités de la baronne. Restait à savoir ce qu'il venait faire ici.

« Bonjour, Monsieur. Puis-je vous aider ?

— Je suis porteur d'un pli pour Madame la Baronne de Ludehn.

— Oui, Monsieur. Si vous voulez bien me conf…

— Non. C'est un pli que je dois remettre en main propre.

— Ah, je vois… » Le majordome hésita. « Si Monsieur veut bien me suivre… »

A l'évidence, il lui en coûtait de laisser le chevalier entrer. Il le conduisit néanmoins dans une discrète antichambre à l'écart des salons, le pria de patienter et s'en fut. Quelques minutes plus tard, la baronne paraissait.

Elle avait trente ans à peine, beaucoup d'élégance et de beauté, et la tranquille assurance des femmes à qui le premier regard suffit. Tout, en elle, séduisait : l'harmonie de la silhouette, la distinction naturelle du geste, la perfection sereine d'un visage à la fois volontaire et gracieux. Des paillettes dorées étincelaient dans ses yeux verts ; un feu roux capricieux semblait caresser ses cheveux blonds, bouclés et soyeux. Un rien de rose sur les joues, de rouge sur les lèvres, soulignait la pâleur d'une carnation délicate. Et il y avait ce sourire, ce sourire tendre et complice qui laissait longtemps dans les cœurs un souvenir délicieux.

Otant son chapeau, Kantz salua respectueusement et se présenta. En réponse, madame de Ludehn lui tendit la main. Il s'inclina pour en effleurer les doigts de son souffle, remarqua un curieux bijou à l'annulaire : une chevalière, c'est-à-dire une bague d'homme. Cela pouvait signifier que la baronne était veuve et qu'elle témoignait ainsi une fidélité durable au défunt mari. Ou peut-être lui venait-elle d'un père mort sans héritier mâle. C'était en tout cas un étrange caprice de femme que de mettre une aussi grosse bague à une aussi jolie main.

« Je vous prie, Monsieur, de bien vouloir m'excuser de vous avoir fait attendre. »

Madame de Ludehn parlait allemand avec une pointe d'accent hollandais qui ajoutait à son charme. Sans doute était-elle native des Provinces-Unies – lesquelles n'étaient pas encore le royaume des Pays-Bas [1].

1. Longtemps colonie espagnole, les provinces des Pays-Bas s'étendaient alors sur la Belgique, le Luxembourg et les Pays-Bas actuels. Après des années de révolte et de persécution, les provinces du nord, converties au protestantisme, gagnèrent *de facto* leur indépendance en 1609 et devinrent les Provinces-Unies ; les provinces du sud demeurèrent catholiques et soumises à l'Espagne : ce sont les Pays-Bas espagnols.

« Dire que j'ai attendu serait trop dire, Madame. A moi, plutôt, de solliciter votre indulgence puisque j'ai le front de paraître devant vous tout crotté, et de maculer vos tapis.

— Monsieur, vos manières disent assez que vous êtes gentilhomme. Porteriez-vous la bure, que l'on vous devinerait. »

C'était plus courtois que sincère. Face à Kantz dont les épaules, les cuisses et les bottes étaient couvertes de la poussière des chemins palatins, la baronne avait la taille bien prise dans une magnifique robe émeraude dont la jupe bouffait sur le vertugadin[1]. Un décolleté carré, bordé de dentelle, montrait une gorge admirable, ronde et blanche, qu'ornait un grain de beauté mutin.

Considérant que les civilités d'usage avaient assez duré, Kantz tira la fameuse lettre de sa manche.

« Voici, Madame », dit-il.

De l'ongle, Madame de Ludehn ôta le cachet de cire et, tandis que le chevalier reculait de quelques pas, lut. Quand elle eut fini, elle replia soigneusement la missive, resta songeuse.

« Y a-t-il une réponse ? demanda Kantz

— Pardon ? fit la baronne encore toute à ses pensées.

— La lettre. On m'a dit qu'il pourrait y avoir une réponse dont je serais chargé.

— Oui… » lâcha-t-elle distraitement.

Puis elle se ressaisit soudain et confirma :

« Oui, il y aura une réponse. Il faudra la venir chercher demain, dès le matin. Cela vous est-il possible ?

— Oui, Madame. »

Madame de Ludehn était toujours soucieuse lorsque le chevalier se retira : le regard vague, elle répondit à

1. Bourrelet qui faisait bouffer la jupe autour des hanches.

peine à ses salutations. Kantz retrouva seul le chemin de la sortie et, en bas des marches du perron, il ne put s'empêcher de jeter un œil vers la fenêtre de l'antichambre.

Il n'y vit personne.

11

L'Hôtel de Ville de Wielstadt était un imposant bâtiment en pierre beige avec des parements de brique rouge aux fenêtres, des tours d'angle jumelles, de hauts toits d'ardoise et un beffroi central dominant la porte principale. Faisant face à l'esplanade pavée qui portait son nom, l'édifice était à la fois solennel et élégant. A l'arrière, un parc le prolongeait. Quadrillé par de larges allées que l'on empruntait aussi bien à pied qu'à cheval ou en carrosse, ce vaste jardin composait un décor où les parterres, les massifs, les pelouses, les bosquets et les bassins s'organisaient harmonieusement autour d'un labyrinthe de haies. C'était un lieu de promenade privilégié, mais aussi de rendez-vous : au fond du parc, un petit bois conservé à l'état de nature offrait un refuge propice aux retrouvailles galantes comme aux complots.

En cette fin d'après-midi, deux gentilshommes attendaient sous le couvert des arbres, loin des regards, au détour d'une sente touffue. L'un était longiligne, sévère et impassible ; il se nommait Seelgen. L'autre, plus petit et légèrement bossu, était le sieur Börgartz. Enveloppés malgré la chaleur dans de grandes capes, ils portaient des chapeaux à large bord qui, s'ils baissaient un peu la tête, pouvaient les rendre méconnaissables. La précaution n'était pas inutile. Seelgen était un notable issu de la haute bourgeoisie protestante de Wielstadt. Quant à Börgartz, il était le cadet d'une vieille et riche famille aristocratique ; plus que lui, l'enflure qu'il avait sur l'omoplate gauche était assez célèbre.

« Si… disait Börgartz en allant et venant. Si vous aviez pu voir avec quelle morgue il me considéra ! Et quels affronts il me fit !… Je… Je ne sais ce qui me retint de le souffleter ! »

La peur, songea Seelgen.

« Cet Osiander, poursuivait l'autre, est le dernier des rustres, le dernier des fats !… C'était à croire qu'il était le maître et moi le valet ! Mais sait-il seulement qui je suis ?… »

Il le sait. Et s'en moque.

« Croyez m'en, conclut Börgartz en se plantant devant le protestant, rien de bon ne peut sortir de cet homme-là. Je crains le pire pour notre fraternité. Le pire, m'entendez-vous ?

— Je vous entends. Mais il ne sert de rien de s'alarmer avant d'avoir deviné le motif de sa venue. N'oubliez pas : c'est la Bavière qui l'envoie.

— Mais pourquoi ? s'énerva Börgartz en reprenant sa ronde inutile. Pourquoi, à la parfin ?

— Nous devons éclairer ce mystère et, dans l'attente, faire montre de la plus extrême prudence. Vous fûtes bien avisé de souffrir sans mot dire les offenses d'Osiander et de ne pas… »

Piqué au vif, Börgartz se figea.

« Diriez vous que j'ai eu peur ? demanda-t-il d'une voix tremblante de colère.

— Certes non, mentit Seelgen. Je dis au rebours que… »

Il s'interrompit soudain, désigna le sentier du menton, et dit :

« On vient. »

Presque aussitôt, un spadassin parut d'entre les fourrés. C'était Reinecker, vêtu comme de coutume de cuir brun usé, une plume de faisan au chapeau, une dague dans la botte et l'épée au côté.

« Vous êtes en retard, lui reprocha Börgartz.

— Oui », fit Reinecker sans manifester le moindre embarras.

Paupières plissées, il leva les yeux vers les frondaisons. Puis il regarda alentour et ôta son feutre pour s'essuyer le front d'un revers de manche.

« Il fait bon, ici », dit-il.

Ses longs cheveux d'un blond très pâle, presque blanc, étaient collés par une sueur qui perlait sur ses tempes et imprégnait le masque qui lui couvrait la joue.

« Alors ? s'impatienta Börgartz.

— Que voulez-vous savoir ? demanda le spadassin en se recoiffant de son chapeau.

— Mais tout !

— Tout, c'est presque rien. »

Seelgen jugea bon d'intervenir. « Il était entendu que vous ne seriez attaché au service d'Osiander que pour apprendre ses projets, et nous les rapporter scrupuleusement… »

Le protestant avait la belle cinquantaine, la barbe rase et le cheveu gris. Grand, mince, roide et grave, on l'imaginait volontiers lisant les psaumes à l'office, écouté et respecté de tous.

S'adressant à lui, Reinecker fut moins désinvolte.

« Je le répète, Monsieur : je n'ai presque rien à vous dire. Osiander mange peu, dort à peine, ne sort jamais, lit beaucoup.

— Il lit ? s'étonna Börgartz. Et que lit-il ?

— Je ne sais. Des livres tirés de ses bagages. »

Les lectures d'Osiander n'intéressait pas Seelgen qui demanda :

« Et sinon ?

— Sinon, dit Reinecker, il me fait parfois des questions et me renvoie quand j'ai répondu.

— Des questions ? dit Seelgen en prenant Börgartz de court. Des questions sur quels sujets ? »

Le spadassin eut une moue vague, haussa les épaules. « Sur toute sorte de sujets… Wielstadt. La guerre dans nos régions. Le Dragon… » Il parut réfléchir et ajouta en fin de liste, comme si la chose était évidente : « Vous. »

Börgartz tressaillit. « Moi, voulez-vous dire ?

— Point tant », répliqua Reinecker.

Il regarda Seelgen. « Vous surtout, Monsieur. »

Le bossu afficha d'abord un grand soulagement. Puis en lui germa l'idée que, considérant son rang, il devrait faire l'objet de la curiosité d'Osiander – et certes pas le protestant qui n'était, après tout, qu'un conseiller.

Quant à lui, Seelgen restait impassible. Il réfléchit et dit :

« Osiander se défie sans doute de vous, Reinecker. Vous devez gagner sa confiance et récolter ses confidences… Pour l'heure, votre pêche est fort maigre. »

Cela sonnait tel un reproche. Le spadassin se défendit :

« Je puis vous dire une chose certaine, cependant. Osiander voit, dans la mauvaise rencontre qu'il eut avec le Temple, l'indice que sa venue à Wielstadt était dénoncée. Il ne doute pas de l'existence d'un traître dans nos rangs. Cette idée le hante et je devine qu'il s'emploie, par d'autres voies que les miennes, à étayer les soupçons qu'il nourrit déjà. Et dès lors que son opinion sera faite… »

Une fois que Reinecker s'en fut retourné par le sentier, Börgartz demanda :

« Doit-on se fier à lui ?

— Reinecker ?… Oui », mentit Seelgen.

En fait, il était convaincu que le spadassin les trahissait au bénéfice d'Osiander, qu'il ne leur avait dit que ce que son véritable maître désirait qu'ils entendent. Mais sachant cela, les informations que laissait transpirer Osiander étaient peut-être plus édifiantes qu'un rapport précis et objectif de ses activités, car elles révélaient, en creux, ses intentions. Celles-ci étaient claires aux yeux de Seelgen : Osiander voulait les inquiéter, Börgartz et lui.

Concernant Börgartz, c'était réussi. Anxieux, il lâcha :

« Si Osiander croit avoir été trahi, qui peut-il soupçonner sinon ceux qui partageaient le secret de son arrivée ?

— Cela est vrai, confirma tranquillement le protestant.

— Et ne suis-je pas de ce faible nombre ? Tout m'accuse, Seelgen. Tout ! »

Idiot ! pensa Seelgen. *Tu ne songes donc qu'à toi ? Et moi, ne savais-je pas quand et par quelle route viendrait Osiander ? Ne vois-tu pas que je fais un traître tout aussi probable que toi ?*

Cette idée, sans doute, aurait réconforté le petit homme.

Seelgen choisit de se taire.

Après être sorti du parc, Reinecker fit quelques détours et grimpa dans un carrosse qui attendait. Il y retrouva Osiander.

« Alors ? » fit ce dernier.

Assis de profil, il occupait toute une banquette, le

dos appuyé contre la cabine et une jambe allongée sur le cuir matelassé. Il portait mal d'assez beaux vêtements, donnait l'image d'un hobereau de province brutal et endimanché. Il buvait une bouteille de vin au goulot.

« J'ai dit ce que vous vouliez, annonça Reinecker en s'installant en face.

— Rien de plus ?

— Non.

— Rien de moins ?

— Non plus.

— En ce cas, nous leur avons donné des sujets d'inquiétude. C'est très bien… »

Il acheva sa bouteille en quelques lampées et hurla :

« ROULE, COCHER ! »

Le carrosse s'ébranla aussitôt et, bringuebalant, résonna du martèlement des sabots, des grincements de la cabine, du gémissement des essieux, du grondement continu des roues.

« Tu as échoué à retrouver le capitaine Huyghens, dit Osiander d'une voix assez forte pour couvrir le vacarme.

— Il s'en fallut de peu. Nous l'avons blessé mais…

— Il se sait menacé, désormais. Il se cache sans doute.

— Je le retrouverai néanmoins. Où qu'il soit.

— Non. D'autres s'en chargeront. » Reinecker acquiesça sans comprendre : il ignorait l'existence des trois spectres. « Quant à toi… »

Un cahot violent interrompit la conversation. Par la fenêtre de la portière, Osiander jeta un œil vers le ciel. Il ne vit pas le soleil au-dessus des toits mais devina sa position.

« Les portes de la ville seront bientôt closes, reprit-il. Tu seras parti avant cela, avec tes hommes.

— Où irai-je ?
— A Heidelberg.
— Que devrai-je y faire ?
— Me donner à la parfin, je l'espère, un premier motif d'être content de toi... »

Il régnait dans la pièce une pénombre profonde. La pâle lueur nocturne qui passait les hautes fenêtres ne suffisait pas à chasser les ténèbres d'où naquirent deux silhouettes drapées de noir. Celles-ci s'inclinèrent devant leur maître qui les attendait debout, immobile et sévère. Puis elles relevèrent vers lui des faces aveugles, cachées par des masques de cuivre rivetés ne laissant voir que la bouche et le menton.

« Le Gardien... commença le premier spectre.
— ... est revenu, acheva le second...
— Il a paru...
— ... au chevalier...
— Il lui parlera bientôt...
— ... si rien n'est fait.
— Je le sais », fit Osiander.

Les spectres reprirent, de leur voix sépulcrale :
« Notre frère est parti...
— ... chercher le Gardien. Il le trouvera...
— ... et le détruira...
— Car tels...
— ... étaient vos ordres...
— Mais nous...
— ... nous ne faisons rien.
— Nous attendons...
— ... et c'est tout. »

Osiander acquiesça, conscient du ressentiment de ses créatures.

Les trois spectres n'étaient en fait qu'une seule entité ; une même intelligence mauvaise les dirigeait.

Ils détestaient être séparés car ils se savaient, alors, affaiblis.

« Vous n'aurez plus à vous languir dans les Limbes du retour de votre frère, dit le démon. J'ai une autre proie pour vous. Vous la connaissez. Il s'agit du capitaine commandant les mercenaires qui devaient m'escorter jusques ici. »

Les spectres hochèrent à peine la tête.

« Il se nomme Jacob Huyghens, poursuivit Osiander. Pour l'heure, il se cache à Wielstadt.

— Est-ce…

— … sûr ? »

Osiander haussa les épaules.

« Je le crois, à tout le moins… S'il commet la folie de sortir à la nuit, vous le trouverez sans peine.

— Et quand nous…

— … l'aurons trouvé ?

— Il faudra lui faire dire ce qu'il sait, puis le tuer. Ou le tuer sans attendre s'il ne peut être pris. »

A la pensée qu'il venait de condamner un homme à mort, les yeux du démon étincelèrent d'un éclat jaune orangé. Même si cela ne servait pas ses intérêts, la part la plus sombre de son âme maudite espérait que Huyghens serait assassiné sans autre forme de procès. En définitive, il doutait de plus en plus que le capitaine soit pour quelque chose dans l'embuscade que le Temple leur avait tendue sur la route de Wielstadt. Mais les crimes gratuits n'étaient-ils pas les plus goûteux ? En outre, il fallait bien qu'Osiander donne un os à ronger à ses serviteurs de l'Ombre. Cet os se nommait Jacob Huyghens, et voilà tout.

Les spectres s'inclinèrent et, reculant, s'évanouirent dans l'obscurité.

12

Le soir venu, Kantz trouva une bonne auberge, prit une chambre et paya ce qu'il fallait pour ne pas avoir à la partager. Dès qu'il y fut seul, il libéra une Chandelle de fort mauvaise humeur car cela faisait une bonne heure qu'ils avaient franchi les portes de Heidelberg et, donc, que la fée-demoiselle était recluse dans sa sacoche. Boudeuse, elle alla droit à la fenêtre pour observer la rue. Lui recommandant de ne pas se montrer trop, Kantz descendit prendre son repas dans la grande salle commune. Ils avaient leur chambre au premier étage.

Le hasard voulut que le chevalier soit assis à côté de trois pères jésuites. Il les salua et, parce qu'il ne pouvait pas l'éviter, écouta leur conversation en dînant. Les deux plus jeunes – ils avaient la trentaine – étaient à Heidelberg depuis l'automne dernier, c'est-à-dire depuis la capitulation de la ville. Ils y avaient œuvré au rétablissement du culte catholique et pouvaient témoigner des progrès accomplis en quelques mois : la masse des fidèles retrouvait déjà le chemin des églises, tandis que le Collège fondé par la Compagnie de Jésus accueillait des étudiants chaque jour plus nombreux. Quant à la célèbre université de Heidelberg, elle avait cessé d'être un haut lieu du calvinisme allemand – offerte au pape par le duc de Bavière, son inestimable bibliothèque venait d'ailleurs d'être déménagée[1].

Enthousiastes, les deux jésuites s'enflammèrent à l'évocation de l'extraordinaire convoi que Léon Allatius, le bibliothécaire du Vatican, était venu chercher de Rome en personne. Mais ils s'aperçurent que leur aîné – un quinquagénaire aux joues pâles et creuses – les écoutait à peine, se contentait le plus souvent de hocher la tête et d'afficher un triste sourire quand ils s'adressaient à lui. Ils s'excusèrent, confus, se reprochèrent d'avoir à ce point manqué de tact. Kantz apprit alors que le vieil homme portait le deuil d'un ami, jésuite comme lui : le père Luvin.

A ces mots, le chevalier se tourna vers ses voisins de table.

« Veuillez me pardonner, mes pères. J'ai surpris malgré moi votre conversation. Venez-vous d'évoquer le père Luvin ? Le père Pierre-Etienne Luvin de Janty ?

— Oui, mon fils, confirma le vieux jésuite.

— Et vous disiez que… ?

— Que le Très Haut a rappelé auprès de lui le père Luvin, en effet… Le connaissiez-vous ?

— A peine, mentit Kantz… Où repose-t-il ?

— Ici, à Heidelberg. »

Kantz marqua un temps puis, presque pour lui-même, le regard vague, dit :

« Je… Je le croyais en Lorraine.

1. Le convoi transportant la bibliothèque de Heidelberg comptait plus de cent mulets. Il partit au début du printemps 1623 et, après un long périple à travers les Alpes, arriva à Rome quelques semaines seulement après la mort du pape Grégoire XV, survenue le 8 juillet de cette même année.

— Il y était. »

Le jésuite précisa que le père Luvin avait été appelé à Heidelberg, au printemps, pour étudier de précieux manuscrits découverts dans les archives de l'université palatine. Après le déménagement de la bibliothèque, il resta à travailler sur quelques textes trop fragiles pour voyager. Agé, fatigué, il s'épuisa à la tâche et passa courant mai. Il avait soixante et onze ans, si Kantz comptait bien.

Lorsque le chevalier poussa la porte de la chambre, Chandelle se hâta de rejoindre la fenêtre pour donner l'impression qu'elle n'avait pas bougé et boudait encore. Elle espérait faire naître chez Kantz un sentiment coupable qui lui vaudrait d'être cajolée. Elle serait d'abord de marbre, se laisserait peu à peu fléchir et, magnanime, accorderait enfin son pardon à un maître trop heureux d'être aimé par une si fidèle, gracieuse et miséricordieuse créature. Elle ne doutait pas d'avoir ourdi un plan excellent. Elle en fut pour ses frais.

Comme la nuit tombait, Chandelle put épier Kantz sans en avoir l'air, dans le reflet de la vitre. Elle le vit entrer, ôter son chapeau, défaire son baudrier, jeter sa rapière au fourreau sur le lit. Déjà inquiète, elle suivit le chevalier du coin de l'œil quand, la mine sombre, il tira une chaise à lui. Il s'assit, poussa un soupir las et ne bougea plus.

Au début, Chandelle s'efforça de faire la tête très ostensiblement. Mais une angoisse la gagnait. Abandonnant sa comédie inutile, elle se détourna de la fenêtre et, portée par ses ailes diaphanes, vola vers son maître. Elle lui tourna autour, hésita, fit pour être remarquée quelques timides et vaines tentatives.

Kantz se tenait penché en avant, les coudes appuyés sur les genoux et les mains jointes. Il regardait entre ses cuisses la largeur de plancher qu'encadraient ses bottes poussiéreuses, et voyageait en étranger dans son propre passé. Ses pensées vagabondaient, lointaines et douloureuses. Elles effeuillaient un cahier de souvenirs fragmentés : la campagne lorraine en été ; la Sorbonne enneigée ; la place Saint-Pierre que mille flambeaux illuminent un soir de Noël ; un bal à la cour d'Espagne ; un camp militaire envahi par la boue, sous une pluie glaciale ; une chasse à courre dans le bois de Fontainebleau ; une mission d'ambassade au Louvre ; une embuscade déjouée sur la route de Liège ; un manuscrit retrouvé dans un couvent allemand. Et à chaque page tournée, ou presque, apparaissait le père Luvin aidant de ses conseils un jeune et aventureux jésuite que dévorait une pieuse ambition.

Kantz revint à la vie lorsque, passée par en dessous, Chandelle leva vers lui un minois soucieux. Il se redressa, chassa la mémoire en s'ébrouant, s'étira.

« Tout va bien, Chandelle. »

La fée-demoiselle se posa sur la table et adressa à son maître un regard soupçonneux.

« Puisque je te dis que tout va bien !... C'est la fatigue du voyage qui me fait une triste figure, et rien de plus. »

Chandelle croisa les bras, ferma un œil à demi et, bouche pincée, fit jouer un bout de langue sous sa joue tout en dévisageant le chevalier. Elle garda la pose assez longtemps pour le convaincre qu'elle n'était dupe, qu'il ferait mieux de parler, qu'elle ne céderait pas et était à deux doigts de se mettre en colère. Imperturbable, Kantz se pencha vers elle, laissa passer quelques secondes et, à voix basse, porta un coup fatal à son sévère inquisiteur :

« N'as-tu pas faim ? J'ai du gâteau. »

Du gâteau ?

Chandelle se découvrit soudain une faim de loup et oublia le reste. Le halo palpitant d'impatience, elle trépigna tandis que Kantz sortait sans hâte un mouchoir de sa manche, le déployait sur la table et révélait la moitié d'un macaron particulièrement prometteur, doré à point et fleurant bon l'amande.

« Bon appétit, Chandelle. »

La fée n'écoutait déjà plus. Assise sur le mouchoir, elle mordait à belles dents dans le biscuit qui, comparé à sa frimousse, avait des dimensions formidables.

Il faisait nuit noire lorsque Kantz fut réveillé par le livre qui, lui échappant des mains, heurta le plancher. La bougie sur la tablette près du lit brûlait encore. Chandelle avait roulé de l'oreiller sur le drap et dormait en chien de fusil, repue. Il n'y avait pas un bruit dans l'auberge ni au-dehors.

Confortablement allongé avec une édition in-douze de l'Ecclésiaste, le chevalier s'était assoupi tout habillé, encore botté. Pour se dévêtir, il devait d'abord se lever, ce qu'il fit avec un luxe de précautions inutiles car Chandelle avait un sommeil d'ivrogne. N'empêche, il s'efforça de ne pas la déranger et y parvint. Quand le matelas eut un doux mouvement de houle, la petite fée l'accompagna en changeant de côté.

Kantz rangea d'abord le livre tombé ouvert sur ses pages. Puis il défit son pourpoint et, tandis qu'il dégageait une épaule, sentit un picotement fugitif dans la main gauche, sa main marquée d'un pentacle sacré. Il se figea, tourna lentement la tête vers la fenêtre, et le vit.

L'homme se tenait à un angle de rue. Droit et impassible, il regardait Kantz. Sa haute silhouette était enveloppée dans un manteau blanc qui semblait presque scintiller à la lueur des étoiles. Un capuchon le coiffait, ne laissant paraître qu'une barbe argentée. Le chevalier reconnut néanmoins ce vieux templier qu'il avait remarqué quelques jours plus tôt, sans savoir pourquoi, dans le cloître de la commanderie de Wielstadt.

Immobiles, les deux hommes se dévisagèrent un long moment. Enfin, le templier tourna les talons et partit d'un pas calme.

Pour Kantz, ce fut le signal d'agir.

Il ajusta vivement son pourpoint, saisit sa rapière au fourreau, ouvrit la fenêtre et, du premier, sauta dans la rue. Tout en passant son baudrier, il se hâta vers une intersection où, déjà, le templier tournait. Il y arriva à temps pour voir l'autre s'engager dans une ruelle perpendiculaire. Le vieil homme marchait : Kantz ne doutait pas de le rattraper bientôt. Mais quand il atteignit la venelle, celle-ci s'avéra déserte. Elle n'était pourtant pas si courte. A moins d'avoir couru dès l'angle, le templier ne pouvait l'avoir remontée de bout en bout avant l'arrivée du chevalier. Et pourquoi aurait-il subitement fui ? Kantz était, au contraire, convaincu que le templier ne lui était apparu que pour être suivi.

Vigilant, néanmoins, Kantz tira l'épée avant d'aller plus avant. L'endroit était aussi obscur que silencieux sous le ciel étoilé où s'étiraient des lambeaux de nuages. Le chevalier passa cependant sans encombre, moins soulagé d'être sauf que fâché d'avoir perdu du temps par excès de prudence.

Il était désormais à une intersection. Tournant sur lui-même, il envisagea toutes les options. La ruelle était dans son dos. A droite, après un bout de rue, une place avec son église. Devant, une voie pavée tortueuse qui s'enfonçait dans Heidelberg endormie. A gauche, une impasse menant au portail d'un hôtel particulier. Kantz faisait face à l'impasse quand une intuition lui vint. Il pivota, regarda de nouveau en direction de l'église.

Là où il n'y avait personne quelques secondes plus tôt, là se tenait le vieil homme drapé de blanc, au pied d'une statue équestre qui marquait le centre de la place…

Le chevalier remit la rapière au fourreau.

L'instant était à la fois étrange et solennel. Sous l'immensité nocturne, perdus au cœur d'une ville sans bruit ni vie, ils étaient comme seuls au monde, cernés par des ténèbres infinies.

Distant d'une vingtaine de mètres, le templier parla. Ses lèvres bougèrent mais n'émirent aucun son. Puis une voix résonna dans l'esprit de Kantz.

« *Approchez, chevalier.* »

Kantz obéit.

La paume de sa main gauche le démangeait et il ne doutait pas de marcher vers un fantôme. Il savait qu'un grand nombre d'âmes erraient dans les Limbes, que toutes n'étaient pas mauvaises, que certaines s'efforçaient par-delà la mort de poursuivre une noble tâche, d'aider les justes, de protéger les êtres aimés. A force de volonté, quelques-unes parvenaient à se manifester aux vivants, présences discrètes hantant un lieu familier ou apparitions spectrales dont la vue, souvent, effrayait.

Kantz, lui, allait sans crainte. Mais un trouble naquit en lui alors qu'il approchait du templier et de la masse énorme de la statue qui dominait ce dernier. C'était le sentiment vague d'une menace, d'un drame imminent. Dans le même temps, le picotement dans sa main augmenta, devint chaleur, presque douleur.

Il était à dix pas du fantôme quand il vit et comprit.

Dans le dos du templier, de la masse obscure du piédestal monumental, un masque en cuivre venait d'émerger et, à sa suite, la silhouette menaçante d'un spadassin encapuchonné de noir.

« PRENEZ GARDE ! » hurla le chevalier en s'élançant et tirant l'épée.

Trop tard.

Déjà, une lame pâle comme un rayon de lune jaillissait de la poitrine du templier. Déjà, le corps drapé du grand manteau blanc s'effondrait.

Rapière au poing, Kantz attaqua le *spectre assassin* et l'engagea dans un échange féroce. Le spadassin surgi des Ombres dut rompre, reculer hors de portée pour ne pas être débordé. Kantz le laissa prendre du champ. Il devait, lui aussi, retrouver ses marques. Il lui fallait surtout chasser la colère qui l'avait un bref instant submergé, au point de lui faire commettre une terrible imprudence. Car le chevalier avait chargé sans attendre de voir si le spectre était accompagné de ses doubles. Par chance, cela semblait ne pas être le cas…

Les deux adversaires se faisaient face. Kantz ne quittait pas du regard le masque rutilant, découpé de manière à ne montrer qu'un menton grisâtre, parcheminé, et des lèvres desséchées. Cinq gros rivets fichés dans l'os, depuis le milieu du front jusqu'à la bouche, tenait ce masque dont la surface lisse et convexe, épousant le visage au plus près, ne ménageait aucune place à un nez sans doute amputé.

Kantz et le spectre bondirent à la même seconde. Entraînés par leur élan, ils portèrent des coups terribles, bataillèrent en tournant l'un sur l'autre, se séparèrent à reculons. Ayant échangé leurs places, ils se toisèrent encore. Cette passe furieuse avait valu au chevalier une estafilade au bras. Quant au spectre, il avait été touché au côté mais ne semblait pas en souffrir.

Du coin de l'œil, Kantz vit le templier qui, allongé, tendait la main vers lui et parlait. Une fois encore, les mots – comme venus d'outre-tombe – tardèrent à se faire entendre.

« *Le masque, chevalier... Frappez le masque...* »

Le spectre se rua soudain à l'attaque.

Distrait un bref instant, Kantz para en catastrophe, céda du terrain, riposta enfin. Les rapières se trouvèrent et se croisèrent en crissant ; leurs gardes s'emmêlèrent. De sa main libre, chacun saisit le poignet adverse et, nez à nez, les deux bretteurs rivalisèrent de force. Le spectre l'emporta. Il repoussa le chevalier de tout son poids et Kantz, en perdant l'équilibre, sabra à hauteur de visage. Sa lame fendit l'air, mais la pointe effleura le masque. Il y eut un crépitement et des étincelles pourpres quand l'acier griffa le cuivre. Le spectre tituba tandis que le chevalier tombait à la renverse.

Le templier avait rampé jusqu'au piédestal pour s'y adosser. Au sol, Kantz échangea avec lui un regard d'intelligence avant de se relever et prendre l'initiative d'un nouvel assaut. Le spectre arborait désormais un masque balafré. Sur la défensive, il céda du terrain, dévia deux bottes mortelles, contre-attaqua dès qu'il crut trouver une ouverture... Et commit une faute fatale. Il hoqueta, eut un bref sursaut et se figea, la rapière du chevalier plantée jusqu'à la garde dans le plexus. Des éclairs pourpres parcouraient la lame de bout en bout. Affirmant sa prise, Kantz s'accola au spectre qui, la tête rejetée en arrière, semblait tétanisé. Ils restèrent ainsi immobiles durant de longues secondes. Puis le spadassin des Ombres baissa la tête, afficha un sourire cruel et, d'une voix rauque, dit :

« Tu ne m'as pas vaincu.

— Vraiment ? »

Kantz lâcha sa rapière pour saisir le spectre à la gorge. D'un même mouvement, sa main gauche alla chercher contre ses reins une dague de parade qu'il brandit bien haut et enfonça d'un coup sec dans le masque.

Le spectre poussa un cri strident, inhumain, quand l'acier traversa le cuivre, l'os, et pointa par l'occiput. Hurlant toujours, il s'arracha à l'étreinte du chevalier, fit quelques pas malhabiles en battant des bras et s'affaissa telle une outre pleine dont le fond se déchire. Il ne subsista plus de lui qu'un masque de cuivre que transperçait une dague. Tout le reste – le corps, la cape et l'épée – disparut.

Passé le moment de stupeur que connaît toujours un homme après un combat à mort, Kantz se hâta de rejoindre le templier et s'agenouilla près de lui. Le fantôme n'était déjà plus qu'une silhouette trouble et pâle.

« Qui êtes-vous ? Que me vouliez-vous ? » demanda le chevalier à voix basse.

Du bruit, à quelques rues de là, l'alerta : des gens en armes venaient en courant. Il y avait maintenant de la lumière aux fenêtres des façades ; des téméraires entrouvraient leurs volets.

Lorsque Kantz s'intéressa de nouveau au templier, il vit que celui-ci lui parlait. Pourtant, cette fois-ci, les mots n'avaient aucun écho dans la conscience du chevalier.

« Je ne vous comprends pas… Je ne vous comprends pas ! »

Le temps pressait. Non seulement la patrouille approchait, mais le fantôme s'estompait un peu plus chaque seconde.

Le templier parlait toujours, inaudible. Kantz fit alors un grand effort de concentration et réussit à surprendre quelques fragments de phrases :

« … *les Gardiens du Ponant… Il vous faut… le caveau… il est à… la prophétie…*

— Une prophétie ? Quelle prophétie ? »

Quelqu'un, depuis un balcon, appela la garde.

« *La prophétie… Malachie… Un grand… sur le*

monde… Il n'y a pas… prophétie de Malachie… La clef… Vous êtes la… »

A cet instant, le fantôme acheva de se dissiper dans la nuit.

Incapable de penser, Kantz se redressa, considéra les alentours avec effarement. Il se découvrait seul au milieu d'une place déserte. Il ne restait qu'un masque de cuivre mutilé pour témoigner de ce qui s'était déroulé ici.

Sous le coup d'émotions qui l'enivraient, le chevalier eut tout de même la présence d'esprit de décamper avant l'arrivée du guet.

13

Chandelle se réveilla à l'aube et, ouvrant les paupières, découvrit que Kantz n'était pas couché. L'esprit embrumé, elle s'appuya sur un coude, bâilla, considéra la chambre d'un œil vague, et vit son maître assis à la fenêtre. Tout allait bien, donc. Elle se leva, s'étira avec un soupir d'aise qui lui fit cambrer les reins. Puis, d'un bon léger, elle vint se poser sur l'épaule du chevalier pour s'y blottir. Elle se gratta distraitement la fesse et se rendormit bientôt, un paisible sourire aux lèvres.

De retour après minuit, Kantz avait regagné sa chambre comme il l'avait quittée, c'est-à-dire par la fenêtre. Les portes de l'auberge étant closes jusqu'à l'aube, il préféra ne réveiller personne et profita du lierre vigoureux qui couvrait la façade. On ne le vit pas ; on ne l'entendit pas plus. Si le guet venait enquêter, l'aubergiste pourrait affirmer que le sieur Kantz avait passé la nuit sous son toit.

Chandelle dormait ; elle ronflait même un peu, gavée de macaron.

Sans bruit, le chevalier lava la blessure qu'il avait au bras. La plaie était légère. Elle saignait à peine et ne faisait pas souffrir. Il la banda néanmoins avant de changer de chemise. Il fourra l'autre dans son sac en songeant aux reproches inquiets que lui ferait Heide dès la prochaine lessive, envisagea de jeter le vêtement, se dit qu'il n'était pas si riche. Après quelques travaux d'aiguille, il n'y paraîtrait plus sous le pourpoint.

Conscient qu'il ne trouverait pas le sommeil, Kantz approcha une chaise de la fenêtre restée ouverte. Il s'assit et, les chevilles croisées sur le chambranle, il fixa un point lointain dont il ne détourna pas le regard des heures durant.

La lueur des étoiles l'éclairait à peine ; un souffle frais caressait son visage impassible ; et l'aube le surprit, comme soudaine.

Tenant son cheval par la bride, Kantz arriva à l'hôtel de Ludehn assez tôt dans la matinée. La rue était animée, bruyante, populeuse ; on n'avançait pas sans jouer des coudes. Un soleil radieux, encore bas dans le ciel, promettait une belle canicule.

Kantz espérait être déjà loin de Heidelberg à midi. Il était prêt à partir, n'attendait plus que de recevoir la lettre de la baronne pour reprendre la route. Il avait hâte d'en finir avec cette mission idiote, anodine et dévoreuse de temps, que le Roi Misère lui avait imposée. D'ailleurs, celui-ci était-il le véritable commanditaire ? Le chevalier devinait plutôt qu'il n'était qu'un intermédiaire. Quelqu'un – mais qui ? – devait avoir payé le Roi Misère afin qu'il trouve un zélé messager. Restait à comprendre pourquoi le Roi Misère avait désigné Kantz, et non l'un de ses nombreux sujets. Ce choix lui avait-il été imposé ?

Quoiqu'il en soit, des affaires autrement plus urgentes appelaient le chevalier à Wielstadt. Il avait, dans la nuit, affronté et détruit l'un des *spectres assassins* de

Maximilian Osiander. Le redoutable spadassin n'avait sans doute pas surgi de l'Ombre à son intention ; sa cible semblait être le fantôme du templier. Ce dernier, cependant, avait été frappé alors qu'il s'apprêtait à parler à Kantz, et cela ne pouvait être un hasard. Qu'allait-il révéler ? Pourquoi Osiander voulait-il le faire taire ? Kantz devinait que les réponses à ces questions se trouvaient à Wielstadt. Le Temple avait peut-être des révélations à lui faire…

Tandis que Kantz fendait la foule vers la luxueuse demeure de madame de Ludehn, une exclamation retenue – surprise et douleur mêlées – le fit pivoter soudain. Un garçon sale et déguenillé se suçait l'index : à l'évidence, il s'était intéressé de trop près aux sacoches de selle du chevalier, et de l'une d'elles en particulier. Kantz lui adressa un regard noir. Le gamin décampa sans comprendre qu'elle était la créature qui lui avait mordu le doigt. Car c'était bien la trace de minuscules incisives qu'il avait dans la chair.

Devant l'hôtel de Ludehn, une chaise à porteurs encombrait l'entrée de la cour. Les deux valets qui l'avaient posée attendaient entre les brancards, tandis que son occupant – un jeune aristocrate aux cheveux roux, coiffé d'un beau feutre à panache et élégamment vêtu – discutait par la portière ouverte, une jambe sortie. Son respectueux interlocuteur acquiesçait souvent, un petit bonnet de tissu entre les mains. Chauve et bedonnant, il portait un tablier taché d'encre, de suie ou de graisse.

Le porche n'était pas assez large pour permettre à Kantz de les ignorer discrètement. En passant, il les salua donc d'un signe de tête et entra dans la cour. Mais il n'avait pas fait dix pas qu'on l'interpellait.

« Monsieur le Chevalier ! Monsieur le Chevalier ! »

Kantz se retourna. La chaise à porteurs avait disparu

mais l'homme au tablier approchait en ôtant le bonnet dont il venait tout juste de se recoiffer.

« Monsieur le Chevalier ! J'ai bien l'honneur, n'est-ce pas, de parler au chevalier Kantz ?

— En effet… » répondit Kantz du ton de celui qui ignore à qui il s'adresse, pressent qu'il devrait savoir et craint de commettre un impair.

« Je suis maître Dobush, expliqua l'autre en souriant. Vous souvenez-vous de moi ? »

Le chevalier hésita. Puis il considéra le tablier noirci et la lumière se fit : c'était de l'encre qui le maculait.

« Maître Dobush, oui. Je vous remets à présent. Nous avons dîné ensemble, je crois, à la table de maître Vecht.

— Mais oui, mais oui ! C'était à l'automne dernier, en compagnie de la charmante Madame Vecht. »

Kantz se souvenait.

Il se souvenait surtout de la mauvaise surprise que lui avait fait Günter Vecht en invitant quelqu'un qu'il ne connaissait pas en même temps que lui. Le chevalier se méfiait des têtes nouvelles par principe, convaincu que son cercle d'amis suffisait. N'empêche, le déjeuner n'avait pas été si désagréable que cela. Maître Dobush, libraire et imprimeur établi à Heidelberg, s'était avéré un agréable convive. Sauf erreur, il avait trouvé refuge à Wielstadt et souvent bénéficié de l'hospitalité des Vecht en attendant que le siège de la capitale palatine prenne fin.

« Puis-je vous demander des nouvelles de maître Vecht et de madame ?

— Ils sont bien allant.

— Et la fillette ?

— Elle aussi.

— J'ai gardé de cette enfant un délicieux souvenir…

— Oui. »

En multipliant les réponses laconiques, Kantz espérait décourager le libraire. Cette stratégie porta ses fruits.

« Voudriez-vous leur donner mon bonjour ? demanda Dobush.

— Je le ferai.

— C'est bien aimable. Monsieur le Chevalier, je suis ravi de vous avoir rencontré. Si vous deviez rester à Heidelberg, venez donc chez moi. Vous y trouverez toujours bon accueil. Il vous suffira, pour me trouver, de demander après moi : tout le monde sait mon adresse.

— Je vous remercie, maître Dobush. »

Sans quitter son sourire, le libraire salua, remit son bonnet, et s'en fut. Presque amusé, le chevalier regarda s'éloigner ce jovial bonhomme.

Après avoir laissé sa monture en bas du perron, et remarqué un valet gardant un cheval sellé pour un homme, Kantz fut accueillit en haut des marches par le même majordome que la veille. Le domestique l'invita à entrer, dit que Madame la baronne le priait de patienter, et l'abandonna dans un ravissant salon dont la porte du fond était entrouverte. Discret, Kantz resta près des fenêtres donnant sur la cour. Il entendit bientôt madame de Ludehn qui lui parlait depuis la pièce voisine.

« Veuillez me pardonner de vous faire attendre, Monsieur le Chevalier.

— Je vous en prie, Madame.

— Je suis à vous dans un instant. Mais vous savez que, lorsque l'on est femme et coquette, l'on ne finit jamais de se préparer… »

Le chevalier ne sut pas quoi répondre. Une galanterie aurait certainement été d'à propos.

« Chevalier ? fit la voix de la baronne.

— Oui, Madame ?

— Je ne vous entendais plus.

— C'est que je ne disais rien, Madame. »

La porte s'ouvrit et la baronne entra.

Radieuse, toute de rouille et de brun vêtue, elle était habillée d'un pourpoint joliment taillé pour souligner la taille, de plusieurs jupes relevées sur la cuisse droite, de chausses et d'une paire de hautes bottes en daim. C'était une tenue parfaitement extravagante, scandaleuse même, mais d'une parfaite élégance. La baronne la portait avec un naturel plein de grâce.

Kantz, qui n'avait jamais vu une aussi ravissante écuyère, en resta sans voix.

« Le bonjour, Monsieur le Chevalier. »

Elle lui tendit le bras. Il prit sa main et s'inclina.

« Bonjour, Madame.

— Vous voyez, l'attente ne fut guère longue.

— En effet. »

Sur le rebord de la cheminée, près d'un miroir, était posé un chapeau qui aurait pu passer pour un feutre d'homme. La baronne s'en coiffa et, après un coup d'œil expert vers son reflet, demanda :

« Y allons-nous ?

— Pardon, Madame ? »

Madame de Ludehn eut l'un de ses sourires enchanteurs, à la fois tendres et rusés, complices et moqueurs.

« Allons, chevalier. N'avez-vous pas vu le cheval dans la cour ? Je vous ai dit hier qu'il faudrait porter une réponse à Wielstadt. Cette réponse, c'est moi. »

14

Après dîner, Günter Vecht sortit pour se rendre à pied, quelques rues plus loin, dans la demeure bourgeoise qu'il avait acquise dernièrement et dont l'aménagement s'achevait. Cette promenade vespérale n'avait rien d'exceptionnel : elle était quotidienne et le libraire la doublait même, depuis une semaine environ, d'une inspection matinale. Les travaux allaient bon train. Le gros œuvre était fait et les artisans terminaient la décoration intérieure selon les indications de madame. Les Vecht abandonneraient bientôt le modeste appartement situé au-dessus de la librairie. Ils ne le regretteraient pas. Leur futur domicile consistait en deux corps de logis que séparait une large et belle cour. C'était grand, trop grand sans doute pour un couple et une fillette. Mais des naissances étaient espérées, et Vecht avait l'ambition d'engager des domestiques qu'il faudrait héberger. D'ici là, les chambres les moins luxueuses – en fond de cour – pourraient être louées.

Vecht regarda à droite et à gauche avant d'introduire sa clef dans la serrure. La rue offrait un spectacle paisible tandis que le jour baissait. Des badauds profitaient de la tiédeur du soir, se croisaient, se saluaient parfois, s'arrêtaient pour bavarder – à Wielstadt, chaque quartier était un village. Une tablée joyeuse buvait sous l'auvent d'une taverne. Un marchand ambulant, fatigué, vantait sans conviction la qualité de ses rubans. A sa fenêtre, un artisan discutait avec une jolie voisine qui se faisait prier pour venir voir à l'intérieur. Un mercier posait les volets de sa boutique ; il houspillait un apprenti qui ne l'aidait pas assez. Une solide matrone, rouge de colère contenue, ramenait par l'oreille un garçon récalcitrant.

En passant le seuil de son futur domicile, Vecht eut une pensée pour le gamin et la correction à laquelle il semblait condamné. Puis il songea à tout autre chose en franchissant un couloir encombré de matériaux et d'outils. Sans quitter le corps de logis principal, il gagna et emprunta un escalier à vis. Il ne manquait plus qu'un coup de balai au premier ; au second, en revanche, les grandes salles vides que traversa le libraire attendaient encore d'être tapissées. Vecht n'était cependant pas venu vérifier l'avancée des travaux. Il frappa à une porte, attendit. Enfin, quelqu'un donna un tour de clef et lui ouvrit.

Vecht entra.

Contrairement au reste de l'étage, la chambre s'avérait décorée et meublée, de sorte que les ouvriers ne s'étonnaient pas qu'elle soit verrouillée : ils n'avaient plus rien à y faire. Ils auraient cependant été surpris d'apprendre qu'elle était habitée. Reclus le jour, son locataire attendait le soir que la maison soit vide pour se dégourdir les jambes et prendre l'air dans la cour, à l'abri des regards. Il sortait d'ailleurs assez peu de son antre, où il avait longtemps gardé le lit. C'était le libraire qui, chaque matin, lui apportait à manger et à boire en même temps que les provisions destinées aux artisans.

« Bonjour, Günter. »

A vingt-trois ans, Jacob Huyghens semblait plus vieux de dix ou quinze. Il était resté mince et vigoureux ; peut-être même était-il plus musclé que naguère. Mais des rides précoces creusaient son visage tandis qu'une vieille cicatrice épousait sa mâchoire de l'oreille au menton. Surtout, il avait malgré son âge le regard d'un vétéran désenchanté – l'innocence est toujours la première victime de la guerre.

« Nous nous sommes déjà vus et salués ce matin, lui fit gentiment remarquer Vecht.

— C'est juste. »

Sans trop boiter, Huyghens alla s'asseoir sur le lit pour enfiler ses bottes. Il portait sinon des bas neufs, des chausses grises et une chemise blanche, propre et repassée. Un pourpoint assorti à ses chausses pendait au dossier d'une chaise.

« Je me réjouis de vous voir presque remis de vos blessures, nota le libraire. Il n'y paraîtra bientôt plus.

— Oui, dit gravement Huyghens. Je vous dois la vie.

— Allons, mon ami ! Ce n'est pas...

— Je sais. Vous ne vouliez pas me rappeler vos bienfaits. Il n'en est pas moins vrai que je serais mort sans les soins que vous m'avez généreusement prodigués. »

Cette fameuse nuit, quand Vecht l'avait trouvé caché dans sa remise, Huyghens était à bout de force. Traqué, blessé, il avait déjà perdu beaucoup de sang. Des spadassins à ses trousses n'avaient pas hésité, quelques minutes plus tôt, à frapper à la porte du libraire en se faisant passer pour des exempts ; ils seraient entrés si Vecht, méfiant, ne les avait renvoyés.

Le premier élan de Günter Vecht avait été de porter secours à son ami. Mais tandis qu'il examinait les plaies, de coupables scrupules lui vinrent. Huyghens avait disparu depuis deux ans et demi. Qu'était-il devenu ? Qu'avait-il fait ? Et quels tragiques événements l'avaient ramené ici ? Qui étaient les hommes qui le pourchassaient ? Que lui reprochaient-ils et à quelles extrémités étaient-ils prêts pour le retrouver ? Vecht songeait qu'à aider Huyghens, il risquait peut-être la vie d'Annerose et de la petite. Déjà, les spadassins se doutaient que leur proie s'était réfugiée chez lui. Qu'adviendrait-il si, d'une manière ou d'une autre, ils s'en persuadaient ?

Devinant peut-être les craintes du libraire, Huyghens avait dit :

« Je ne vous demande que quelques heures... Jusqu'à l'aube, pas plus... »

Alors, à sa grande honte, Vecht avait baissé la tête et bredouillé :

« Je... Je ne sais...

— Je serai parti avant la venue des gens de votre imprimerie... Vous... Vous pourrez dire que... que vous ignoriez que j'étais céans... Je sortirai comme je suis entré et... et vous n'aurez plus jamais de mes nouvelles... »

Incapable de tenir assis, le jeune homme parlait difficilement. D'un bras faible, il avait désigné la lucarne qu'il avait brisée.

« Vous saignez d'abondance. Vous ne verrez pas le jour prochain si rien n'est fait... Je vais chercher des linges et de l'eau. »

A cet instant, Vecht ignorait encore ce qu'il ferait de son ami. Il s'était levé et avait alors découvert que sa femme les observait depuis l'embrasure de la porte, les pieds nus, enroulée dans un drap du lit. Les spadassins l'avait réveillée et, comme son mari tardait à la rejoindre, Annerose était descendue voir.

« Qui est-ce ? avait-elle demandé.

— Jacob Huyghens. Tu ne le connais pas, mais je crois t'avoir déjà parlé de lui.

— Il est poursuivi... »

Elle se tenait droite et dardait sur son époux un regard assuré.

« Oui, fit Vecht.

— Par ceux qui frappèrent à notre huis tout à l'heure...

— Oui.

— Est-il de tes amis ?

— Oui.

— Alors nous devons le secourir.

— Ma mie ! Tu dois... » Il hésita, jeta un bref coup d'œil au blessé, s'approcha d'Annerose pour lui dire à voix basse : « Tu dois songer que...

— Je dois songer à notre bonheur. Je ne sais si je t'aimerais encore si tu devenais lâche en croyant faire mon bien. Et toi, qui sait si un jour tu ne me reprocherais pas d'avoir abandonné un ami en mon nom ? »

S'il ne l'avait pas déjà été, Vecht serait devenu fou amoureux d'elle à cette seconde. Elle reprit :

« Tu allais chercher de l'eau et du linge. L'idée est excellente. Fais vite. »

Elle le dépassa et s'agenouilla près de Huyghens. D'un geste sec, elle déchira la chemise ensanglantée.

« N'ayez crainte, dit-elle en souriant. Je suis issue d'une famille de soldats et j'ai cousu autant de blessures que de culottes. Si vous pouvez être sauvé, vous le serez. »

Une heure avant l'aube, Huyghens dormait, ses plaies bandées et suturées.

Pour les Vecht, le problème se posa alors de savoir où héberger le jeune homme en toute discrétion. Très vite, il apparut que la demeure récemment acquise serait parfaite. Certes, les ouvriers y travaillaient encore. Mais une chambre était achevée, où l'on entassait des meubles ; il ne serait pas même nécessaire d'y porter un lit qui se trouvait déjà là. Ainsi fut fait. Les premiers jours, Huyghens exigeant une attention constante, Vecht donna congé aux artisans tandis qu'Annerose ne quittait pas le chevet du blessé. Celui-ci alla bientôt mieux, retrouva l'appétit, gagna des forces. Ne lui manquait plus que du repos.

Annerose avait tenu parole : il vivrait.

« Je sais que je vous dois la vie, reprit Huyghens. A vous et votre épouse.

— Oublions cela, voulez-vous ? dit Vecht. Et ne songez donc point tant à la mort.

— C'est que j'ai trop souvent eu commerce avec elle… »

Vecht ne releva pas.

Avec Annerose, ils avaient convenu de ne poser aucune question et de seulement prêter une oreille attentive aux confidences que Huyghens voudrait bien leur faire. Celui-ci n'en fit aucune. Il ne raconta ni les circonstances qui l'avaient conduit à trouver refuge chez les Vecht, ni les années écoulées depuis qu'il avait quitté Wielstadt. En revanche, il avait trouvé un sincère plaisir à évoquer le temps où, jeune étudiant en droit, il fréquentait la boutique et les amis du libraire : Apollonius de Pise, le poète sans le sou ; Thadeus Lunkewitz, vieux juif et savant kabbaliste ; Willem, le maître typographe de Vecht ; et bien sûr le chevalier Kantz.

Souvent Huyghens et Vecht s'étaient surpris à parler de cette période comme d'une époque reculée. Elle n'était pourtant pas si lointaine : moins de trois ans avaient passé. Mais elle était définitivement révolue. Thadeus était mort. Kantz, à présent, disparaissait parfois des mois durant. Vecht s'était marié et, peu à peu, ses habitudes changèrent, sa disponibilité faiblit ; il n'y avait guère que Willem et Apollonius qu'il voyait encore. Quant à Huyghens, il n'avait plus rien en commun avec le jeune protestant idéaliste venu de Frankenhalt pour achever ses études de droit à Wielstadt. L'hiver 1620 n'avait pas seulement sonné le glas d'un Saint Empire romain germanique en paix. Il avait aussi sonné celui d'une amitié heureuse.

Quand il fut botté, Huyghens enfila son pourpoint. En passant la manche droite, il se détourna pour cacher une grimace douloureuse.

« Je pars, dit-il.

— Maintenant ?

— Oui.

— Mais vous n'y pensez pas, Jacob ! s'exclama le libraire. Demeurez encore. Quelques jours à tout le moins…

— Non, mon ami. J'ai trop longtemps profité de votre hospitalité et je suis résolu à partir. »

De sous le lit, il tira son baudrier de cuir et sa rapière au fourreau.

Résigné, le libraire demanda :

« Où allez-vous ?

— Je ne puis le dire.

— Vous défiez-vous de moi ? »

Huyghens eut un pâle sourire. « Vous savez bien que non.

— Alors quoi ?

— Ce serait vous faire courir grand risque que de vous dire où je vais. Et je suis des derniers qui voudraient vous nuire.

— Quittez-vous Wielstadt ?

— Non.

— Gardez cette chambre, en ce cas. Vous entrerez et

sortirez par le jardin, et ce sera bien le diable si l'on vous voit. »

Huyghens passa son baudrier et y accrocha le fourreau.

« Je m'en vais débusquer un loup, dit-il. Il me faudra sans doute m'aventurer dans son antre. Si j'échoue, je ne veux pas qu'il puisse remonter ma piste jusques ici. Jusques à vous. Je dois vous quitter et me loger ailleurs. »

Vecht fit une dernière tentative :

« Je puis vous assurer qu'Annerose ne verrait guère d'un bon œil que…

— Je suis reconnaissant à votre épouse des bons soins qu'elle eut pour moi, l'interrompit Huyghens. Et je gage qu'elle me dirait, comme vous, de demeurer. Mais vous me voyez sur mon département. Je n'attendais que de vous saluer, et vous remercier encore. »

Vecht rendit les armes.

« Soit. Partez.

— Adieu, mon ami.

— Avez-vous de l'argent ?

— Oui.

— Alors au revoir, Jacob.

— Puis-je emporter ceci ? »

Il avait à la main un psautier que lui avait confié le libraire et qui avait accompagné sa convalescence.

« Naturellement. Il est à vous.

— Merci. »

Ils échangèrent une accolade, puis Huyghens quitta la chambre sans se retourner. Il était encore dans l'escalier quand Vecht parut en haut des marches et lui lança :

« Vous savez que ma porte vous sera toujours ouverte…

— Oui, Günter. Je le sais. »

Vecht pressentit alors que c'était la dernière fois qu'ils se parlaient.

15

Madame de Ludehn avait un vrai talent, celui d'imposer sa volonté, voire son caprice, sans démonstration d'autorité. Le plus souvent, elle usait de son charme et parvenait à ses fins par des ruses enjôleuses. Mais si elle devinait une résistance trop sévère, elle n'hésitait pas à placer l'adversaire devant le fait accompli et comptait sur son ravissant sourire pour adoucir les effets du coup de force. On capitulait d'ordinaire, puis l'on pardonnait.

C'est cette seconde stratégie qu'elle avait adoptée avec Kantz en lui annonçant qu'il devrait l'accompagner jusqu'à Wielstadt et que, de surcroît, elle irait à cheval. Elle n'obtint pas une victoire totale, cependant. Car si Kantz céda, il céda de très mauvaise grâce et sans rien cacher de sa rancœur.

« De force forcée, je vous mènerai à Wielstadt, Madame. Mais n'espérez pas gagner mon assentiment. Votre projet est une folie que je condamne. »

Le trajet, en effet, n'était pas sans danger. La guerre avait oublié dans le pays des bandes mercenaires converties au brigandage. Elle avait aussi jeté sur les routes des villages entiers de paysans misérables, affamés, désespérés, qui hantaient toujours les campagnes et menaçaient les voyageurs.

« Ce ne sont pas là de maigres périls, avait insisté Kantz. Prenez une forte escorte et roulez carrosse.

— Pour ce qui est du carrosse, avait répondu la baronne, il suivra avec les bagages… Et j'ai une escorte, puisque je vous ai ! Seriez-vous homme à abandonner une dame ?

— Ne vous gaussez pas, Madame. Un homme seul ne pourra rien contre des miséreux que la faim aura rendu fous. Non plus que contre des malandrins déterminés. Je me battrai s'il le faut, mais cela ne vous sauvera pas.

— Tous ces périls dont vous me parlez, les avez-vous encontrés en venant jusques ici ?

— Non. Cependant je fus discret, rapide, et chanceux sans doute.

— Alors fiez-vous toujours à votre bonne étoile, chevalier. Quant à moi, je ne vous incommoderai pas. Nous irons du train qu'il vous plaira. »

C'était, pour Kantz, un autre motif d'inquiétude.

Passe encore si madame de Ludehn avait résolu d'aller en carrosse. Mais supporterait-elle sans faiblir l'épreuve d'une chevauchée de plusieurs jours ? Quoi qu'elle en dise, le chevalier craignait qu'elle les ralentisse. Il faudrait la ménager, s'arrêter souvent, écourter les étapes, s'inquiéter de trouver chaque soir un gîte décent. Au final, elle pourrait renoncer. Kantz ne doutait d'ailleurs pas que cela arriverait ; il se demandait quand. Selon lui, la baronne se faisait une idée romanesque d'un périple de trois cents kilomètres, par des routes poussiéreuses et sous un soleil de plomb. Elle devait se représenter de belles cavalcades et des nuits étoilées. Elle oubliait la soif, la fatigue et les courbatures ; elle n'imaginait pas le décor sordide de certains relais de poste. Quand elle en aurait fait l'expérience, elle regagnerait bien vite son carrosse. Elle y serait, au moins, à l'abri des balles perdues. Car ainsi que le chevalier avait tenté de l'en convaincre, les inconforts du voyage étaient encore le moins que la baronne avait à redouter. Et d'abord, savait-elle monter autrement que pour aller du carrousel à une partie de chasse ? L'équitation que pratiquaient les femmes du monde n'était jamais, aux yeux de Kantz, qu'un aimable divertissement.

Il fut très vite rassuré sur ce point, et peu à peu détrompé sur tous les autres. Madame de Ludehn s'avéra être non seulement une excellente cavalière, mais une cavalière endurante. Le premier jour, elle chevaucha botte à botte avec Kantz, au pas ou au trot, au galop à l'occasion. Comme elle ne se plaignit pas, n'exigea rien pour elle et se contenta des pauses que l'on octroya aux montures, elle fit une assez forte impression au chevalier. Le soir, à l'auberge, elle ne leva pas le nez sur le méchant ragoût qui lui fut servi, ne dit rien en découvrant la chambre et la paillasse où il lui faudrait dormir. L'endroit était si misérable que Kantz s'en excusa.

« Je suis fourbue, répondit-elle, et dormirais sur un tapis de clous. »

Puis avec un sourire rusé qu'atténuait à peine la fatigue, elle ajouta :

« Vous voyez que je ne suis point tant tracasseuse… »

Le lendemain, elle se leva à l'aube, plus fraîche, dispose et jolie que jamais.

La baronne savait qu'elle avait commencé de gagner l'estime du chevalier. Les jours qui suivirent, elle s'employa à lui plaire. Elle fut charmante, enjouée, parfois drôle ; elle avait de la culture et de l'esprit. Fille cadette d'un riche bourgeois protestant, elle était française. Elle avait cependant grandi à La Haye, chez un oncle. A seize ans, elle épousa Monsieur de Ludehn, un baron palatin et ami de la famille, qu'elle suivit à Heidelberg. En 1620, la révolution de Bohême lui enleva son époux ; celui-ci rejoignit les insurgés et mourut au combat. Comme la guerre gagnait le Palatinat, la baronne choisit un exil hollandais. Elle ne devait retourner à Heidelberg que deux ans plus tard, après le siège, durant l'hiver 1622.

A Kantz, madame de Ludehn eut l'intelligence de ne poser aucune question personnelle, outre les deux ou trois qu'il éluda au début du voyage. Par discrétion et politesse d'abord. Mais surtout parce qu'elle avait compris que rien ne lui serait plus désagréable que la curiosité futile d'une mondaine – du moins prendrait-il ainsi la chose. Elle ne savait pourtant rien de lui. Au bas de la lettre que le chevalier lui avait remise, ces lignes avaient été hâtivement ajoutées par l'auteur : « *Le porteur est digne de confiance mais il n'est pas des nôtres. Il ignore qui nous sommes et les desseins que nous avons. Ne l'éclairez en rien, car il pourrait alors nous mal servir.* » C'était court, très court. Trop court. La brièveté du post-scriptum trahissait une décision de dernière minute, une urgence qui – autant que les mauvaises nouvelles dont le courrier l'informait par ailleurs – avait alarmé la baronne et provoqué son départ.

Parallèlement, son intérêt pour Kantz s'en trouva accru. Qui était-il et pourquoi l'avait-on choisi ? Quelles qualités le distinguaient ? Il avait la quarantaine et n'était donc plus si jeune – pour preuve, ses cheveux grisonnaient et un genou semblait le faire souffrir, en fin de journée surtout. Longiligne, sec, presque maigre, il montait et portait l'épée avec l'aisance d'un soldat de métier. Il n'était pas, cependant, un spadassin ordinaire. Le jour de leur rencontre, en le découvrant grave et tout de noir vêtu dans son salon, madame de

Ludehn s'était dit que, si un prêtre devait prendre les armes, il ne s'habillerait pas autrement. Elle s'en était d'ailleurs bientôt confiée à lui, avec une fausse innocence.

« Vous voyant, on s'apense que l'homme d'épée cache un jésuite… » avait-elle dit tandis qu'ils attendaient un bac pour franchir une rivière.

Le chevalier n'avait pas répondu. Leur bac accostait et le passeur les hâtait d'embarquer. Kantz le toisa et n'eut pas à dire un mot pour faire comprendre au rustre qu'il n'était pas de ceux que l'on bouscule sans manière.

De fait, le chevalier intimidait dès le premier abord. Sa haute taille, la sévérité de ses traits et la sobre élégance de sa mise y étaient pour beaucoup. Mais c'était surtout son regard gris, glacé et implacable qui impressionnait, un regard dont l'intensité inquisitrice créait des silences insupportables. Enfin, deux détails achevaient le portrait de cet homme étrange et inquiétant : une perle baroque noire en guise de bijou d'oreille, et une main gauche toujours gantée.

La fréquentation de Kantz n'atténua en rien la curiosité de la baronne. Au contraire, de jour en jour, il en vint à exercer sur elle une fascination singulière. Souvent, en chevauchant, elle l'observait du coin de l'œil et tentait de deviner ses secrets. Le reste du temps, quand ils allaient au pas ou s'arrêtaient pour faire boire les chevaux, ils discutaient. Car Kantz était assez courtois pour converser quand il ne s'agissait pas de lui. Madame de Ludehn découvrit alors son exceptionnelle érudition. Non, décidément, il n'était pas un spadassin ordinaire. Il savait le grec et le latin, connaissant les classiques sur le bout des doigts, parlait plusieurs langues modernes dont le français qu'il pratiquait sans accent à la différence de la baronne, trop tôt expatriée.

Ce petit rien la vexa. Désireuse de briller, elle choisit d'aborder un sujet de prédilection : l'astronomie, étude peu commune qui la passionnait. Mais c'était encore un domaine où le chevalier excellait. Il semblait avoir tout lu et retenu, de Ptolémée à Copernic, et jusqu'à Galilée et Kepler[1]. Le chevalier s'abstint cependant de préciser qu'il avait également de solides notions d'astrologie, pouvait tracer un zodiaque et l'interpréter. Il ne craignait pas tant de chatouiller l'orgueil de la baronne, que de susciter son intérêt et devoir causer légèrement d'un sujet sérieux. Pour Kantz, l'astrologie était tout sauf une distraction de salon destinée à tromper l'ennui et flatter la vanité de riches désœuvrés. Les conjonctions astrales se révélaient favorables ou non ; les astres exerçaient de réelles influences sur les êtres et les choses ; l'univers était un macrocosme dont les lois exprimaient la volonté divine, et où l'homme, le monde sensible et celui des sphères éthérées étaient étroitement associés. Kantz préféra donc se taire et il songea à Osiander, lequel ne pouvait être détruit qu'à la date où, dans le mois lunaire, il s'était incarné sur terre. Madame de Ludehn, elle, bouda un peu.

1. Astronome et mathématicien grec du IIe siècle après Jésus-Christ, Ptolémée imagina un système du monde géocentrique, c'est-à-dire où les planètes et le soleil tournent autour d'une Terre immobile. Ce modèle, reconnu par l'Eglise, fut admis jusqu'à la Renaissance. Nicolas Copernic (1473-1543) fut le premier à affirmer que toutes les planètes, dont la Terre, tournent autour du soleil. Ce système fut popularisé et démontré par Galileo Galilei (1564-1642), dit Galilée, lequel eut maille à partir avec l'Inquisition. Egalement ardent défenseur du système copernicien, Johannes Kepler (1571-1630) naquit et vécut dans le Saint Empire. Il élabora les trois lois astronomiques qui portent son nom et qui permettront à Isaac Newton, à la fin du XVIIe siècle, de dégager le principe de l'attraction universelle.

En définitive, les premiers jours de voyage se déroulèrent bien mieux que le chevalier ne l'avait craint au départ. La baronne n'était pas un réel fardeau et il retrouva même en sa compagnie le plaisir de conversations érudites et policées. Ils allaient assez bon train. Le matin, le carrosse emmenant les bagages de madame de Ludehn partait plus tôt et les retrouvait à l'étape du soir. Eux prenaient parfois des chemins de traverse qui étaient à la fois plus agréables et moins propices aux mauvaises rencontres. Kantz avait mis cinq jours pour gagner Heidelberg tandis que le retour se ferait en une semaine – il s'attendait à pire. Ils seraient bientôt rendus s'ils évitaient les accidents et n'étaient pas attaqués.

Il n'y eut guère que Chandelle qui trouva de véritables raisons de se plaindre. La présence de la baronne, en effet, obligeait la petite fée à rester enfermée dans la sacoche de selle du chevalier, où elle s'ennuyait à mourir. Par bonté d'âme, Kantz laissait bâiller le rabat de sorte que Chandelle, sa tête dépassant à peine, pouvait au moins profiter du paysage. L'attention était généreuse mais la consolation, fort maigre. Il n'était cependant pas question que la fée-demoiselle, comme à l'aller, virevolte autour de son maître, fugue selon son caprice et se délecte du soleil estival. Tout cela à cause d'une aventurière – point si belle, à y bien regarder – qui faisait les yeux doux au chevalier. Très vite, Chandelle développa une haine farouche à l'égard de madame de Ludehn.

La jalousie, bien sûr, n'avait rien à y voir.

16

Le matin du sixième jour, alors qu'ils venaient de passer la frontière de l'évêché de Cologne, la baronne proposa un détour.

« Il y a, dit-elle, un village à quelques lieues vers l'est. Il se nomme Mölein, je crois. Nous y dîneront, s'il plaît à vous.

— Mölein ? s'étonna Kantz. D'où connaissez-vous ce lieu ? »

Madame de Ludehn esquissa un sourire et baissa les yeux, moitié timide, moitié complice. « En ma mémoire, Mölein est attaché au plus délicieux des souvenirs. Vous ai-je dit que je vécus un peu à Cologne, en mes jeunes et folles années ? »

Devinant une aventure galante où monsieur de Ludehn n'avait probablement joué qu'un rôle accessoire, le chevalier préféra ne pas savoir. Il ne tenait pas l'esprit d'adultère pour une vertu.

Au petit trot, ils arrivèrent peu après midi. Bourg plutôt que village, Mölein étalait une centaine de toits de chaume et de tuiles rouges au creux d'un vallon verdoyant, entre prés et champs. Une route serpentait vers lui, le traversait, s'éloignait en direction de l'ouest où des bois moutonnaient. Un beau soleil brillait sur ce décor paisible que la guerre, à l'évidence, avait épargné. Kantz songea que l'endroit, à l'écart des grands axes mais point trop éloigné, charmant de surcroît, était le cadre idéal pour une escapade amoureuse. Ne manquait qu'une auberge accueillante.

« Vous verrez que l'auberge est adorable », dit la baronne tandis qu'il pénétrait dans les rues tranquilles de Mölein.

Cette fois, le chevalier ne douta plus qu'elle l'avait convié à un curieux pèlerinage. Il ne lui vint pas à l'esprit que madame de Ludehn comptait peut-être ressusciter le passé avec un nouveau partenaire. Il avait depuis longtemps oublié qu'il pouvait plaire aux femmes.

Située à la périphérie du bourg, comme adossée à une pente herbeuse et arborée qui déclinait vers une rivière, l'auberge était un ancien corps de ferme. Dans la cour, Kantz mit pied à terre mais retint la baronne qui allait en faire autant.

« Demeurez en selle, Madame. Je vais voir. »

La cour était déserte et l'auberge semblait l'être tout autant. Ils n'avaient pas croisé grand monde en traversant le bourg. La canicule de la mi-journée devait garder les gens chez eux, du moins ceux qui n'étaient pas aux champs. Des meuglements et bêlements troublaient parfois le silence. On entendait aussi le choc régulier d'un marteau sur l'enclume.

Plus prudent que méfiant, Kantz poussa la porte d'une salle rustique, dallée de pierre, où régnait une fraîche pénombre. Quelques tables et bancs la meublaient. Au fond, un escalier de bois montait vers une galerie desservant sans doute les chambres. Il n'y avait personne.

Le chevalier ôta son chapeau, s'essuya le front, attendit un peu, appela enfin. Presque aussitôt, un homme vint par une porte latérale. Bien que maigre, il arborait une brioche rondelette sous son tablier. Il avait le bras gauche amputé à hauteur du coude et paraissait étonné de découvrir quelqu'un dans l'auberge.

« Pouvez-vous servir deux repas sans languir ? demanda Kantz.

— Oui, Monsieur.

— Alors faites... »

Tandis que l'aubergiste s'employait à passer le chiffon sur une table, Kantz ajouta :

« On ne se bouscule pas, chez vous...

— C'est qu'avec la guerre, les voyageurs sont rares... Et la plupart passent par la route de Cologne. » C'était aussi celle que le chevalier avait prévu, à l'origine, d'emprunter. « Mais Notre Seigneur, dans Son infinie bonté, a daigné nous épargner la soldatesque. Aussi, je ne me plains pas. »

Kantz acquiesça et sortit chercher la baronne.

Ils déjeunèrent en tête-à-tête, veillés par l'aubergiste, sa femme et trois garçons qui n'avaient pas vingt ans réunis. Au début, tous s'étaient trouvé quelque chose à faire dans la salle. Mais bientôt, ils s'alignèrent silencieux et immobiles, comme à l'église pendant le sermon. Ils n'avaient d'yeux que pour la baronne, c'est-à-dire pour la première aristocrate qu'il leur était donné d'approcher de si près. Celle-ci, en tenue de cavalière, s'avérait aussi belle, élégante et raffinée qu'ils pouvaient le rêver. Ils se fabriquaient des souvenirs et ne voulaient rien perdre du spectacle. On ne les croirait pas quand ils raconteraient.

A la fin du repas, madame de Ludehn fit ses compliments à l'aubergiste qui rosit de plaisir, s'inclina beaucoup, voulut présenter sa famille. La baronne accepta gracieusement et, souriante, répondit par des signes de tête aux courbettes malhabiles que chacun lui fit à l'appel de son nom. Kantz n'aima pas cette comédie. La baronne n'y voyait peut-être pas malice, mais que faisait-elle sinon l'aumône de sa sympathie ? Le pire, sans doute, était que tous se réjouissaient, l'une de donner, les autres de recevoir.

Le chevalier se leva.

« Un instant, je vous prie, l'arrêta madame de Ludehn.

— Il nous faut partir, Madame. »

Elle l'ignora et, se tournant vers l'aubergiste, demanda :

« Vous avez des chambres, n'est-ce pas ?

— Certes oui, Madame.

— Bien, j'en veux une. Meshui [1]. »

On s'affaira aussitôt, tandis que Kantz disait :

« Madame, quelle est cette fantaisie ?

— N'ayez crainte, chevalier. Il n'est pas question de passer la nuit ici. La repue fut copieuse et je m'en trouve lasse. De plus, nous sommes aux heures les plus chaudes du jour.

— Pour autant, la routc cst longuc encore.

— Elle n'est point si longue que vous dites, chevalier. Et qu'importe si nous arrivons ce soir une heure avant ou après le coucher du soleil ? Et ne me parlez plus de brigands ou de claquedents en embuscade, je vous en prie ! »

Sur ces mots, elle eut un mouvement d'impatience, l'esquisse d'un geste pour congédier. Elle le retint à temps mais Kantz le surprit, et se figea.

« Auriez-vous dans l'idée, Madame, que je suis un domestique ? » demanda-t-il d'une voix trop calme.

La baronne se leva de son siège sans oser affronter le

1. Maintenant.

regard du chevalier. Elle balbutia des excuses et, très pâle, elle se hâta vers l'escalier. Elle gagna la galerie, s'engouffra dans la chambre que l'épouse de l'aubergiste achevait de préparer. La femme referma la porte en sortant et descendit les marches sur la pointe des pieds.

Kantz resta un moment à regarder la porte. Il ne put s'empêcher de songer qu'en fin de compte, madame de Ludehn avait obtenu ce qu'elle désirait : ils ne quitteraient pas Mölein aussitôt.

Songeur, il sortit, prit son cheval et celui de la baronne par la bride, demanda à l'un des gamins où était l'écurie. Il n'y en avait pas à l'auberge ; il fallait aller chez le maréchal-ferrant. Kantz se fit indiquer le chemin et, contre quelques pièces, confia les montures aux bons soins du forgeron, un grand rouquin trapu et bossu, aussi laid que le dieu Héphaïstos.

Ses sacoches de selle rejetées sur l'épaule, le chevalier trouva à la limite du bourg un coin tranquille, herbu et ombragé, loin des regards. Là, il libéra Chandelle en lui commandant d'aller où elle voulait, mais sans être vue. Trop heureuse de l'aubaine, la fée réalisa quelques boucles en l'air. Bras écartés et tête tendue, elle offrit tout son petit corps nu à la caresse du soleil, avant de monter vers le bleu du ciel. La lumière du jour était à ce point vive que Chandelle se fondait en elle, presque invisible.

Puis Kantz s'allongea et, le chapeau sur les yeux, les mains sous la nuque, il s'efforça de se prendre son mal en patience, de se détendre et réfléchir.

Quelque chose lui agaçait la moustache…

Et recommençait.

Quelque chose ou quelqu'un ?

Ouvrant les paupières, Kantz souleva le bord de son

chapeau et se redressa sur les coudes, encore ensommeillé. Il s'était endormi sans s'en apercevoir. Quelle heure pouvait-il être ? Il chercha le soleil en plissant les yeux, observa que l'après-midi était bien avancé. Devant lui Chandelle virevoltait, frénétique.

« Que se passe-t-il, Chandelle ? »

La fée-demoiselle interrompit sa ronde folle, fit de grands gestes avec les bras. Elle semblait paniquée.

« C'est la baronne ? Elle cherche après moi ? »

Chandelle secoua la tête en haussant les épaules. A l'évidence, rien ne pouvait l'inquiéter concernant madame de Ludehn.

« Un danger ? »

Elle acquiesça, pointa le doigt vers l'intérieur du bourg. Un cheval hennit.

« Quel danger ? Montre-moi, Chandelle. »

Kantz se leva et, à petites foulées, suivit la fée entre les maisons.

Tandis qu'ils approchaient, le chevalier entendit d'autres hennissements, des claquements de sabots, des cliquetis métalliques : le bruit d'une troupe montée. Au coin d'une rue, il jeta un œil, vérifia que des cavaliers avaient pénétré dans Mölein. Ils s'étaient regroupés à l'intersection des deux principaux axes du bourg, autour de leur chef, et commençaient de se disperser. Une douzaine d'hommes en armes. Avec quelques autres, le chef resta au milieu du carrefour.

« Reinecker ! » souffla Kantz.

Il l'avait reconnu à ses lèvres purpurines, ses yeux exorbités, ses cheveux d'un blond si pâle qu'ils semblaient blancs. Ils s'étaient affrontés durant l'hiver 1620 et, depuis, Reinecker devait cacher sous un masque de cuir l'horrible brûlure que le chevalier lui avait infligé au visage. Il était, à l'époque, l'exécuteur des basses œuvres d'une redoutable société secrète : la Sainte-Vehme. Sans doute la servait-il encore.

« Tu ne l'as pas oublié, n'est-ce pas ? » murmura Kantz.

Chandelle fit non de la tête. Elle avait peur.

Il était prêt à s'élancer mais la petite fée l'arrêta en désignant la direction opposée. Kantz comprit qu'elle indiquait le trajet le plus court vers l'écurie du maréchal-ferrant. Vers la monture du chevalier, donc.

« Non, Chandelle. Il me faut secourir la baronne. C'est elle qu'ils cherchent. » Cette idée venait de le frapper comme une évidence. « Quant à toi, va attendre à la sortie du bourg. »

Trois chevaux attendaient devant l'auberge. La cour était déserte sinon.

Prudent, Kantz épia les alentours avant d'enjamber un muret et, ramassé sur lui-même, d'approcher de l'ancien corps de ferme. Il n'avait pas été repéré. Peut-être même ignorait-on sa présence. Il pouvait encore bénéficier de l'effet de surprise.

En passant devant l'appentis où la baronne et lui avaient laissé leurs montures pendant le repas, le chevalier surprit un reniflement misérable. Le benjamin de l'aubergiste y était recroquevillé dans un coin.

« N'aies crainte, petit, murmura Kantz… As-tu du courage ? » Le gamin acquiesça en séchant ses larmes. « Alors je veux que tu coures chez le forgeron et fasses seller nos chevaux. Il faut le faire pour la belle dame que tu as vu tout à l'heure. Quant à moi, je me charge des soldats… Est-ce entendu ? »

Le garçon acquiesça de nouveau et détala. Espérant qu'il ferait le nécessaire, le chevalier avança en catimini vers les fenêtres de l'auberge. A l'intérieur, deux spadassins malmenaient le patron. Un troisième regardait et parlait ; il tenait un pistolet. Du sang aux lèvres, l'aubergiste désigna du menton l'escalier qui montait vers les chambres, dont celle où la baronne s'était retirée.

La rapière au poing gauche, Kantz enfonça la porte d'un coup de botte. De sa main droite jaillit un poignard qui fendit l'air et se planta jusqu'à la garde dans la gorge de l'homme au pistolet. Celui-ci s'effondra, lâcha son arme. Le rouet se déclencha en heurtant le sol.

La détonation claqua.

Depuis le centre du bourg, Reinecker dressa l'oreille.

« Avec moi ! » hurla-t-il à ses sbires en piquant des deux vers l'auberge.

Kantz n'eut que le temps de passer son épée dans la main droite : les deux mercenaires se ruaient déjà sur lui. Du pied, il projeta un tabouret qui fit trébucher le premier. Le second attaqua. Kantz para, riposta, enchaîna avec un crochet du gauche. Sonné, l'homme chancela à reculons. L'autre bondit pour se fendre et porter un coup d'estoc. Le chevalier s'effaça, saisit son adversaire par le col. Déséquilibré, celui-ci partit en avant, percuta un mur ; il s'y fracassa le visage et s'effondra en laissant une traînée sanglante sur la pierre. Kantz fit aussitôt volte-face : le spadassin survivant chargeait. Le chevalier plongea, roula à sa rencontre, se redressa un genou à terre, laissa le mercenaire s'empaler sur sa rapière tendue. Le malheureux était mort lorsque Kantz se releva, dégagea sa lame et le regarda s'affaisser doucement.

Le combat n'avait pas duré plus d'une minute.

« La baronne ? demanda Kantz.

— Là… Là-haut… » répondit l'aubergiste tétanisé.

D'une main tremblante, il désignait la galerie desservant les chambres.

« Fuyez ! » ordonna le chevalier.

Il ne s'inquiéta pas de savoir s'il était obéi, gravit les marches quatre à quatre et fit irruption dans la chambre.

Vide. Le lit n'était pas même défait.

Kantz se précipita à la fenêtre grande ouverte, se pencha et comprit. A la hauteur du premier étage, un balcon longeait la façade : il suffisait d'enjamber la fenêtre pour y accéder et rejoindre, au bout, un escalier de bois qui descendait.

Le chevalier jeta un regard en arrière quand il entendit, de l'autre côté du bâtiment, une cavalcade dans la cour et Reinecker qui aboyait des ordres. Il poussa un meuble contre la porte et sortit sur le balcon. Il vit alors madame de Ludehn qui s'en revenait de la rivière, ignorante du drame qui se jouait. Plus loin, au-delà du cours d'eau, un cavalier s'éloignait au grand galop.

Kantz sauta par-dessus la balustrade, se reçut dans l'herbe, courut vers la baronne.

« A COUVERT ! » hurla-t-il.

Stupéfaite, elle le regardait sans comprendre

« PAR LE CHRIST, À COUVERT ! »

D'instinct, il la plaqua au sol. A la même seconde, un coup de feu claqua, une balle siffla près d'eux. Kantz poussa la baronne derrière des buissons, aperçut Reinecker qui, furieux, jetait un pistolet fumant par la fenêtre de l'auberge.

« Mais, chevalier, que… ?

— La Sainte-Vehme. Elle vous traque. »

Madame de Ludehn pâlit mais resta maîtresse d'elle-même.

« La Vehme ? Qu'allons nous faire ?

— Trouver nos chevaux et fuir. »

Kantz lui saisit le poignet et l'entraîna à sa suite.

Heureusement, elle était habillée en écuyère : bottes, chausses et pourpoint, donc ; ni robe ni jupons pour entraver ses mouvements. A l'abri des regards, ils décampèrent derrière un mur et s'enfoncèrent dans le bourg tandis que Reinecker et ses hommes avançaient vers les buissons qu'ils venaient de quitter.

Dans l'écurie, un mercenaire croate, édenté et crasseux, tenait le fils de l'aubergiste par les cheveux et collait contre sa gorge la lame nue d'un poignard. Devant eux, le maréchal-ferrant les regardait, désarmé et frémissant de rage.

« Ces chevaux, lâcha le Croate en désignant les deux montures sellées, ils sont à qui ?

— A des étrangers, répondit le forgeron d'une voix blanche.

— Un homme et une femme ?

— Oui.

— Où sont-ils ?

— Ici », fit une voix dans son dos.

Oubliant son otage, le mercenaire se tourna à demi. Assez en tout cas pour que Kantz lui lacère la face d'un coup de rapière. L'homme hurla, lâcha son poignard, tomba à genoux en portant les mains à son visage ensanglanté. Le forgeron saisit une fourche et la lui planta entre les omoplates.

« Fuyez, dit-il tandis que le gamin se réfugiait dans ses bras. Et ne revenez jamais. Les pistolets dans vos fontes sont bien chargés. »

Avant d'en faire autant, le chevalier aida madame de Ludehn à monter en selle. Puis il adressa au maréchal-ferrant un regard ambigu, à la fois reconnaissant et désolé. La violence, jusqu'à ce jour, avait épargné Mölein.

« Fuyez, vous dis-je ! »

Kantz et la baronne quittèrent l'écurie et s'engouffrèrent au galop dans la première rue venue. A un carrefour, un mercenaire les aperçut et battit le rappel. Ils changèrent de cap, sautèrent un muret puis un fossé, traversèrent une cour. Ils prirent une ruelle étroite, déboulèrent sur la place principale du bourg. Des cavaliers arrivaient de tous côtés.

« Nous sommes pris ! » s'effraya madame de Ludehn.

Son cheval piaffant sous lui, Kantz regarda alentour, avisa une venelle déserte.

« PAR LÀ ! »

Des coups de feu claquèrent. La baronne puis Kantz s'enfuirent par la venelle. Six cavaliers se lancèrent à leur poursuite. Le passage était encaissé, obscur et tortueux. La cavalcade l'emplissait d'un vacarme assourdissant. Les épaules et les cuisses frôlaient dangereusement les murs. Au premier détour que fit la venelle, les mercenaires découvrirent le chevalier et sa monture, arrêtés en travers, une dizaine de mètres en avant. Les chevaux refusèrent cet obstacle imprévu, infranchissable. Un mercenaire vida les étriers. Kantz, impassible, brandissait ses pistolets.

Il visa et fit feu à hauteur d'encolure.

Deux montures furent frappées. Elles hennirent, se cabrèrent, renversèrent leurs cavaliers, bousculèrent les autres dans l'étroite ruelle. L'une d'elles s'effondra – des jets de sang fusaient de son cou transpercé. Des cris de colère et d'impuissance jaillirent du chaos aussitôt provoqué. C'était une mêlée confuse où les bêtes affolées ruaient, glissaient, trébuchaient. Les hommes n'y pouvaient rien. Ils jouaient des éperons en vain, s'égosillaient, tiraient sur les rênes, s'accrochaient aux crinières pour ne pas tomber. La panique les gagna bientôt eux aussi. Un crâne fut défoncé par un coup de sabot ;

une jambe brisa net sous le poids d'un cheval ; un mercenaire étouffait, écrasé contre un mur.

Derrière, immobile et furieux, dressé sur ses étriers, Reinecker regarda Kantz s'éloigner tandis que la fumée âcre de ses pistolets tardait à se disperser.

17

A la sortie de Mölein, Kantz fut rejoint par Chandelle qui s'efforça de voler à sa hauteur sur quelques dizaines de mètres. Lancé au grand galop, il l'attrapa sans ralentir et la cacha sous son pourpoint. Non loin, il retrouva madame de Ludehn qui attendait derrière un moulin. Le chevalier dit qu'ils avaient gagné un temps précieux mais ne devaient pas se croire tirés d'affaire. Reinecker n'était pas homme à renoncer : il aurait tôt fait d'organiser la traque.

Kantz ouvrant la route, ils filèrent à vive allure vers les bois voisins et y disparurent. Ils profitèrent du couvert des arbres aussi longtemps que possible, puis coupèrent à travers champs et remontèrent le cours d'une rivière. Ils n'épargnèrent pas les montures, chevauchèrent jusqu'au crépuscule sans être inquiétés. La nuit les surprit en rase campagne, à proximité d'une ruine où le chevalier décida qu'ils camperaient. Les chevaux étaient épuisés ; les cavaliers n'allaient guère mieux.

Madame de Ludehn tomba dans les bras de Kantz quand il l'aida à mettre pied à terre. Elle ne tenait pas debout, peinait à garder les yeux ouverts. Il dut la porter pour l'allonger contre un pan de mur. Elle s'endormit aussitôt en balbutiant des remerciements. Plus tard, il lui fit une couverture d'un tapis de selle.

Kantz s'occupa ensuite des montures : elles n'auraient pas leur ration d'avoine ce soir. En revanche, il dégotta dans ses sacoches de selle un morceau de viande séchée qu'il grignota rêveusement, Chandelle sur l'épaule, le regard perdu vers une ligne d'horizon à peine plus sombre que le ciel étoilé. Il ne sentait plus ses reins ; son genou gauche le faisait souffrir. Surtout, des questions le taraudaient.

Ainsi, la baronne était poursuivie par la Sainte-Vehme. A Mölein, lorsque le chevalier lui avait révélé qui la cherchait, madame de Ludehn n'avait pas manifesté de réelle surprise. De la crainte, certes ; mais rien de l'étonnement spontané de qui se découvre, sans comprendre, un adversaire redoutable. Elle n'ignorait donc pas que la Vehme la menaçait. Avait-elle précipitamment quitté Heidelberg en l'apprenant ? Encourir les foudres de la Sainte-Vehme était en tout cas une excellente raison de fuir.

Deux ans et demi auparavant, Kantz avait lui-même affronté cette redoutable société secrète. Il savait le peu de cas qu'elle faisait de la vie humaine en rendant une « justice » qui, souvent, servait plus ses intérêts que ceux de la société. Pour partie, ses chefs étaient des ennemis – féroces mais sincères – de toutes les libertés. La plupart, cependant, étaient des notables uniquement motivés par l'ambition et le goût du pouvoir : la Vehme leur donnait les moyens d'intriguer, de s'enrichir, de gagner des honneurs. De nuire, surtout. Moins puissante que jadis, la Sainte-Vehme était encore crainte dans tout le Saint Empire. Et à raison[1].

1. La Sainte-Vehme naquit au milieu du XIIIe siècle, dans une Westphalie livrée à l'anarchie et au brigandage. Se substituant aux

Restait à comprendre ce que la Vehme voulait à madame de Ludehn…

Une chose était certaine, en revanche : le détour par Mölein ne devait rien au hasard, ni à un caprice. En retrouvant la baronne derrière l'auberge, à proximité de la rivière, Kantz avait également aperçu un cavalier qui s'éloignait du bourg. Même si le chevalier ne les avait pas vus ensemble, tout portait à croire que ces deux-là venaient de se séparer. Par conséquent, ce n'était pas la nostalgie d'une escapade amoureuse qui avait amené madame de Ludehn à Mölein. Pas plus que la fatigue ne l'avait poussée à réclamer un lit qu'elle n'avait pas défait. Non, la baronne avait un rendez-vous secret dont les détails avaient été minutieusement réglés, jusqu'au choix d'une auberge isolée proposant des chambres que l'on pouvait quitter en toute discrétion par les fenêtres et un balcon. Si Reinecker et ses hommes n'étaient pas arrivés au pire moment, Kantz n'aurait sans doute jamais su que madame de Ludehn était sortie. Quant à découvrir qu'elle s'était esquivée pour rencontrer quelqu'un…

En songeant aux tueurs de la Sainte-Vehme, Kantz se

autorités judiciaires défaillantes, cette société secrète accusait, jugeait et condamnait ; elle n'appliquait qu'une sentence : la mort. Elle acquit une puissance immense et compta, au XIVe siècle, plus de cent mille affiliés issus de toutes les classes sociales. Le rétablissement de l'autorité impériale en Westphalie ne fit pas disparaître ce sinistre tribunal. A partir du XVIe siècle, la Vehme continua de rendre et faire exécuter ses arrêts dans la clandestinité ; elle ne cessa d'exister qu'après l'invasion de l'Allemagne par les troupes napoléoniennes. L'auteur a néanmoins pris quelques libertés avec la réalité historique, plus particulièrement en étendant l'influence de la Sainte-Vehme à l'ensemble du Saint Empire romain germanique. On voudra bien le lui pardonner. Merci.

dit que leur intervention était en effet tombée à point nommé. Ce ne pouvait être une coïncidence. Le plus probable était qu'ils avaient suivi le cavalier et que les événements s'étaient ensuite précipités. Reinecker était-il au courant du rendez-vous ? La Vehme ayant des espions partout, la chose s'avérait possible.

N'empêche, le plus épais mystère entourait le fameux cavalier. Qui était-il ? Quel rôle jouait-il dans cette affaire ? D'où venait-il et quand avait-on convenu qu'il retrouverait la baronne à Mölein ? Sur ce dernier point, le chevalier se faisait peu à peu une idée. Selon lui, la baronne avait décidé de son propre chef de gagner Wielstadt. Sinon, pourquoi n'avait-on pas prévenu Kantz qu'il serait courrier à l'aller et garde du corps au retour ? Pour ne pas risquer d'essuyer un refus de sa part ? Certes pas, puisqu'il n'était pas en mesure de décliner l'offre du Roi Misère. Le départ de la baronne n'était donc pas prévu au programme. De fait, le rendez-vous à Mölein ne pouvait pas l'être non plus. Il fallait par conséquent que ce soit madame de Ludehn qui l'ait organisé à Heidelberg. Mais dans quel but ?

Cela, il y avait peut-être un moyen de le découvrir.

Bousculant Chandelle qui somnolait sur son épaule, Kantz se leva et s'assura d'abord que la baronne dormait profondément. Puis la fée-demoiselle le vit fouiller dans les sacoches de selle de l'aventurière honnie. Elle n'avait pas une grande estime pour madame de Ludehn, ni de respect pour son intimité, mais s'étonna néanmoins : son maître n'était pas un voleur.

Le chevalier trouva ce qu'il cherchait : la fameuse lettre dont il avait été le porteur. Commandant à Chandelle d'approcher pour profiter de sa lumière, il déplia la missive et lut :

« Madame,

« Le temps presse et il ne faut point tant languir. Nos

espions disent que l'Hydre saura bientôt ce que nous savons. Il est peut-être déjà trop tard. Nous ignorons si vous courez grand risque mais vous recommandons la plus extrême prudence. Il n'est pas douteux que les regards de nos ennemis sont d'ores en avant tournés vers Heidelberg.

« On ne peut mieux faire que vous avez fait et nous vous serons longtemps reconnaissants de vos services. Cependant, le temps est venu pour vous de laisser à d'autres le soin d'achever une œuvre que vous avez si bien entreprise. Aussi, nous vous prions de confier ce que vous savez au porteur de cette lettre et de ne plus rien faire qui pourrait attirer sur vous l'attention d'un adversaire redoutable. »

Suivait une formule de politesse, deux initiales – « R.C. » – en guise de signature, et un post-scriptum : *« Le porteur est digne de confiance mais il n'est pas des nôtres. Il ignore qui nous sommes et les desseins que nous avons. Ne l'éclairez en rien, car il pourrait alors nous mal servir. »*

Ces dernières lignes semblaient avoir été hâtivement tracées par l'auteur : l'écriture était moins soignée et l'encre était plus sombre que celle du texte principal. Comme madame de Ludehn quelques jours auparavant, Kantz déduisit de cet ajout que la décision de lui confier la lettre avait été prise dans l'urgence. Mais l'information capitale de ce post-scriptum était les craintes exprimées : si le chevalier en savait trop, il pourrait ruer dans les brancards. Quel but poursuivaient donc la baronne et son correspondant ? A priori, le fait que madame de Ludehn soit ennemie de la Vehme plaidait en sa faveur. Cependant, parce que deux loups également féroces peuvent se disputer une même proie, Kantz se garda de conclure.

Les initiales « R.C. » ne lui inspiraient rien. Pas plus

que la première personne du pluriel que le signataire employait. S'exprimait-il au nom d'une organisation à laquelle appartenait la baronne ? Un pluriel de majesté était une autre possibilité. Quoi qu'il en soit, « l'Hydre » et les « adversaires » désignaient à coup sûr la Sainte-Vehme et ses affiliés. C'était du moins à souhaiter : on n'a pas besoin d'autres ennemis que la Vehme quand celle-ci vous poursuit…

Enfin, il y avait le « ce que vous savez » que madame de Ludehn était censée remettre au chevalier. On avait prévenu Kantz qu'il serait chargé d'une réponse et il avait imaginé rapporter une lettre. Mais il pouvait encore s'agir d'un paquet susceptible de contenir à peu près n'importe quoi, pourvu qu'un cavalier puisse l'emporter. Cette lettre ou ce colis, la baronne avait sans doute préféré l'amener personnellement à Wielstadt. Se méfiait-elle du chevalier ? Avait-elle saisi l'occasion de quitter Heidelberg ?

Par acquit de conscience, Kantz jeta encore un œil dans les sacoches de madame de Ludehn. Il n'y découvrit rien d'intéressant et en profita pour ranger la lettre. Prudente, la baronne devait conserver le « ce que vous savez » sur elle. Ou bien elle l'avait dissimulé parmi les bagages qui suivaient en carrosse. Dans un cas comme dans l'autre, le chevalier n'en apprendrait pas plus cette nuit.

Mieux valait dormir et attendre le matin. Dès le lendemain, Kantz aurait une conversation sérieuse avec la baronne et exigerait des réponses. Il avait risqué sa vie pour elle. Cela méritait bien quelques explications.

Kantz découvrit qu'il était assoiffé : sans s'en apercevoir, il avait fait un sort au morceau de viande séchée. De sa selle, il décrocha une outre d'eau et alla s'asseoir à l'écart des ruines, sur un rocher plat qui saillait en haut d'une pente herbeuse. Il but trois longues gorgées d'eau tiédasse, en versa un peu dans le creux de sa paume. Chandelle se posa sur son poignet, s'agenouilla et, les mains en coupe, but à son tour. Le chevalier la regardait, plus attendri qu'il ne l'aurait avoué. Elle lui sourit timidement en s'essuyant le menton, ramena une lourde mèche acajou derrière son oreille, sourit encore. Elle semblait heureuse.

Mais soudain, quelque chose attira son attention.

Comme un chat qu'un bruit intrigue, Chandelle se redressa et fixa un point distant. Elle resta ainsi de longues secondes, immobile, concentrée, tous les sens aux aguets et parfaitement indifférente au reste du monde. Kantz crut d'abord que Reinecker et ses hommes approchaient. Pourtant, lui n'entendait ni ne voyait rien d'anormal. Dans le grand silence obscur de la campagne, il aurait dû au moins surprendre la rumeur d'une cavalcade, peut-être apercevoir les flammes mouvantes de flambeaux. Ce n'était donc pas ça. D'ailleurs, Chandelle ne manifestait pas d'inquiétude. Juste un intérêt extrême.

D'un bond, elle s'éleva à quatre ou cinq mètres au-dessus du chevalier. Son halo étincelait.

« Chandelle ! ordonna Kantz à voix basse. Reviens ! On pourrait t'apercev… ! »

Il n'acheva pas. La fée était déjà redescendue sans qu'il crut une seconde qu'elle avait obéi. Excitée et joyeuse, elle montrait du doigt…

… la vingtaine de petites lumières qui venaient d'apparaître à l'orée d'un bois, quelques centaines de mètres plus loin.

« Qu'est cela ? » lâcha Kantz en croyant comprendre.

Abandonnant son maître, Chandelle fila en direction des lueurs, s'arrêta, revint vers le chevalier et, de la main, lui fit signe de venir.

Il hésita.

Immobile dans l'air, elle tapa du pied contre un sol imaginaire et répéta son invite. Kantz comprit qu'il n'aurait pas une troisième chance d'accepter.

« C'est bon, dit-il. Je te suis. »

Ensemble, ils descendirent la colline que dominaient les ruines. Les lumières oscillaient près de la masse sombre des arbres, pareilles à des lumignons pastel doucement animés par le vent. Elles attendaient.

Kantz ne se hâtait pas.

N'y tenant plus, Chandelle le dépassa à mi-parcours, rejoignit les sphères colorées, resta un peu en leur compagnie, revint vers son maître et l'escorta sur les derniers mètres.

Ainsi que le chevalier l'avait deviné, les lumières étaient autant de fées-demoiselles. Plus ou moins alignées, elles flottaient à hauteur d'homme et le dévisageaient. Il y en avait des rondes et des minces, des grandes et des petites, des blondes et des brunes ; pas de rousse, cependant. Leurs ailes de libellule scintillaient dans l'obscurité ; leurs halos étaient rose tendre, vert pâle, bleu ciel, jaune paille ou garance. Toutes affichaient cet air timide et narquois qu'ont les adolescentes devant un spectacle incongru et grivois. Très fière, Chandelle s'était écarté de Kantz qui avait le sentiment bizarre d'être un jeune prétendant livré à la curiosité d'une tribu de futures belles-sœurs à la fois moqueuses et bienveillantes. Elles gloussaient, lui lançaient des regards en coin, se murmuraient des choses à l'oreille et pouffaient de plus belle. Le chevalier n'entendait pas ce qu'elles se disaient. D'ailleurs, jusqu'alors, il croyait la race de Chandelle muette.

Les fées-demoiselles s'enhardirent peu à peu. Elles approchèrent, voletèrent autour de Kantz, l'examinèrent sous toutes les coutures. L'une d'elles se posa sur son chapeau. A l'écart, Chandelle laissait faire. Le chevalier aussi, émerveillé et vaguement incrédule. Puis les fées l'abandonnèrent et se réunirent autour de Chandelle. Elles eurent un bref conciliabule, revinrent auprès de Kantz, le prirent par les mains, les manches, le col, tout ce qu'elles pouvaient empoigner, et l'attirèrent vers les arbres.

Jetant un coup d'œil vers les ruines, là-haut derrière, où dormait la baronne, Kantz suivit le mouvement.

« Où allons-nous, Chandelle ? » demanda-t-il.

Il n'obtint pas de réponse et, guidé par un chapelet de lumières vivantes, pénétra dans le bois. Chandelle ouvrait la marche.

Après quelques pas, l'obscurité fut totale. Les épaisses frondaisons cachaient le ciel et, curieusement, les fées brillaient sans irradier leur clarté. Leurs halos étaient comme des sphères pleines d'une brillance qui ne passait pas l'enveloppe. Kantz foulait un sous-bois touffu ; des branches, parfois, lui caressaient le visage. Il ne voyait que les fées dans les ténèbres profondes et avançait en confiance. Depuis la paume de sa main tatouée, une douce chaleur envahissait son bras gauche.

Chandelle la première, ils s'arrêtèrent à la limite d'une clairière circulaire, au centre de laquelle était un grand dolmen. L'air semblait scintiller alentour, sous une voûte étoilée bleu marine. La table de pierre, grisaille, miroitait à peine. La rumeur d'une mélopée cristalline habillait la nuit.

Les fées-demoiselles s'écartèrent de part et d'autre de Kantz, comme si elles lui laissaient l'honneur de passer en tête. La chaleur du pentacle sacré gagnait maintenant son épaule, irradiait vers le cœur.

Le chevalier sortit du couvert des arbres.

Et ce fut l'oubli.

Le lendemain, à l'aube, Kantz se réveilla près du dolmen. Il était seul avec Chandelle dans la clairière et n'avait jamais aussi bien dormi.

Il se leva, s'étira, ôta son pourpoint humide de rosée et le rejeta sur son épaule.

« Je devine que tu ne me diras pas ce qui advint cette nuit… »

D'une moue ambiguë, Chandelle avoua son impuissance. Soit elle n'avait pas la réponse, soit elle n'était pas libre de la fournir à son maître.

« Je devinais donc bien… Allons retrouver madame de Ludehn, veux-tu ? Et espérons qu'elle dorme toujours. »

La petite fée haussa les épaules et ne manifesta pas un grand enthousiasme.

A l'orée du bois, Kantz cacha Chandelle sous son pourpoint et marcha vers les ruines. Il les découvrit vides. Un cheval manquait.

La baronne lui avait faussé compagnie.

En chevauchant vers l'ouest, Kantz rejoignit la route de Cologne. Il mit cap au nord et s'arrêta à la première auberge qu'il rencontra. Tandis que l'on nourrissait son cheval, il se renseigna en déjeunant. On n'avait pas vu de cavalière solitaire. En revanche, un carrosse avait été attaqué la veille au matin. Par chance, il ne transportait pas de voyageurs, uniquement des malles que les brigands avaient ouvertes puis abandonnées. On ne comptait qu'une victime : le cocher ; certains prétendaient qu'il avait été torturé avant d'être assassiné.

Il ne faisait aucun doute que le carrosse était celui qui emmenait les bagages de madame de Ludehn. Quant aux prétendus brigands, il ne pouvait s'agir que de Reinecker et sa clique. Ils avaient commis leur forfait le matin, c'est-à-dire avant d'arriver à Mölein : le cocher, sans doute, avait parlé. Surtout, ils avaient fouillés les malles de la baronne. Que cherchaient-ils sinon le fameux « ce que vous savez » ?

Kantz reprit la route en songeant à madame de Ludehn. Elle était, décidément, adepte des départs précipités. Mais pourquoi celui de ce matin ?

Le chevalier imaginait la scène : la baronne se réveille et se découvre seule. Panique-t-elle ? Non, car une femme capable de garder la tête froide sous les balles de la Sainte-Vehme ne s'affole pas ainsi. Se croit-elle abandonnée ? Pas plus. Les deux chevaux sont là : Kantz ne peut donc être parti bien loin. Elle se figure peut-être qu'il est allé chercher de l'eau, ou chasser, ou ramasser des baies dans les bois voisins. Quoi qu'il en soit, il sera bientôt de retour et posera des questions. Il voudra savoir qui elle est vraiment, ce qu'elle va faire à Wielstadt, pourquoi la Vehme est après elle. Et comme il a risqué sa vie pour la sauver, il ne se satisfera pas de faux-fuyants ni de mensonges. De fait, il ne fallut sans doute pas longtemps à madame de Ludehn pour prendre sa décision, seller sa monture et fuir un chevalier qui, déjà, en savait beaucoup trop et pouvait devenir gênant. Le post-scriptum de la lettre qu'elle avait reçue le disait clairement : *Ne l'éclairez en rien, car il pourrait alors nous mal servir*.

Evitant Cologne, Kantz ne ménagea pas sa monture et rejoignit Wielstadt à la nuit. Les portes de la ville étaient closes mais le chevalier, de longue date, possédait un laissez-passer du Temple. Comme il eut soin de se présenter à la porte des Chevaliers-du-Christ, dont la garde et l'entretien étaient à la charge de la commanderie de Wielstadt, le papier fut un sésame efficace.

De retour chez lui, il ne put empêcher Heide de se

lever et lui préparer un repas, tandis que Stefan ramenait le cheval de louage à l'écurie. Rassasié, Kantz monta dans sa chambre et s'endormit tout habillé. Il réagit à peine lorsque ses domestiques unirent leurs forces pour le débotter.

18

Osiander était assis à son bureau. Devant lui, Reinecker se tenait poussiéreux et tête baissée, le chapeau à la main. Il faisait nuit derrière les volets clos. L'obscurité noyait les murs et le plafond du salon, le faisait paraître minuscule, comme recroquevillé autour de l'unique bougie dont la flamme, craintive, éclairait à peine. On n'entendait que le souffle rauque du démon contenant sa colère.

Reinecker, tout juste descendu de cheval, venait de raconter le désastre de Mölein. Il était mal à l'aise. Il craignait non seulement l'ire de son maître mais devinait des présences invisibles dans les ténèbres. Il éprouvait un sentiment rare chez lui : la peur.

« Combien d'hommes as-tu perdu ? demanda Osiander.

— Six, Monsieur.

— Et tu ne comptes que les morts…

— Oui.

— Vous étiez ?…

— Une douzaine.

— Et contre vous ?

— Un homme seulement. »

Osiander savait tout cela. Mais il voulait prolonger l'humiliation de Reinecker en l'obligeant à répéter les détails de son échec.

« La baronne ?

— Echappée.

— Le manuscrit ?

— Disparu avec elle. Si elle l'avait.

— Elle l'avait, crois-m'en. »

Osiander regarda longuement Reinecker

Le spadassin avait manqué de peu de s'acquitter de sa mission. Avec ses hommes, il était arrivé à Heidelberg le lendemain, le surlendemain peut-être, du départ de madame de Ludehn. Les *Wissenden*[1] de la capitale palatine l'informèrent, le dirigèrent sur un petit libraire qu'il fit parler. Fort de ces renseignements, il se lança aussitôt à la poursuite de la baronne et de son précieux secret. Reinecker et ses sbires chevauchèrent à bride abattue, ne dormant que quelques heures par nuit. Ils rattrapèrent d'abord le carrosse emmenant les malles de la baronne. Torturé, le cocher dit que sa maîtresse se trouvait à Mölein, avec pour seule escorte le cavalier qui l'escortait depuis Heidelberg. Une aubaine.

Mais ce cavalier était Kantz, songea Osiander.

Roide, Reinecker ne cillait pas. Il résistait à la tentation de mordiller ses lèvres épaisses et violacées, toujours humides. Des gouttes de sueur coulaient de sous le masque de cuir qui lui couvrait le côté gauche du visage.

« Ce n'est rien, dit subitement Osiander...

— Pardon, Monsieur ?

— Je ne peux pas te reprocher le mauvais succès de

1. Littéralement : ceux qui savent (all.). Nom donné aux affiliés de la Sainte-Vehme.

ta mission. Tu n'étais pas de taille. Face au chevalier Kantz, un autre que toi aurait pareillement échoué. »

Reinecker, à présent, frémissait de rage contenue. Le démon ne pouvait pas lui infliger pire traitement, et il le savait.

« Je sais son logis, cracha le spadassin d'une voix blanche. Je puis le tuer. Un mot de vous et…

— Non, lâcha Osiander avec un geste badin.

— Monsieur !

— Non, te dis-je.

— Monsieur, insista Reinecker, je puis vous assurer que… »

Osiander se leva soudain d'un bond, renversa son fauteuil, frappa du poing sur la table. Il éructa.

« NON ! »

Reinecker se figea, le cœur battant. Il y eut un mouvement dans l'ombre, à croire que l'obscurité était un rideau derrière lequel passaient des êtres silencieux.

Osiander s'était dressé de toute sa taille, de toute sa masse furieuse. Livide, il se pencha sur le bureau qui gémit quand il s'y appuya des deux mains. Les articulations de ses doigts blanchirent. Une respiration rauque et sifflante soulevait son torse puissant. Un muscle palpitait le long de sa mâchoire.

Il regarda le spadassin droit dans les yeux.

« Sais-tu, murmura-t-il, qui est Kantz ? Sais-tu *ce* qu'il est ?… Non, tu l'ignores et tu fais bien. De même que tu ignores qui je suis. Et là encore, tu fais bien. »

Un bref instant, une étincelle jaune illumina sa prunelle. Reinecker retint un mouvement de recul.

Osiander se laissa tomber dans son fauteuil, comme épuisé. Il fixa le plafond un long moment, se calma et dit :

« Si nous tuons le chevalier, un autre le remplacera. Celui-là, nous ne le connaîtrons pas. Celui-là sera peut-être pire… S'il faut tuer Kantz, nous le ferons. Ce sera sans doute bientôt. Mais nous ne le ferons certes pas pour satisfaire ton caprice, ou soulager ton orgueil. »

Il se tourna vers Reinecker et lui intima :

« Meshui, garde-toi d'encore discuter mes ordres. »

Après le départ de Reinecker, Osiander se leva et, les bras croisés, vint se placer devant son bureau. Les deux spectres naquirent alors de l'ombre et s'inclinèrent face à lui.

« Notre frère…

— … a été vaincu.

— Banni à jamais…

— … par le chevalier.

— Je le sais, fit Osiander.

— Nous voulons…

— … la vengeance.

— Vous l'aurez. Mais il n'est pas encore temps.

— Quand viendra…

— … le temps ?

— Quand je le voudrais. »

Les spectres semblèrent hésiter. Mais ils s'inclinèrent encore, soumis. Satisfait, Osiander demanda :

« Et votre chasse ?

— Elle est…

— … presque achevée.

— Nous avons retrouvé…

— … l'homme et nous…

— … attendons les ordres. »

Osiander sourit. « Tuez-le.

— Quand le…

— … ferons-nous ?

— La nuit prochaine. »

Dès qu'il fut sorti, Reinecker s'arrêta et prit plusieurs grandes goulées d'air frais. Il se sentait nauséeux, avait trop chaud. Ses mains tremblaient.

Contrecoup de la peur, une faiblesse l'envahit. Il s'appuya dos à un mur dans la rue déserte et, les jambes molles, résista à la tentation de se laisser glisser jusqu'à s'asseoir. Les paupières baissées, il leva le visage vers le ciel et attendit que le silence nocturne l'apaise.

Il avait la conviction de servir un fou, un monstre. L'idée lui vint de changer de maître.

Un pas hésitant attira bientôt son attention. Il ouvrit les yeux et vit une vieille miséreuse qui approchait. Elle portait une cape en loque sur une jupe rouille ; un bonnet rouge la coiffait.

Elle sourit en passant devant le spadassin.

« Qu'as-tu, grand-mère ? » lança-t-il haineusement.

La femme ne dit rien et continua son chemin. Mais parvenue au bout de la rue, elle se retourna pour regarder Reinecker qui s'éloignait dans la direction opposée.

19

Le lendemain de son retour à Wielstadt, Kantz se leva tard. Il fit une grande toilette, se rasa soigneusement, passa des vêtements propres et repassés de frais, chaussa des souliers plutôt que ses bottes de monte. Puis, quittant sa chambre, il laissa sans déplaisir sa rapière et son baudrier accrochés à une patère. Dans la *salle*, il retrouva Heide et Stefan qui ne lui posèrent aucune question concernant sa longue absence : ils connaissaient leur maître. Parce qu'on était vendredi, le chevalier se contenta d'un repas maigre et d'un verre d'eau avant de s'isoler dans son cabinet particulier.

Comme à chaque fois qu'il avait à réfléchir et prendre une décision importante, Kantz se recueillit d'abord, agenouillé sur le prie-Dieu d'ébène, face à la fenêtre en vitrail qu'encadraient les rayonnages de la bibliothèque. Toute tendue de velours pourpre, la pièce était fraîche et silencieuse ; la lumière y tombait paisible, morcelée et colorée. Pour le chevalier, la prière n'était pas un moyen, et certes pas celui d'obtenir quoique ce soit du Créateur ou de ses saints. Elle était une fin, l'expression d'une piété sincère et humble, un pèlerinage spirituel dont la destination compte moins que le voyage, ses rencontres et ses embûches. Deux heures s'écoulèrent ainsi, loin du monde, hors du temps.

Enfin, Kantz se signa, alla ouvrir à Chandelle qui n'aimait guère les portes closes, et revint s'asseoir dans sa *chaire à bras* – son fauteuil. Il résolut aussitôt d'oublier madame de Ludehn, la Sainte-Vehme et leurs intrigues pour le moment. D'ailleurs, avait-il un rôle à jouer dans cette étrange affaire ? Rien n'était moins sûr. Sans doute, en d'autres circonstances, aurait-il cherché plus avant. Mais son premier devoir, à l'été 1623, était de retrouver Osiander et de le détruire.

Malheureusement, Kantz ignorait tout du démon, et jusqu'à ses intentions. Pourquoi s'était-il incarné en ce monde ? Que venait-il faire à Wielstadt ? Peut-être était-ce cela que le fantôme du templier, cette fameuse nuit à Heidelberg, avait tenté de révéler. Deux choses étaient certaines, cependant. La première était que le revenant avait un important message à délivrer au chevalier ; la seconde était qu'Osiander avait voulu l'empêcher de parler en lançant un *spectre assassin* à ses trousses. Le démon n'échoua d'ailleurs que de très peu, et Kantz put seulement recueillir des bribes de phrases absconses avant que le fantôme ne retourne dans les Limbes. Probablement pour toujours.

Entre autres mystérieuses allusions, le revenant avait évoqué Malachie et sa prophétie…

Kantz se leva et procura une fausse joie à Chandelle qui crut qu'il sortait : elle était capable de toutes les ruses pour tenir compagnie au chevalier dans son cabinet particulier, mais elle s'y ennuyait à mourir. C'est donc avec dépit qu'elle vit son maître prendre un gros volume sur un rayonnage et retourner s'asseoir dans son fauteuil.

Le gros volume en question était un *Ancien Testament*, en latin, que Kantz feuilleta jusqu'au dernier des douze livres prophétiques qui le concluaient : celui de Malachie. Pareil à la plupart des érudits de son siècle, Kantz connaissait la Bible sur le bout des doigts et pouvait en réciter des passages entiers. Le livre de Malachie est court – quatre chapitres pour une cinquantaine de versets – et consiste essentiellement en de pieux commandements que conforte la menace du courroux divin. Le chevalier relut le texte par acquit de conscience : il savait avant de commencer qu'il n'en tirerait rien. Ce fut le cas.

Kantz se dit alors qu'il se trompait sans doute de Malachie.

Et de prophétie.

Apollonius de Pise avait 53 ans, l'œil rieur, le cheveu rare et les joues creuses. Poète et philosophe, il devait une relative célébrité aux pamphlets que lui inspiraient l'actualité et les travers de ses illustres contemporains. Avant de s'établir à Wielstadt, il avait longtemps voyagé et pouvait se vanter d'être passé par la plupart des cours princières et geôles d'Europe, son talent satirique lui ayant souvent valu de briller sous les ors des premières avant de croupir sur la paille des secondes. De cette époque mouvementée, il avait conservé la silhouette maigre de ceux qui ne mangent pas à leur faim, boivent plutôt et dorment à la dure. La sagesse ne lui était pas venue avec l'âge. Pauvre comme Job, il vivait de la générosité de quelques amis et continuait de composer des libelles dont il oubliait simplement de signer les plus virulents. Cela ne trompait pas grand monde mais décourageait les poursuites.

Lorsque Kantz poussa la porte de la librairie de Günter Vecht, Apollonius achevait à peine le prologue d'une épopée qui, à l'évidence, fascinait. Il y avait une vingtaine d'hommes, de femmes et d'enfants, arrivés là on ne sait comment, clients pour quelques-uns mais curieux pour la plupart, et qui écoutaient comme à la veillée. Vecht était du nombre, ainsi que les ouvriers de l'imprimerie voisine, désertée pour l'occasion. Tout ce petit monde se serrait comme il pouvait entre les étagères ; des gamins étaient grimpés sur un coffre ; un marchand ambulant grignotait distraitement les biscuits de son éventaire.

Debout sur une table, ravi et pérorant un peu, Apollonius venait de raconter comment, talonnée par les Impériaux, l'armée de Christian de Brunswick avait presque rejoint les Provinces-Unies au terme d'une fuite éperdue à travers l'Allemagne. Car le projet fou de Christian avait échoué. Lui qui avait conduit une armée de 21 000 hommes jusqu'en Basse-Saxe dans l'intention de remonter l'Elbe et de s'en aller soulever la Bohême, s'était vu refuser le passage par le duc de Saxe. Piégé et bientôt désavoué par les siens, Christian refusa néanmoins d'entendre raison et de rendre les armes. Il fit tant et si bien que l'Empereur, en désespoir de cause, lança contre lui les troupes que commandait le général Tilly. Christian battit aussitôt en retraite vers les Provinces-Unies, son seul salut. Abandonnant les blessés et les traînards, l'armée protestante sema la désolation sur son passage et parcourut près de 200 kilomètres en une semaine. Le 4 août, elle arriva épuisée à Greven, soit à une journée de marche de la frontière hollandaise. Mais Tilly, déjà, était en vue…

Kantz ignorait tout de ces événements et, comme il prenait le récit en route, voulut savoir de quoi il retournait. Un bourgeois, du coin de la bouche, lui expliqua qu'Apollonius racontait Stadtlohn.

« Stadtlohn ?

— Mais oui, Stadtlohn ! »

Stadtlohn était le village aux environs duquel, le 6 août, avait eu lieu le gros de la bataille entre les troupes de Christian de Brunswick et celles de Tilly. On était aujourd'hui le 9 et la chose était de renommée publique à Wielstadt. D'ailleurs, ce n'était pas tant ce que relatait Apollonius que le talent qu'il y mettait qui fascinait l'auditoire. Mais pour Kantz, Stadtlohn restait un hameau perdu qu'il peinait à situer, quelque part aux confins du Saint Empire et des Provinces-Unies, à vingt ou vingt-cinq lieues au nord de Wielstadt. Il s'impatienta :

« Mais quoi, Stadtlohn ?

— La bataille, à la parfin ! s'agaça l'autre. La bataille ! Que n'écoutez-vous pas plutôt… »

Sa voix mourut.

Il avait commis deux erreurs. La première avait été de parler un peu trop vivement ; la seconde avait été de se tourner assez pour découvrir à qui il s'adressait. Il pâlit.

« Je vous demande pardon ? fit Kantz d'une voix glaciale.

— C'est-à-dire… Enfin… N'est-ce pas ?… Vous devez comprendre que… »

Le chevalier sentit qu'on le tirait par la manche. Il baissa les yeux et vit Willem.

« Suivez-moi donc, chevalier », proposa le Nain.

Au grand soulagement du bourgeois, Kantz obtempéra.

Derrière Willem, il s'efforça – vainement – de ne bousculer personne tandis que se poursuivait le récit d'une bataille furieuse. Ils franchirent le couloir de séparation qui longeait la boutique et entrèrent dans l'atelier d'imprimerie désert. La voix d'Apollonius leur parvenait assourdie. Il flottait là une forte odeur d'encre et de papier, de plomb et de colle, de graisse et de sueur. Des feuillets imprimés séchaient, pliés sur des cordes tendues entre les presses à vis.

Willem était un digne représentant du peuple nain.

Trapu mais vif, il mesurait un mètre quarante environ et semblait aussi solide qu'un billot de chêne. Il l'était, au physique comme au mental. Très roux, il n'arborait pas la barbe traditionnelle de ses ancêtres, mais une magnifique paire de moustaches qu'il retroussait en crocs. Originaire des Hautes Terres d'Ecosse, Willem portait le kilt et, quand il sortait, un béret plat orné d'une plume de faisan. Il était depuis quelques années l'ami et le maître typographe de Günter Vecht.

« Comment vous en va ? demanda Willem avec ce fort accent rocailleux dont il n'avait jamais réussi à se départir.

— Fort bien, je vous remercie. Et vous même ?

— Aussi bien qu'il est possible… Il y a long que nous ne vous avons vu céans. »

C'était un regret, non un reproche.

Naguère, Willem, le chevalier et quelques autres se retrouvaient régulièrement autour de Günter Vecht. La librairie était leur point de ralliement. Mais le temps et la guerre avaient passé.

« Ce n'est que trop vrai… » reconnut Kantz.

Il ôta son chapeau, le posa et, d'un revers de poignet, s'essuya le front. Le parement de sa manche de chemise, rabattu sur celle du pourpoint, s'en trouva bruni. Kantz lâcha un bruit de bouche agacé. Par ces chaleurs, on ne pouvait faire trois pas dans Wielstadt sans récolter une fine pellicule de poussière et transpiration mêlées.

« Tenez », fit Willem en tendant un linge propre.

Le chevalier remercia, se frotta longuement le visage, la nuque et le cou. Puis il lâcha :

« Et si vous me disiez de quoi il retourne ?

— Parlez-vous d'Apollonius ?

— Non. Je parle du récit qu'il fait. »

Le Nain afficha un air intrigué.

« Vous ignorez donc ce qu'il advint à Stadtlohn ?

— Je l'ignore tout à plein et espère l'apprendre par votre truchement. »

Avec une concision qu'Apollonius aurait sans doute condamnée, Willem expliqua que Christian de Brunswick avait dû fuir la Basse-Saxe avec son armée, qu'il avait espéré trouver refuge dans les Provinces-Unies et que, en définitive, les Impériaux l'avaient rattrapé à quelques lieues du salut. Dès le 5 août, les protestants durent repousser un premier assaut de l'avant-garde catholique, ce qui interrompit leur fuite. Mais la véritable bataille eut lieu le lendemain, non loin de Stadtlohn. Malgré la résistance héroïque et le sacrifice de quelques-uns, les troupes brunswickoises ne purent jamais passer la frontière et furent massacrées. Au soir du 6 août, il ne restait rien de l'armée que Christian commandait.

« Mais je m'étonne, conclut Willem, que vous ne sachiez pas déjà tout cela. Voilà presque deux jours que cette bataille est dans toutes les bouches. D'où croyez-vous qu'Apollonius tient toutc sa science ?

— Je ne suis rentré que de cette nuit, expliqua le chevalier. Je reviens de Heidelberg. »

Le Nain acquiesça sans mot dire : il comprenait mais ne voulait pas risquer d'être indiscret en posant des questions.

A cet instant, des applaudissements retentirent dans la librairie. Surpris, Kantz se tourna vers la porte et la boutique au-delà. Puis, du regard, il interrogea Willem qui expliqua :

« Apollonius en a fini. A la parfin, lc travail va reprendre.

— C'est Apollonius que l'on applaudit ?

— Ce matin, déjà, il a rencontré un beau succès…

— Voulez-vous dire que ce n'est pas la première fois que… ?

— Je veux dire que, depuis hier, Apollonius a donné plusieurs représentations. Nous finirons par faire payer l'entrée. »

Kantz secoua doucement la tête avec un sourire.

« Je crois, dit-il… Je crois qu'Apollonius ne laissera jamais de me surprendre… »

La librairie ne tarda pas à se vider.

Les curieux s'en allèrent. Aiguillonnés par Willem, les ouvriers retournèrent à leurs presses, encres et plombs. Quelques clients seulement restèrent. Ainsi qu'Apollonius qui, descendu de sa table, à l'écart, écoutait Vecht.

« Vous devriez écrire tout cela, disait le libraire. Nous en ferions une gazette que l'on s'arracherait.

— Croyez-vous ?

— J'en suis assuré !

— M'est plutôt avis que mon récit plaît dans le chaud du moment. Vous connaissez les *Wielstadter* : dans trois jours au mieux, ils auront oublié jusqu'au nom de Stadtlohn.

— Voilà pourquoi il ne faut point tant languir ! Ecrivez, Apollonius. Ecrivez !

— Je ne sais… »

Kantz, en approchant, interrompit leur conciliabule.

« Chevalier ! s'exclama Apollonius. C'est donc bien vous que je vis entrer tout à l'heure ! Mais où étiez-vous donc passé ? »

Ils échangèrent une accolade, pratique à laquelle Kantz ne s'adonnait d'ordinaire qu'à contrecœur.

« J'étais à côté, dit-il. Avec Willem. »

Le libraire s'esclaffa avant, à son tour, d'asséner quelques tapes viriles dans le dos du chevalier. Là encore, Kantz se laissa faire. Il tenta même d'exprimer la joie sincère qu'il avait à retrouver ses amis : cela se résuma à des gestes empruntés et un sourire malhabile.

« Mais qui vous parle de cela ? » fit Vecht. Bras tendu, il tenait Kantz par les épaules. « Apollonius vous demandait où vous aviez disparu depuis votre dernière visite ! A quand remonte-t-elle, d'ailleurs, cette visite ?

— Je crains qu'il ne faille compter les mois plutôt que les semaines... C'était à l'hiver. Ou peut-être au printemps.

— Au printemps ou peut-être à l'hiver ! Entendez-vous cela, Apollonius ? »

Vecht lâcha enfin le chevalier.

« Allons, tempéra le poète... Le chevalier ne nous a pas oubliés et cela seul importe. Et plutôt que de faire des reproches, pourquoi n'iriez-vous pas quérir une bouteille qui célébrerait nos retrouvailles ?

— L'idée est excellente ! »

Le libraire marcha jusqu'à la porte latérale, passa la tête dans le couloir et appela :

« Annerose ! Annerose, m'entends-tu ? Apporte une bouteille et des verres, veux-tu ? Le chevalicr cst céans ! »

Puis il annonça à sa clientèle que l'on fermait, qu'il fallait partir. « Mais si, mais si. Vous reviendrez demain. » Un étudiant était néanmoins très décidé à acheter un ouvrage. Tout en le poussant avec quelques autres vers la sortie, Vecht lui fourra le livre entre les mains. « Vous payerez plus tard. Demain ou un autre jour. Quand il vous plaira. Au revoir, monsieur. » Il referma la porte sur le jeune hommc médusé, tira les rideaux et se tourna tout joyeux vers ses amis en se frottant les mains.

Annerose parut, blonde, belle, radieuse. Elle avait revêtu une robe modeste dans la coupe et l'étoffe, mais dont le bleu soulignait l'azur de ses yeux. Elle portait un plateau chargé de deux pichets et plusieurs gobelets en étain. Apollonius lui fit un compliment ; Kantz ôta son chapeau et la salua. Elle ne resta pas, échangea des politesses, posa son plateau et s'en fut. Vecht ne la quitta pas des yeux tout du long.

Quand ils eurent trinqué, le libraire adressa une œillade complice à Kantz et lui dit :

« Nous direz-vous meshui ce qui vous amène ?

— Un livre, répondit franchement le chevalier.

— Un livre ?

— Ou plutôt un texte. Une prophétie.

— Laquelle ?

— Celle de saint Malachie.

— La prophétie des papes ? intervint Apollonius.

— Oui, confirma Kantz. Celle-là même. La connaissez-vous ?

— Un peu. Assez à tout le moins pour m'étonner de vous y voir mettre le nez. D'où vous vient cette idée, chevalier ? »

Kantz eut une moue vague et haussa les épaules. Il préférait ne pas parler du fantôme de Heidelberg. Mais surtout, il partageait le scepticisme d'Apollonius. Lui non plus ne croyait pas beaucoup à la prophétie de saint Malachie[1].

1. La prophétie de saint Malachie fut révélée en 1590, tandis que l'on s'apprêtait à élire le successeur du pape Urbain VII. Connue sous le nom de « prophétie des papes », elle consiste en une liste de 111 devises supposées résumer la personnalité ou le règne de tous les papes depuis l'an 1143 jusqu'à la fin du monde. Son auteur serait saint Malachie, un évêque irlandais né en 1094 et mort à Clairvaux en 1148. Jusqu'à Urbain VII, les devises tombent assez juste. Mais celles qui suivent exigent, pour le moins, une forte dose de bonne volonté interprétative. On soupçonna d'ailleurs très vite un faux destiné à favoriser la candidature au Saint-Siège du cardinal

Apollonius remplit son verre – pour la troisième fois – et précisa :

« J'étais encore à Venise lorsque le *Lignum Vitæ* parut…

— Le *Lignum Vitæ* ? fit Kantz. Qu'est-ce que cela ?

— Un ouvrage consacré aux évêques issus des Bénédictins, indiqua Vecht. Son auteur était un moine, lui-même de l'ordre de saint Benoît. Je parle d'ailleurs de lui au passé sans savoir ce qui advint de l'homme. Il a, ou avait, pour nom…

— Arnold de Wion, dit Apollonius. C'est lui qui, en 1590, révéla la prophétie. Et c'est encore lui qui la publia cinq ans plus tard, à la suite de son *Lignum Vitæ*. Cette initiative ne fit d'ailleurs qu'attiser les braises d'une querelle que l'on croyait éteinte, mais dont le feu couvait.

— Car à cette date, deux papes avaient déjà succédé à Grégoire XIV, souligna Kantz. Innocent IX et Clément VIII.

— Tout juste. Et certains se piquèrent de penser qu'à y bien regarder, les formules qui les désignaient dès l'an 1590 n'étaient pas si mauvaises. Il n'y a pas pire aveugle que celui qui veut croire… »

Rêveur, Apollonius se tut et sécha son verre. Sans doute songeait-il à ses jeunes années. Il avait 25 ans à l'époque et l'on devinait sans mal quel parti il avait pris

Jérôme Simoncelli. Celui-ci naquit à Orvieto (dont l'étymologie est : *urbs vetus*, « vieille ville » en latin), tandis que la devise censé désigner le successeur d'Urbain VII est : *de antiquitate urbis*, « de l'antiquité de la ville ». Méfiant, le conclave préféra élire le pape Grégoire XIV et, du même coup, fit mentir une prophétie dont, à ce jour, l'Eglise n'a confirmé ni infirmé l'authenticité. A noter que, selon le décompte de la prophétie de saint Malachie, le dernier pape viendra après le successeur de Jean-Paul II…

lors de la polémique suscitée par la prophétie des papes. Et avec quelle fougue.

Abandonnant le poète à ses souvenirs, Kantz se tourna vers Günter Vecht.

« Pour ce que vaut cette prophétie, il me faut la lire. Avez-vous un *Lignum Vitæ* ?

— Non.

— Sauriez-vous où je puis le trouver ? »

Le libraire réfléchit, puis dit :

« Je crois connaître, à Wielstadt, quelqu'un qui voudra vous le prêter. Mais je ne veux rien promettre. Reposez-vous sur moi. Si je succède, je vous ferai porter le livre. Dès demain peut-être.

— Je vous remercie. »

L'un et l'autre se tournèrent alors vers Apollonius qui, tristement, lâcha :

« La bouteille est vide. »

20

Jacob Huyghens mourut peu avant minuit, seul et effrayé, au fond d'une impasse puante où deux créatures de l'Ombre l'acculèrent.

Il avait longtemps couru et arriva hors d'haleine, en sueur, débraillé et le regard fou. De nouveau il crut avoir semé ses poursuivants ; de nouveau il se trompa. Les spectres étaient là. Il les vit qui entraient dans le cul-de sac, drapés dans une étoffe plus sombre que la nuit, l'épée au poing. Ils marchaient, sûrs de la victoire. Peut-être souriaient-ils. Ils avaient, en tout cas, trouvé un ignoble plaisir à nourrir la terreur de leur proie, à raviver son courage en disparaissant parfois, à briser l'espérance en resurgissant soudain. Toujours ils lui avaient permis de s'échapper.

Toujours.

Pour que dure la chasse.

Au début, Jacob avait appelé, crié, imploré une aide qui ne vint pas. On dut l'entendre pourtant. On préféra oublier, fermer les volets, prendre un autre chemin. Le souffle lui manqua bientôt. Peu à peu il se tut, la poitrine incendiée et les tempes bourdonnantes. Il ne fit plus que fuir. De temps à autre, il s'arrêtait pantelant et regardait en arrière. Quelques secondes passaient, puis les sinistres silhouettes se montraient, sans cesse présentes, jamais lointaines. Et la course reprenait, chaque fois plus douloureuse. Jacob s'épuisa. Ahuri par la peur, le corps à la torture, il était incapable de penser. Il se perdit dans le dédale du vieux Wielstadt partout désert, obscur et silencieux.

La ville, cette nuit-là, fut une nécropole sans lumière ni vie où mourait l'espoir.

Dans l'impasse, Jacob Huyghens comprit que la traque s'achevait. Alors il tira l'épée et fit face. Durant ses années de guerre, au hasard des batailles, des embuscades et des pillages, il croyait avoir souvent observé la mort en face. Il savait à présent qu'il s'était trompé. La Camarde est une maîtresse jalouse qui n'autorise qu'un regard.

Un regard qui ne trompe pas.

Jacob chancelait.

Devant les spectres qui avançaient, il fit une pitoyable tentative pour se mettre en garde. Son bras faiblit ; l'estoc de sa rapière racla la terre. Il renonça. Il voyait trouble, n'entendait plus, peinait à garder les yeux ouverts. Ses genoux faiblissant, il trébucha sur place pendant que les spectres l'entouraient. Il réussit néanmoins à rester debout, ricana et adressa à ses bourreaux un sourire d'ivrogne.

Il sentit à peine les lames le transpercer. Et tandis que les spectres le regardaient s'affaisser avant de frapper encore, il lui sembla apercevoir le reflet de son visage dans le cuivre rutilant des masques rivetés.

Etendu par terre, la poitrine ensanglantée, il fixa à jamais le ciel constellé et mourut.

La nuit était belle.

21

Kantz se rendit à la commanderie de Wielstadt un peu avant sexte, c'est-à-dire un peu avant midi.

Quand ils n'étaient pas en campagne, les Chevaliers du Christ vivaient au rythme des heures canoniales[1] et partageaient leur temps entre travail, étude et prière : ils étaient, d'abord, des moines. Ils se levaient à prime pour entendre la messe puis, si le service militaire le permettait, ils devaient également assister aux messes de tierce, none, vêpres, complies et matines. Il n'y avait pas de messe à sexte : c'était l'heure du premier repas de la journée, pris en commun dans le réfectoire ; le dîner était servi après les vêpres. Les Templiers ne chantaient pas les laudes, car ils dormaient dès après les

1. Depuis le Moyen Age, les heures canoniales – c'est-à-dire conformes aux règles de l'Eglise – réglaient la vie dans les monastères ; elles indiquaient quand prier, étudier, travailler, se restaurer ou se reposer. Eté comme hiver, on comptait douze heures d'une durée égale entre le coucher et le lever du soleil, et douze autres ensuite. Les heures canoniales étaient donc plus ou moins longues selon la saison. Néanmoins, la sixième heure diurne commençait toujours lorsque le soleil était à son zénith ; de même, la sixième heure nocturne correspondait immanquablement au milieu de la nuit.

matines, soit du milieu de la nuit jusqu'à l'aube. Selon la Règle édictée au XIIe siècle, les clochers des commanderies sonnaient ainsi sept des huit offices de la liturgie romaine[1].

En arrivant à la mi-journée, Kantz comptait rencontrer les frères Berthold et Markus avant le déjeuner. Ils avaient malheureusement quitté Wielstadt et ne seraient pas de retour avant deux ou trois jours. L'un et l'autre étaient à Cologne, d'où un régiment de l'ordre allait bientôt partir pour prêter main-forte à Tilly. Après avoir vaincu Christian de Brunswick à Stadtlohn, le général wallon marchait déjà vers le nord afin de combattre en Frise la seconde armée des protestants révoltés, celle que commandait Mansfeld.

Kantz apprit tout cela de la bouche du frère portier. Le contretemps était fâcheux. Le chevalier avait des révélations à faire et, surtout, des questions à poser. Il voulait parler de la nuit mouvementée qu'il avait passé à Heidelberg, de son combat contre le *spectre assassin*, de sa rencontre avec le fantôme entrevu pour la première fois dans le cloître de la commanderie de Wielstadt. Il espérait que les frères Berthold et Markus pourraient l'éclairer sur l'identité, les intentions et les propos du revenant. Peut-être avaient-ils également du neuf concernant Osiander.

1. Selon le Bréviaire romain, fixé par le pape Pie V en 1568, les huit offices de prières étaient : matines, laudes, prime, tierce, sexte, none, vêpres et complies. Les offices de prime, tierce, sexte et none étaient désignés selon le moment de leur célébration – soit à la première, troisième, sixième et neuvième heure canoniale du jour. On chantait les vêpres au coucher du soleil, les complies entre vêpres et matines, les matines au milieu de la nuit et les laudes une heure avant l'aube. La journée liturgique allant de minuit à minuit, les matines étaient le premier office du service divin.

Au sortir de la commanderie, une chaise à porteurs croisa Kantz. Soucieux, il la dépassa sans un regard, entendit qu'on l'appelait, se retourna. La chaise était arrêtée pour permettre à son occupant de descendre. L'homme était petit, blond, presque chauve ; une soutane l'habillait ; ses souliers à boucle, cirés de frais, rutilaient. Ebloui par le soleil, Kantz ne reconnut pas aussitôt le père Färber.

« Monsieur le Chevalier, je suis enchanté de vous trouver céans. Vous partiez ?

— Bonjour, mon père. Oui, je partais.

— Vous souhaitiez sans doute visiter le frère commandeur... Vous a-t-on dit qu'il était à Cologne avec son maréchal ?

— Oui.

— Ils seront bientôt tous deux revenus. Ce n'est, je crois, l'affaire que de quelques jours.

— Merci, mon père. Au revoir.

— Avez-vous dîné ? »

Kantz hésita, troublé par l'amicale prévenance du père Färber. Le prêtre était le chapelain de la commanderie de Wielstadt et, jusqu'à présent, il n'avait manifesté à son égard qu'une méfiance hostile. Les frères trouvaient eux aussi une forte odeur de soufre au chevalier. Ils étaient cependant pragmatiques et savaient les services qu'il rendait : ils étaient des alliés de circonstance car leurs adversaires, souvent, étaient les mêmes. Aveuglé par sa foi, le père Färber, lui, n'avait jamais fait montre d'une telle tolérance. Bien au contraire.

« Non, dit finalement Kantz.

— En ce cas, je vous invite. Il y a long depuis que nous nous sommes vus et je gage que nous avons beaucoup à nous dire.

— Je ne sais si...

— Allons, Monsieur le Chevalier ! Ne vous faites point tant prier… »

Ce disant, le prêtre voulut le prendre par le coude, mais la sévérité naturelle du chevalier le retint. Aussi se contenta-t-il de sourire et d'ouvrir le chemin d'un large geste du bras. Intrigué, Kantz accepta l'invitation.

« S'il plaît à vous, dit le père Färber sur le ton de la conversation, nous deviserons d'une affaire qui inquiète fort Monseigneur l'évêque et vous me direz les progrès que vous faites, dont je ne doute pas qu'ils sont grands…

— Oui ?

— Je parle de ce démon qui hante Wielstadt. »

Prudent, Kantz acquiesça vaguement. Il savait désormais ce que le prêtre lui voulait et comprenait les raisons de son affabilité. Néanmoins, concernant Osiander et ses spectres, il ignorait ce que les frères Berthold et Markus avaient bien voulu confier au chapelain, et il craignait de leur jouer un mauvais tour en en disant trop.

Prêtres parmi les moines, les chapelains du Temple assuraient le service religieux. Ils disaient la messe, administraient les sacrements, recueillaient les confessions. Jadis, l'ordre nommait librement ses chapelains. En 1529, cependant, le pape Clément VII refusa de reconduire ce privilège quand il consacra la renaissance des Templiers. Les chapelains étaient désormais désignés par les évêques qui avaient soin de choisir des hommes loyaux, zélés, et qui leur rapportaient tout. De fait, les frères se méfiaient – à raison, en règle générale – des prêtres qu'on leur attribuait. C'était le cas à Wielstadt, où le père Färber ne faisait d'ailleurs pas mystère de son indéfectible fidélité à l'évêque. Cela n'allait pas sans heurts ni grincements de dents.

Kantz et le chapelain traversaient la cour en direction

de la chapelle lorsqu'un rugissement retentit. Une ombre gigantesque passa sur eux et ils levèrent les yeux pour voir le dragon s'éloigner d'un ample mouvement d'ailes. Ils n'exprimèrent ni crainte ni surprise. Ils regardèrent le dragon comme un marin observe une tempête depuis la côte, ou comme un montagnard considère une avalanche lointaine : le danger n'était pas pour eux.

Aussi spectaculaire qu'elle soit, la scène était plus que familière. Elle était anodine.

Kantz et le père Färber déjeunèrent en tête à tête dans le presbytère, servis par un valet si discret qu'ils l'oublièrent bientôt.

Le repas fut courtois, agréable en dépit des efforts insidieux de l'un pour faire parler son invité, et de l'autre pour ne rien révéler sans paraître rétif. Il est vrai que le chapelain y mit les formes. Affectant un air badin, il dit le peu qu'il savait ou prétendait savoir, sollicita l'avis du chevalier, évita les questions trop directes, émit des hypothèses plus ou moins innocentes, fit parfois dévier la conversation mais revint toujours à sa préoccupation première : Osiander, ses spectres et leurs secrets.

Kantz déjoua tous les pièges et veilla à ce que ses silences n'en disent pas plus long que ses réponses évasives. Il devina que le prêtre en savait autant que les frères Berthold et Markus la dernière fois qu'ils les avaient rencontrés, et s'en tint là. Il n'évoqua pas Heidelberg ni le fantôme du templier. Pas plus que la prophétie de saint Malachie.

En revanche, il se souvint d'un fragment de phrasc qui – prononcé par le revenant – l'intriguait particulièrement et, sur une impulsion, il demanda :

« Savez-vous ce que sont les Gardiens du Ponant ? »

Lancée de but en blanc, sa question le surprit presque autant que le chapelain.

Le père Färber sourit. Il repoussa son assiette, vida son verre, s'essuya les lèvres avec un coin de serviette, regarda Kantz et sourit encore.

« Chevalier, je vais vous donner motif de vous réjouir de m'avoir encontré ce jourd'hui. Moi et non pas le frère Berthold que vous veniez visiter…

— Vraiment ?

— Oui. Pour la raison que je vais vous répondre, ce que le frère commandeur ne ferait pas, vous pouvez m'en croire.

— Soit. Je vous écoute, mon père. »

Le chapelain se renfonça dans son fauteuil, fit signe au valet de remplir les verres. Kantz, en posant la main sur le sien, refusa.

« Vous savez combien les Templiers sont jaloux de leurs secrets et combien ces secrets sont nombreux, dit le père Färber. Les Gardiens du Ponant touchent à l'un d'eux… »

Et voici ce qu'il raconta au chevalier :

Jadis, au temps de sa splendeur, le Temple avait été le dépositaire d'une mystérieuse prophétie. Il en possédait deux exemplaires manuscrits, préservés séparément pour qu'ils ne puissent être volés ou détruits ensemble. L'un – le manuscrit d'Orient – fut conservé à Jérusalem, puis à Chypre ; l'autre – le manuscrit d'Occident – ne quitta jamais l'Europe.

« Ce fut longtemps l'un des secrets les mieux scellés de l'ordre, précisa le prêtre. Même parmi les frères, rares étaient ceux qui le partageaient. »

Des templiers, triés sur le volet, formaient une élite chargée de garder les manuscrits : les Gardiens du Levant pour le manuscrit d'Orient et les Gardiens du Ponant pour celui d'Occident. Les Gardiens du Ponant disparurent dans la tourmente qui, au début du XIVe siècle, emporta le Temple ; leur manuscrit fut perdu. Depuis Chypre, en revanche, les Gardiens du Levant purent s'enfuir et se cacher avec le manuscrit d'Orient. Il semble qu'ils survécurent aux terribles épreuves que traversa l'ordre jusqu'au XVIe siècle.

« Car lorsque le Temple ressuscita, dit le père Färber, il manifesta sa reconnaissance et sa soumission en faisant don au pape du précieux manuscrit. Les Gardiens du Levant, qui dès lors n'avaient plus raison d'être, disparurent à leur tour. »

Découvrant la prophétie, le Vatican décida de n'en rien révéler.

« Mais vous savez ce qu'il advient fatalement des secrets que l'on partage…

— Ils transpirent, nota Kantz.

— Et celui-là fit comme les autres. »

Au fil des ans, une rumeur grandit à Rome. On sut que les Templiers avaient confié un secret au pape, que ce secret était une prophétie, qu'elle devait être de saint Malachic. On ne parla bientôt plus que de cela, au point que l'Eglise se décida à faire connaître le texte. Mais comme elle avait nié l'existence du manuscrit d'Orient durant des décennies et ne pouvait se désavouer, il lui fallut prendre des chemins détournés.

« Et c'est ainsi, dit le chapelain, qu'un moine bénédictin sortit d'on ne sait où une prophétie qu'il attribuait à saint Malachie.

— Le moine se nommait Arnold de Wyon, lâcha Kantz. Et sa prophétie était la trop fameuse prophétie des papes… »

Le père Färber acquiesça en affichant un sourire malin.

Kantz s'en retourna en début d'après-midi et trouva Willem à sa porte. Le Nain, qui arrivait tout juste, apportait un exemplaire du *Lignum Vitæ* de la part de Günter Vecht.

« Il ne fallait pas vous donner cette peine, fit le chevalier.

— J'avais à faire par chez vous.

— Etes-vous meshui libre de votre temps ?

— Oui.

— Alors demeurez et buvez un verre en ma compagnie. »

Le Nain accepta volontiers. Sous son bonnet à plume de faisan, son visage était rouge et luisant de sueur. Le brûlant soleil qui écrasait Wielstadt n'épargnait pas sa carnation de roux ; la chaleur l'incommodait beaucoup. La douceur des étés écossais lui manquait.

« Ne pleuvra-t-il donc jamais ? » râla Willem en entrant à la suite du chevalier.

Lorsqu'il se laissait aller, son accent rocailleux redoublait.

« Il y aura bientôt un orage, affirma Kantz. Je vous prédis même un véritable déluge.

— Dieu vous entende… »

La *salle* était tiède, silencieuse, plongée dans un faux jour reposant.

Otant son chapeau et son baudrier, Kantz pria Willem de s'asseoir et appela. Stefan poussa la porte du fond, ses cheveux blonds en bataille et la figure chiffonnée : il devait faire une sieste à l'ombre de l'orme.

« Où est Heide ?

— Sortie, répondit le valet en réprimant un bâillement.

— Et Chandelle ?

— Je l'ignore, Monsieur. Que puis-je pour votre service ? »

Kantz l'envoya chercher un pichet de blanc à l'auberge

voisine et, pour s'assurer de boire frais, exigea que le vin soit tiré d'un tonneau à la cave. Puis, tandis que le jeune homme déguerpissait, il s'attabla en face de Willem.

Le Nain posa le livre entre eux et le heurta d'un index crocheté.

« Vecht n'a pu l'acheter en votre nom. Il faudra donc le rendre.

— A qui appartient-il ?

— Je ne puis le dire.

— Soit. »

Kantz ouvrit le livre, chercha en vain un ex-libris et croisa le regard amusé de Willem.

« Ne serait-ce pas trop simple ? demanda le Nain.

— Il est vrai… C'est une première édition.

— Oui. Faite à Venise en 1595. Je ne sais s'il y en eut d'autres. »

Le chevalier feuilleta distraitement le livre.

« L'avez-vous lu ?

— Un peu.

— Assez pour vous faire un avis ? »

Willem hésita.

« Je l'aurais lu dix fois en tout sens que je ne saurais vous dire mon sentiment. »

Essoufflé et écarlate, Stefan revint bientôt avec le pichet. Il fit le service et son maître l'autorisa à se remplir un verre à la condition qu'il aille le boire ailleurs. Le valet ne se fit pas prier pour retourner sous l'orme, dans le jardin.

Le vin était frais, léger, vif en bouche : un véritable vin de soif. Kantz et Willem en apprécièrent les premières gorgées sans mot dire, puis vidèrent le pichet en bavardant. Le Nain, surtout, parla. A Kantz qui n'avait pas passé cinq nuits à demeure depuis des semaines, il donna des nouvelles de Wielstadt. Piochant au hasard dans sa mémoire, il relata quelques-unes des innombrables anecdotes – tragiques, comiques ou anodines – qui font la vie d'une cité. Ainsi furent évoqués un menuisier qui tua l'âne du voisin à coups de bûche, une femme dont le chat éborgna l'amant et réveilla le mari, un confiseur emprisonné parce qu'il fourrait ses pralines au poison, une troupe de comédiens qui devait le gros de son succès au décolleté de son héroïne, un prédicateur calviniste dont les sermons enflammaient les foules, un meunier accusé de mouiller sa farine avant la pesée, une faiseuse d'anges qui périt sur le bûcher, l'explosion d'un alambic qui ôta à un alchimiste ses sourcils, un morceau d'oreille et le goût des expérimentations inédites.

Kantz avait déjà raccompagné Willem à la porte quand il se souvint du libraire qu'il avait croisé à Heidelberg : il lui avait promis de saluer les Vecht en son nom.

« Avant que vous ne partiez et que j'oublie encore…

— Oui ? fit le Nain en coiffant son bonnet plat.

— J'ai encontré à Heidelberg quelqu'un de votre connaissance. Maître Dobush. Vous souvenez-vous de lui ? »

Willem acquiesça, le visage soudain fermé. « Quand l'avez-vous vu ?

— Ce devait être quelque chose comme le 1er ou le 2e jour de ce mois.

— Il est mort depuis. »

Kantz marqua un temps avant de demander :

« Comment le savez-vous ?

— Comme nous étions sur le point de conclure une affaire avec Dobush, sa veuve nous l'a fait savoir par courrier. La lettre est arrivée ce matin. »

Le chevalier avait parlé à Dobush dans la cour de madame de Ludehn. La baronne ne portait pas chance à ses invités.

« Sait-on la cause du trépas ?

— Dobush fut assassiné. La lettre ne dit rien de plus sur ce sujet. »

Kantz laissa partir Willem, convaincu que le libraire palatin était au nombre des victimes de Reinecker.

De la Sainte-Vehme, donc.

Kantz passa le reste de la journée à lire et étudier le *Lignum Vitæ*.

Ecrit en latin, le livre était pour l'essentiel consacré aux évêques issus de l'ordre des Bénédictins. A priori, cette partie ne concernait pas le chevalier. Il la parcourut néanmoins par acquit de conscience. Outrageusement hagiographique, le style était plat quand il n'était pas pompeux. Le fond n'ayant pas plus d'intérêt que la forme, Kantz manqua plusieurs fois de piquer du nez. Mais le vin avait peut-être sa part dans cette somnolence.

Le texte prophétique était relégué en fin d'ouvrage. Il tenait sur quelques pages et consistait en des devises latines censées qualifier le règne ou la personnalité des papes depuis Célestin II, soit depuis 1143. De Célestin II à Urbain VII, élu en 1590, le nom des papes était inscrit en vis-à-vis de leurs devises respectives et, déjà, Kantz nota que dix antipapes[1] s'étaient mêlés aux légitimes successeurs de saint Pierre. Pour n'en citer que quelques-uns, Pascal III, Clément VII et Alexandre V faisaient tache dans le tableau.

Passant outre, Kantz nota que les papes n'étaient plus nommés après Urbain VII, c'est-à-dire après la révélation de la prophétie. Une main anonyme avait cependant ajouté à la plume les noms et dates d'élections de

1. Un antipape est un pape élu irrégulièrement et non reconnu par l'Eglise.

ceux qui s'étaient succédés depuis : Grégoire XIV (1590), Innocent IX (1591), Clément VIII (1592), Léon XI (1605), Paul V (1605) et Grégoire XV (1621) ; ce dernier étant mort le 8 juillet 1623, le trône pontifical était vacant pour l'heure. Kantz compta cent onze devises, dont trente et une restaient à pourvoir. Quant au dernier pape, ce n'était pas une devise qui lui était consacrée mais un petit texte :

A l'heure de la suprême persécution de la Sainte Eglise romaine, c'est Pierre de Rome qui sera assis sur le trône pontifical. Il conduira le troupeau à travers de multiples tribulations. Après quoi, la Ville aux sept collines sera détruite et le Juge redoutable viendra juger les hommes[1].

Le dernier pape se nommerait donc Pierre comme le premier, et la destruction de Rome – la ville aux sept collines – annoncerait le Jour du Jugement Dernier…

L'ensemble n'était guère convaincant et, en d'autres circonstances, le chevalier n'aurait sans doute pas poussé plus avant. Le soir tombant, il dîna frugalement et reprit son étude. Dans le refuge de sa bibliothèque, il s'attacha à juger la pertinence des devises avec impartialité.

Si l'on oubliait que certaines qualifiaient des antipapes, toutes tombaient assez juste jusqu'à Urbain VII. Ainsi, Célestin II était désigné par : *Ex castro Tiberis*, ce qui signifiait : Du château du Tibre ; or il s'appelait Guy Châtel et naquit à Titerna, sur le Tibre. Ce n'était qu'un exemple parmi d'autres.

En revanche, les devises suivantes convenaient moins

1. A l'intention des latinistes : *In persecutione extrema Sacrae Romanae Ecclesiae sedebit Petrus Romanus, qui pascet oves in multis tribulationibus ; quibus transactis, Civitas septicollis diruetur ; et Judex tremendus judicabit populum.*

aux successeurs d'Urbain VII. Pour Grégoire XIV : *De antiquitate urbis* (De l'antiquité de la ville) ; pour Innocent IX : *Pia civitas in bello* (La cité pieuse pendant la guerre) ; pour Clément VIII : *Crux Romulea* (La croix romaine). Malgré ses efforts, Kantz ne trouva rien qui légitimait indiscutablement ces devises. Mais il se dit qu'il pouvait ignorer le détail qui, dans le règne ou la personnalité des papes concernés, justifiait chaque formule. Malheureusement, les devises des premiers papes du XVIIe siècle – que Kantz connaissait mieux – n'étaient pas plus satisfaisantes. Pour Léon XI : *Undosus vir* (L'homme fait comme une onde) ; pour Paul V : *Gens perversa* (La race perverse) ; et pour Grégoire XV : *In tribulatione pacis* (Dans le trouble de la paix).

On pouvait arguer que Grégoire XV, par la faute de la guerre qui sévissait encore dans le Saint Empire, avait connu un règne troublé – mais quel pape avait eu un règne paisible ? Et quelle était la « race perverse » du pontificat de Paul V ? Et en quoi Léon XI était-il « fait comme une onde » ? Etait-il si souple, au propre comme au figuré ? Kantz s'énerva en réalisant qu'il tombait dans le même piège que les exégètes forcenés : celui de vouloir interpréter à tout prix, jusqu'à l'absurde.

La nuque douloureuse et les paupières lourdes, le chevalier renonça. Si la prophétie de Malachie recelait une révélation, celle-ci était bien cachée et lui échappait encore.

Il gagna sa chambre et s'allongea tout habillé sur son lit pour réfléchir. Le fantôme du templier pouvait-il s'être trompé ? Ou avait-il involontairement induit Kantz en erreur ? En quoi ce texte concernait-il Osiander et ses spectres ? Et les concernait-il seulement ?...

Dans le carré de nuit que découpait la fenêtre grande ouverte, Chandelle dansait, insouciante.

22

L'hôtel particulier que la fraternité avait alloué à madame de Ludehn était à la fois coquet, discret et confortable. Invisible de la rue, il était situé au milieu d'un pâté de maisons. On y accédait par une venelle que l'on n'avait aucune raison d'emprunter sinon. De hauts murs cernaient la cour et le petit jardin derrière.

Lorsqu'elle descendit du carrosse qui était allé la chercher à Cologne, la baronne découvrit sa future domesticité alignée sur les marches du perron : une femme de chambre, deux valets et une cuisinière ; le cocher resterait également à sa disposition. Soucieuse et empressée, levant légèrement ses jupes pour grimper l'escalier, elle passa devant eux sans un regard tandis qu'ils s'inclinaient. Elle trouva Tobias Haug dans l'entrée.

« Il n'y a que vous ?

— Oui, Madame. Pour l'heure. »

Elle espérait un autre comité d'accueil.

« Le Grand Maître ?

— C'est lui qui m'envoie.

— Quand le rencontrerai-je ?

— Bientôt, Madame. Quand il vous plaira.

— Il m'aurait plu de lui parler céans et meshui. »

Le chapeau à la main, Haug fit une révérence – une manière de dire qu'il comprenait mais que la chose était impossible. Puis il indiqua respectueusement une porte, celle d'un salon où ils s'isolèrent.

La pièce était élégante, avec meubles précieux, bibelots rares et tapis de prix, le tout parfaitement agencé. Des miroirs et des dorures y augmentaient la lumière dans le faux jour du couchant. On avait allumé des bougies. Une fenêtre était ouverte sur le jardin. Haug la ferma par prudence.

« C'est vous que j'attendais à Heidelberg, dit madame de Ludehn. Pourquoi n'être pas venu ? Pourquoi avoir mandé le chevalier Kantz ?

— Le Grand Maître l'a voulu ainsi », mentit Haug.

Il n'imaginait pas expliquer qu'il lui avait fallu, à la dernière minute, se trouver un remplaçant parce que des usuriers l'avaient battu comme plâtre. Quatre jours durant, il put à peine marcher et maintenant encore, ses côtes le faisaient souffrir quand il s'étirait.

Pourtant, cette gêne persistante n'était rien comparée à l'angoisse de ne pouvoir payer le solde de sa dette. Haug savait que Roi Misère ne lui accorderait plus aucun délai. Deux semaines étaient déjà écoulées depuis que le monarque des gueux l'avait menacé de mort s'il manquait à sa parole. Afin de tenir ses engagements, Haug devait absolument toucher la seconde moitié du salaire que le Masque d'or avait convenu de lui confier. L'argent, en principe, devait récompenser le messager que Haug choisirait pour aller à Heidelberg à sa place – Kantz, en l'occurrence.

Mais Tobias Haug imagina un scénario différent.

Il savait par ouï-dire que le chevalier devait une faveur au Roi Misère. Alors il alla voir ce dernier et le convainquit de charger Kantz de la fameuse lettre, ce qui ne lui coûterait rien. En échange, Haug reverserait l'intégralité de ce que le Masque d'or était disposé à débourser, soit bien plus qu'il ne devait. Le Roi Misère avait hésité. Car si la somme était belle, il rechignait à libérer Kantz de sa promesse ; une autre occasion, future, lui serait sans doute plus profitable. Ne pouvait-il pas plutôt envoyer l'un de ses hommes à Heidelberg ? Haug refusa. Il savait que la mission était délicate, qu'elle pouvait être dangereuse, que la Sainte-Vehme serait de la partie. Il fallait un homme de la trempe de Kantz.

Il fallait Kantz.

« Le chevalier vous a-t-il donné des motifs d'insatisfaction ? demanda Haug.

— Certes pas. Bien le rebours, c'est lui qui pourrait me reprocher les vilains tours que je lui ai joués…

— Pourquoi l'avoir accompagné ?

— Quoi que le Grand Maître ait pu écrire, il m'apparut impossible de confier le manuscrit à un inconnu.

— Le chevalier était connu de nous.

— Il ne l'était pas de moi », laissa sèchement tomber la baronne.

Haug prit une inspiration. Comme madame de Ludehn avait abordé le sujet la première, il pouvait à présent en venir à ce qui lui importait vraiment. Sa survie en dépendait.

« Le Grand Maître vous prie de me remettre le manuscrit. »

Effarée, la baronne le regarda droit dans les yeux et il craignit aussitôt le pire.

« Je vous demande pardon ? » fit-elle.

Haug quitta l'hôtel particulier à la hâte. Il marchait vite, trottait parfois, courait presque. Il n'allait pas prévenir son maître. Il rentrait chez lui réunir quelques affaires, puis il fuirait Wielstadt. Pour toujours peut-être.

Madame de Ludehn n'avait pas le manuscrit.

Sur le point d'être rattrapée par la Sainte-Vehme à Mölein, elle avait confié le document à un cavalier venu la prévenir du danger qu'elle courait. L'homme, un certain vicomte de Larsvohl, était son amant et chevalier servant. Ils avaient convenu de cet éventuel rendez-vous avant qu'elle ne prenne la route. Lui devait rester à Heidelberg et ouvrir l'œil. Si quelque chose se passait et qu'il était encore humainement possible de rejoindre Mölein au jour dit, le vicomte s'y rendrait pour informer la baronne des derniers développements de l'affaire.

La précaution s'avéra utile.

Le lendemain du départ de madame de Ludehn, on vit un agent de la Vehme – le tristement célèbre Reinecker – rôder autour de son hôtel ; puis, le soir même, le libraire Dobush fut torturé et assassiné. Cela ne pouvait être une coïncidence. Devinant que les tueurs de la Sainte-Vehme savaient désormais l'essentiel sur le manuscrit, comprenant qu'ils remontaient la piste de la baronne, Larsvohl chevaucha à bride abattue et arriva à temps à Mölein.

Quand elle apprit quelle menace pesait sur elle, madame de Ludehn chargea le vicomte de porter le précieux manuscrit à Wielstadt. De son côté, elle s'efforcerait de distraire ses poursuivants et les garder à distance ; elle passerait par Cologne et s'y cacherait si nécessaire. Mais le vicomte ne servait la baronne que par amour et loyauté. Il n'appartenait pas à la fraternité, n'était pas connu d'elle et n'avait jamais mis les pieds à Wielstadt. A qui remettrait-il le manuscrit ? Comment ? Et où ? Madame de Ludehn lui fournit le moyen de se réclamer d'elle et lui dit qui contacter : Jaron Braumüller, un confiseur fidèle à la cause par qui passaient d'ordinaire les messages clandestins.

Les événements se précipitèrent ensuite. La Vehme était déjà dans Mölein au moment où Larsvohl repartait. De son côté, la baronne échappa de justesse à Reinecker, faussa bientôt compagnie à Kantz afin de ne pas avoir à lui rendre des comptes, et trouva refuge à Cologne où elle passa deux nuits. Elle ignorait encore que, Braumüller ayant été accusé d'empoisonnement et emprisonné, il n'y avait personne à Wielstadt pour accueillir le vicomte…

De fait, on était sans nouvelles de lui depuis. Se terrait-il quelque part en ville, en désespérant de retrouver la baronne ? Avait-il été pris ? Vivait-il ? Et qu'était-il advenu du manuscrit ? Etait-il caché ? Perdu ? Entre les mains de la Sainte-Vehme ?

Les réponses à toutes ces questions importaient peu à Tobias Haug tandis qu'il pressait le pas dans le soir. Le sort du vicomte l'indifférait, comme l'indifférait ce qu'était ce mystérieux manuscrit. Seule la disparition du document le concernait. Car elle signifiait l'échec de la mission dont l'avait chargé le Masque d'or. Et là, ce n'était pas la perspective d'encourir la colère de son maître qui effrayait Haug, mais celle de ne pas toucher l'argent que lui réclamait le Roi Misère. Parce qu'il savait tout, tôt ou tard, le Roi Misère apprendrait fatalement de quoi il retournait. S'il voulait vivre, Haug devrait avoir fui avant.

Coupant au plus court, il emprunta le pont Carolus-Magnus, le plus vieux de Wielstadt et le seul à n'être pas bâti – ceci expliquant cela[1]. Comme d'ordinaire, il

1. Le Pont-Neuf à Paris, édifié sous Henri IV, doit aux mêmes raisons d'avoir survécu jusqu'à nos jours. Il est le seul, en effet, sur lequel il était formellement interdit de bâtir. Tous les autres supportaient, accrochés à leurs parapets, des bâtisses de bric et de broc, parfois hautes de plusieurs étages, qui cachaient la Seine, mordaient

sentit les tanneries de son quartier avant de les voir. Il longea la Wiel, prit un raccourci par une venelle et quelques arrière-cours en enfilade, allait tourner au coin de sa rue quand on le saisit par le col et l'attira dans l'ombre.

Le contact d'une lame nue contre sa gorge le dissuada de crier ou de se débattre. Celui qui le tenait en respect était un spadassin aux yeux exorbités, aux longs cheveux blond pâle, à la bouche épaisse et purpurine. Un masque de cuir couvrait sa joue gauche.

Il souriait.

« Tu sais qui je suis ? » demanda Reinecker.

Haug acquiesça : *oui*.

« Tu sais qui je sers ? »

Nouvel acquiescement : *oui*.

« Tu sais que, si je voulais te tuer, tu serais déjà mort. »

Même mouvement de tête, même réponse : *oui*.

« Or tu vis... »

Haug hésita mais : *oui*.

Reinecker desserra son étreinte et lui permit de jeter un œil dans la rue.

Il faisait presque nuit. Haug vit néanmoins deux hommes qui attendaient près de chez lui, un troisième à l'angle d'une ruelle voisine et, surtout, plus loin, la jeune amazone brune qui, au nom du Roi Misère, avait ordonné qu'on le tabasse...

Nonchalant, Reinecker rangea son poignard.

« Ta compagnie est très recherchée, à ce qu'il semble », dit-il.

autant sur les trottoirs que sur le vide, et basculaient à l'occasion dans le fleuve. Soyons donc reconnaissants au Bon roi Henri pour sa prévoyance, et remercions-le d'avoir permis que le Pont-Neuf devienne le plus vieux pont de la capitale.

Retrouvant peu à peu des couleurs, Haug le regarda fixement et demanda :

« Que veux-tu ?

— Mais te sauver la vie, Tobias… Te sauver la vie… »

23

Kantz arriva aux Trois-Tours en fin d'après-midi, précédé par le centaure de la garde qui était venu le chercher chez lui. Levé tôt, il avait passé le gros de la journée à se creuser la tête sur la prophétie de saint Malachie ; il avait considéré les devises papales sous tous les angles, cherché des anagrammes, tenté d'établir des correspondances entre les dates d'élection, de naissance et de mort des souverains pontifes. En vain. Le texte restait ce qu'il était : une révélation des plus douteuses. Par l'intermédiaire de Günter Vecht, Kantz envisageait déjà de rendre le *Lignum Vitæ* à son légitime et anonyme propriétaire.

Heide somnolait dans la *salle* quand on avait frappé à la porte. Elle lissa son tablier, vérifia la bonne tenue de son chignon, et alla ouvrir. Ses yeux clairs s'écarquillèrent de surprise quand elle découvrit le centaure qui la plongeait dans l'ombre et bouchait la vue. Il portait une moustache à la royale, un grand feutre à panache blanc, un pourpoint or et azur – les couleurs de Wielstadt. Son large torse était barré par un baudrier de cuir auquel pendait une longue rapière à pommeau d'argent. Sans se présenter, le centaure dit qu'il voulait parler au chevalier. Heide fit diligence.

Mi-hommes, mi-chevaux, les centaures en imposaient. Par la taille et la masse, d'abord. Mais aussi par l'impression de force brute qu'ils dégageaient. En eux bouillonnait une fureur animale et sauvage qu'ils contenaient mal. Impatients, colériques, ils étaient capables de déchaînements de violence inouïs. Quand la fureur les aveuglait, ils oubliaient la prudence et la pitié ; ils pouvaient tuer d'une ruade, bousculer une foule, écraser crânes et membres sous le sabot. Cela ne faisait pas d'eux d'excellents soldats. En revanche, un escadron de centaures n'avait pas son pareil dès qu'il s'agissait de disperser des émeutiers ou, simplement, de calmer leurs ardeurs en paraissant. Il fallait autant de courage que d'inconscience pour faire front à une charge de centaures enragés.

« Où allons-nous ? avait demandé Kantz en reconnaissant un officier de la garde.

— Aux Trois-Tours, s'il plaît à vous. Monsieur le Lieutenant criminel du Prévôt vous y attend.

— Je vous suis. »

Parce qu'elle était prospère, Wielstadt pouvait entretenir d'importantes forces de maintien de l'ordre. Outre la milice bourgeoise, son guet comptait cent cavaliers, deux cents fantassins, une trentaine d'exempts, et toute une armée de secrétaires, greffiers, archivistes, huissiers et autres gratte-papier. Un magistrat – le prévôt – avait la responsabilité de cette lourde et complexe machinerie policière. Il était assisté d'un lieutenant civil et, sur le terrain, d'un lieutenant criminel. Ce dernier désirait rencontrer Kantz.

« Savez-vous pour quelle raison Monsieur von Regenhalt me demande ?

— Je l'ignore, Monsieur le Chevalier », répondit le

centaure avec cette froide politesse que les militaires réservent volontiers aux civils.

Ils arrivèrent.

Le quartier général du guet était aux Trois-Tours, un imposant ouvrage fortifié qui défendait jadis une porte de la Wielstadt médiévale. Cernant une vaste cour, d'imposantes murailles se dressaient, aussi hautes que les trois donjons qu'elles unissaient. Alentour, il ne restait rien des anciens remparts de la ville sinon le souvenir et les rues qui en épousaient désormais le tracé. Droite et sombre, la silhouette massive des Trois-Tours dominait un quartier qui avait grandi en l'oubliant.

Pour entrer, on empruntait un pont-levis toujours baissé sur un vestige des douves d'antan. Il régnait une chaleur suffocante dans la cour que le soleil commençait seulement d'épargner ; l'air immobile y avait cuit des heures durant, saturé d'odeurs et de poussière. Kantz et son guide se hâtèrent. Rainer von Regenhalt les attendait devant l'un des donjons.

Devant celui que l'on avait reconverti en prison, si le chevalier ne se trompait pas.

Outre les geôles, oubliettes et salles de torture traditionnelles, la prison des Trois-Tours avait une morgue où l'on exposait les cadavres anonymes que l'on découvrait à l'occasion. L'accès y était libre mais surveillé : libre pour permettre à qui le voulait de venir et peut-être reconnaître un disparu ; surveillé afin de décourager les nécromants et autres amateurs de reliques morbides. Les dépouilles étaient vouées à la fosse commune si personne ne les identifiait après quelques jours – seulement deux ou trois en été.

La cave était basse et fraîche. Des enfilades de colonnes soutenaient les voûtes croisées du plafond. L'air et la lumière entraient par des meurtrières cruciformes qui, dehors, étaient percées au ras des douves. Des tables étaient disposées entre les piliers ; sur certaines, des draps recouvraient des corps. Une puanteur de sang, d'humeurs et de vieille viande imprégnait tout. Un grand silence glaçait l'âme.

« Je souhaite me tromper », dit Regenhalt.

Kantz, la mine sombre, acquiesça.

Ils étaient seuls dans la pièce. Ils parlaient bas, le chapeau à la main, comme dans une église. Ils se tenaient devant une table où un cadavre était allongé. Le chevalier souleva le drap et découvrit un visage familier.

« C'est bien lui, dit-il… C'est Jacob.

— Je suis désolé, chevalier. »

Regenhalt semblait sincère.

Grand et blond, la moustache fière, il était habillé en gentilhomme aventureux : bottes basses et largement évasées, chausses destinées à la monte, solide pourpoint de qualité et feutre à panache ; une lourde rapière, héritée de son père, pendait à son côté. Il avait environ trente-cinq ans, était fils de petite mais vieille noblesse rhénane, avait été soldat avant d'acheter la charge de Lieutenant criminel du Prévôt de Wielstadt. Elle ne lui avait pas coûté bien cher : elle n'attirait ni les honneurs ni la fortune et n'était guère disputée. Elle le satisfaisait pleinement, néanmoins.

« Je vous remercie », dit Kantz sans quitter le cadavre des yeux.

Il écarta le drap plus largement.

Hors les bottes qu'un misérable avait sans doute volées avant l'arrivée du guet, Jacob Huyghens portait encore les vêtements du moment de sa mort. On avait ouvert son pourpoint et sa chemise ensanglantés pour laver ses plaies : plusieurs coups d'épée lui avaient transpercé la poitrine. De sa main toujours gantée, le chevalier effleura l'une des blessures boursouflées. La démangeaison fugitive qui lui vint à la paume l'intrigua.

Un petit livre était posé près du corps.

« Qu'est-ce ? demanda Kantz.

— Un psautier. Huyghens l'avait en poche quand on l'amena… Etait-il protestant ?

— Luthérien. Puis-je conserver le livre ?

— Qui d'autre pourrait le réclamer ? »

Kantz prit le recueil de psaumes, le feuilleta, s'arrêta sur la page de garde, le glissa dans son pourpoint.

« Quand a-t-on trouvé Jacob ? fit-il en rabattant le drap.

— Hier au matin. Malheureusement, je ne mis le nez céans que ce jourd'hui, et tardai donc à reconnaître votre ami…

— Où gisait-il ?

— Dans une ruelle voisine du port.

— Sait-on qui le tua ?

— Non.

— Ni pourquoi ?

— Pas plus. Ses bottes et son épée lui faisaient défaut quand on manda le guet, mais Wielstadt ne manque pas de détrousseurs. Je doute qu'on le tua pour cela. Six coups lui furent portés : c'est cinq de trop.

— Une exécution, lâcha Kantz.

— Oui. Du moins est-ce mon sentiment… »

Le chevalier agrippa le rebord de la table pour peser de tout son poids sur ses bras raidis. Il garda un moment les yeux dans le vague, puis laissa sa tête pendre mollement en avant.

Les paupières closes, il murmura :

« Pourriez-vous me laisser quelques instants et garder la porte, je vous prie ? »

Regenhalt connaissait Kantz depuis des années : sans

être amis, ils se vouaient une estime et une confiance réciproques.

Il imagina que le chevalier souhaitait prier et sortit.

Une fois seul en compagnie des morts et de leur silence, Kantz resta longtemps immobile. Enfin il se redressa, prit une grande inspiration et ouvrit les yeux. Il affichait un air fataliste et désolé, celui d'un homme résolu à commettre malgré lui une infamie.

Il voulut croire qu'il n'avait pas le choix.

Une incantation latine aux lèvres, il commença par se recueillir, debout, les mains jointes sur l'abdomen. Quand il fut prêt, il souleva et replia le drap pour exposer le visage de Huyghens. Psalmodiant toujours, il observa avec compassion son ami défunt, trouva à la Mort un air paisible et trompeur, prit le temps d'ôter, doigt après doigt, le gant de cuir fin qui habillait sa main gauche. Il murmura :

« Pardonnez-moi, Jacob. »

Et posa sa paume tatouée sur le front exsangue.

Le cadavre fut saisi d'une convulsion et se figea, tel un supplicié surpris au paroxysme de la souffrance, le corps tendu à se rompre, les yeux écarquillés et la bouche béante, hurlant un cri silencieux. Dans ses yeux brillait un éclat insane, l'éclat d'une âme violentée, torturée, arrachée à l'éternité des Limbes. Un spasme fulgurant remonta le bras du chevalier. Il se cambra, grimaça, rejeta la tête en arrière mais ne retira pas sa main de sous laquelle palpitait une lueur rouge.

Cela ne dura que quelques secondes. Par-delà la mort, Kantz vit un ciel nocturne, une venelle enténébrée, des silhouettes drapées de noir, des masques de cuivre rivetés sur des visages aveugles, des lames nues, blanches comme la lune. Il sentit l'acier déchirer ses chairs, et recommencer. Une douleur aiguë le submergea. Le goût de son propre sang lui vint à la bouche. Ses genoux heurtèrent le sol puis l'univers bascula. Il gisait étendu, ne souffrait plus. Une rumeur ouatée l'assourdissait ; un voile trouble se couchait sur lui. La multitude des étoiles se dilua lentement en une immense clarté et ce fut tout.

Le cadavre s'affaissa.

Kantz lâcha prise et recula en titubant. Il était épuisé, essoufflé, effaré. Sa main gauche pendait inerte et glacée ; il se tenait le poignet. Il marcha vers une colonne et s'y adossa. Avec des gestes fébriles, il se hâta de ganter une main qui reprenait vie peu à peu et commençait de le tourmenter. Enfin, n'en pouvant plus, il se laissa glisser le long de la pierre et resta assis, prostré, pâle et nauséeux.

Un murmure franchit alors ses lèvres, sans cesse répété :

« Seigneur, ayez pitié et pardonnez-moi… Seigneur, ayez pitié et pardonnez-moi… Seigneur, ayez pitié et pardonnez-moi… Seigneur, ayez pitié et pardonnez-moi… »

Kantz rabattait le drap sur la dépouille de Jacob Huyghens lorsque Rainer von Regenhalt, après avoir jeté un pudique coup d'œil à l'intérieur, poussa la porte. Il rejoignit le chevalier et découvrit à quel point celui-ci semblait éprouvé. Kantz était livide, les yeux cernés et les traits tirés. Le remords noyait son regard gris. Il pouvait avoir pleuré.

« Chevalier ! Etes-vous bien allant ?

— Oui. Nc vous inquiétez de rien.

— Vous faites peine à voir. Sortons, voulez-vous ? Il n'y a pire endroit que cet endroit.

— Je veux bien. »

Deux valets entrèrent alors. Ils portaient une civière

et venaient chercher un défunt que personne n'avait réclamé. Tout en suivant Regenhalt vers la porte, Kantz les regarda faire. Ils posèrent leur civière sur une table vide, enlevèrent le drap qui couvrait un corps sur une table voisine, et empoignaient déjà le cadavre par les pieds et les épaules lorsque le chevalier les arrêta :

« Un instant ! »

Surpris, le lieutenant se retourna pour voir Kantz qui marchait vivement vers les fossoyeurs ou, plutôt, vers le mort qu'ils allaient emporter.

« Chevalier ! Que se passe-t-il ?

— Je crois connaître cet homme ! »

Les valets s'écartèrent afin de permettre au chevalier, puis à Regenhalt, d'observer le cadavre tout à loisir. Il s'agissait du gentilhomme roux que Kantz avait vu discutant avec le libraire Dobush devant l'hôtel de madame de Ludehn. Le malheureux avait été proprement égorgé. Il gisait en chemise, chausses et bas.

« Qui est-ce ? demanda Regenhalt.

— J'ignore son nom.

— Vous disiez le connaître.

— J'aurais dû dire que son visage m'était connu. Je l'ai croisé à Heidelberg, voilà quelques jours.

— Le saviez-vous à Wielstadt ?

— Non.

— Ni donc ce qu'il y venait faire…

— Non plus. »

Regenhalt fit un petit bruit de bouche dépité. « Vous ne m'êtes pas d'un grand secours, chevalier. Si vous me permettez ce reproche…

— Il est mérité, accorda Kantz… Connaît-on l'assassin de ce malheureux ?

— Les assassins. Ils étaient deux qu'une patrouille a pris sur le fait mais qui, malheureusement, avaient déjà commis l'irréparable. Ils achevaient de déshabiller leur victime. Ils voulurent fuir et furent abattus. L'un mourut aussitôt. L'autre le lendemain, de ses blessures. Ce n'était pas, croyez-m'en, leur premier forfait.

— Quand est-ce arrivé ?

— Il y a trois nuits. »

Soit la nuit, calcula Kantz, où lui-même était rentré de son voyage à Heidelberg.

L'idée lui vint que le gentilhomme assassiné pouvait être le cavalier que madame de Ludehn avait retrouvé à Mölein. Et si la baronne en avait profité pour lui confier le « ce que vous savez » de la fameuse lettre ?

« Je ne comprends pas, dit Kantz... Si les meurtriers n'ont pu s'échapper, où sont les vêtements de la victime ?

— C'est que nul ne prit la peine de rhabiller ce gentilhomme », expliqua Regenhalt en adressant un regard noir aux deux valets.

L'un d'eux s'empressa de sortir un panier de sous la table. Kantz saisit la corbeille et la renversa sur la civière. Il découvrit un baudrier et sa rapière au fourreau, un chapeau dont le panache était cassé, une bourse ventrue, une paire de gants d'équitation, un mouchoir, une dague de chasse, un élégant pourpoint ; le vêtement était sale, froissé et – Kantz le renifla – il empestait l'écurie. Une odeur qui lui évoqua plusieurs jours de chevauchée harassante sous un soleil de plomb.

Regenhalt, quant à lui, avait vidé la bourse. Elle contenait une jolie somme mais, surtout, une chevalière que Kantz reconnut aussitôt : c'était celle qu'il avait remarqué au doigt de madame de Ludehn, lors de leur première rencontre. Il se souvenait qu'elle la portait également pendant le voyage. Cependant, l'avait-elle encore après Mölein ? Il était incapable de le dire.

Le chevalier prit la bague et l'observa soigneusement. Les armoiries semblaient être les mêmes que celles gravées sur le fronton de l'hôtel de Ludehn. Mais une goutte de boue séchée maculait le blason. Kantz voulut le nettoyer de l'ongle et découvrit qu'il pivotait. L'autre face était frappée d'une rose héraldique sur croix latine.

« Une *rose-croix* ? s'exclama Regenhalt.

— Je crois, dit le chevalier d'une voix égale, qu'il nous faudrait savoir où logeait ce gentilhomme. Car après tout, il devait bien dormir quelque part… »

24

D'un mouvement souple et ferme, Osiander fit voler la rapière de son adversaire épuisé, lui saisit le poignet tandis qu'il trébuchait et, forçant la prise, l'immobilisa. L'homme, un genou à terre, grimaçait de douleur. Osiander se pencha en souriant et, d'une brusque torsion, lui brisa le coude. Le craquement retentit comme un coup de feu dans la salle d'armes. La douleur fit hoqueter le malheureux. Ses yeux se révulsèrent et il tomba évanoui sur le parquet ciré.

« Touché », dit Osiander en se redressant.

Levant les yeux, il aperçut Reinecker qui l'observait, debout près de la porte. Il ne l'avait pas entendu entrer. Le visage du spadassin, pour autant qu'on put en juger dans la lumière crépusculaire qui entrait par les fenêtres, n'exprimait rien.

« Veux-tu croiser le fer ?

— Je vous remercie, Monsieur. Mais je préférerais garder mes bras et jambes intacts.

— Pour les services qu'ils te rendent… »

Reinecker ne cilla pas. Son maître ne savait pas commander sans effrayer ni humilier.

L'homme étendu par terre gémit. Osiander le gratifia

d'un coup de pied dans les côtes et le fit taire pour le compte.

« Peut-être, dit Reinecker, devriez-vous épargner mes hommes… »

Le démon ricana.

« Il était à Mölein, n'est-ce pas ? Avec toi et quelques autres ?

— Oui.

— Considérez ceci comme une punition collégiale.

— Oui, Monsieur. »

Osiander jeta sa rapière, ôta sa chemise, s'assit sur une banquette et entreprit de se frictionner le torse et les bras avec une serviette sèche.

« Approche », dit-il.

Le spadassin obéit.

« Qui servais-tu, avant moi ? Börgartz ou Seelgen ?

— Seelgen.

— Et avant lui ?

— Je servais déjà la Sainte-Vehme », éluda Reinecker.

Osiander lui adressa un regard noir.

« Tu sais ce que je veux dire…

— Je servais le juge Gotzler. »

Le démon acquiesça et, pensif, s'essuya les aisselles. Le juge Gotzler avait longtemps présidé le tribunal de Vehme à Wielstadt. Jusqu'à sa mort dans d'étranges circonstances, à l'hiver 1620.

« C'était pourtant déchoir, nota Osiander. Puisque Börgartz succéda à Gotzler, et non Seelgen. »

Il accueillit le prudent silence de Reinecker avec un sourire et affirma :

« Mais tu avais deviné que si Börgartz devenait, par la force des choses, le maître de la Vehme à Wielstadt, Seelgen restait celui de Börgartz. Tu devinas qu'il valait mieux servir celui qui présidait depuis l'ombre, que sa créature sous le soleil… »

Le spadassin acquiesça.

« Tu es intelligent, Reinecker. Très intelligent. Peut-être l'es-tu trop... »

Osiander éclata de rire. Puis il enfila une chemise propre et dit :

« Parle-moi de ce Tobias Haug...

— Il nous servira si nous payons ce qu'il doit. Il n'a pas le choix.

— Alors nous payerons. La Sainte-Vehme est riche.

— Mais Haug ne sait rien ou presque du Masque d'or.

— Peu importe. Nous l'emploierons à tout autre chose... »

Osiander se leva et, prenant Reinecker par l'épaule, il l'entraîna hors de la salle d'armes.

« D'autres nouvelles ? demanda-t-il sur le ton de la conversation.

— Huyghens a reparu. On l'a vu à la "Tête de Loup".

— Cette affaire est réglée.

— Mais la "Tête de Loup" attire d'autres regards.

— Le guet ? » se moqua Osiander.

Encore ravi par son duel, il manifestait une gaieté qui inquiétait Reinecker. Elle semblait feinte, anormale, presque malsaine. C'était la gaieté d'un fou capable d'égorger un homme à pleines dents, de lui rompre la nuque par caprice, de lui crever les yeux sous les pouces. Reinecker n'était pas à son aise. Il se sentait minuscule et fragile tandis qu'Osiander, qui avait toujours son bras sur ses épaules, le menait fermement dans les couloirs de la grande demeure obscure, déserte et silencieuse.

Pour répondre, le spadassin s'arrêta et se dégagea sans y paraître d'une étreinte qui l'oppressait.

« Non pas le guet, Monsieur. Le Roi Misère. Il a sa

part dans tous les commerces clandestins de la ville. Ce que nous faisons à la “Tête de Loup”, il ne peut longtemps l'ignorer et certes pas tolérer d'en être exclus.

— Et c'est cela qui t'inquiète tant ? Un roi des mendiants et sa poignée de gueux faméliques ? Allons, Reinecker…

— La menace est sérieuse. Le Roi Misère est puissant. Il pourrait…

— Tu en as assez dit sur ce sujet », décréta le démon. Ils étaient parvenus dans le hall. Reinecker comprit que son maître le chassait.

« Je dois encore vous remettre ceci », dit-il.

Osiander saisit le pli que lui tendait le spadassin. Il le décacheta et le lut. Un sourire lui vint aux lèvres. Une fugitive lueur jaune brilla dans ses yeux.

« Sais-tu ce que cela dit ?

— Oui, Monsieur.

— As-tu lu ce papier ?

— Non.

— Mais la rumeur t'est parvenue…

— Oui. Il suffit souvent d'écouter pour savoir. »

Osiander froissa la lettre dans son poing. Il oscillait, en fait, entre l'amusement et la colère.

« Ainsi, le Conseil de la Sainte-Vehme me convoque…

— Oui, Monsieur.

— Ils me convoquent !… Moi ! » Il semblait à peine y croire. « Peux-tu l'imaginer, Reinecker ? Ils me convoquent ! » L'agacement pointait dans sa voix. « Suis-je de ceux que l'on convoque ? » Il menaçait à présent de basculer dans la fureur. « Mais qui, qui croient-ils être ? » Il rugit. « QUI ? ME LE DIRAS-TU, REINECKER ? QUI ?

— Je ne sais », dit Reinecker en reculant vers la porte.

Frémissant, Osiander se détourna du spadassin, fit quelques pas et resta à souffler bruyamment, les mains sur les hanches, face au mur.

Il murmura :

« Börgartz signa la lettre, mais c'est Seelgen qui l'écrivit…

— Irez-vous ? » demanda timidement Reinecker.

Le démon lui jeta alors un regard rusé par-dessus l'épaule.

« Oui, j'irai. Et tu m'accompagneras… »

25

Ce matin-là, Günter Vecht avait donné congé à ses employés, Willem y compris. Arrivé tôt, il n'avait pas ouvert la librairie et s'était réfugié dans l'atelier d'imprimerie désert, loin des bruits de la rue, derrière les volets clos. Il y avait débarrassé une table et, à la lumière d'une bougie, avait entrepris de régler la paperasse en retard. La maison était parfaitement silencieuse : depuis que les Vecht avaient pris possession de leur nouvelle demeure, le logement du premier était vacant – Willem devait s'y installer bientôt.

De temps à autre, le libraire délaissait ses comptes, commandes et inventaires pour boire une gorgée de vin, tailler une plume ou remplir l'encrier. Parfois, également, il se levait et parcourait la pièce, passait entre les presses à bras, appréciait l'odeur de papier, caressait du regard les livres en devenir, les cahiers épars, les feuillets qui séchaient pliés sur des cordes tendues, les plaques d'impression finement ciselées, les caractères de plomb qui pouvaient tout dire. Puis il retournait à ses travaux d'écriture, ragaillardi et heureux.

Il était peut-être midi quand Vecht eut soudain l'intuition de ne plus être seul. Il leva le nez, distingua la silhouette d'un spadassin dans l'ombre. Il n'eut pas peur et crut deviner qui était son visiteur.

« Jacob ? Est-ce vous ? »

Sa main gantée reposant sur le pommeau de sa rapière au fourreau, Kantz avança vers la lumière. Il était coiffé de son feutre dont une broche d'argent relevait le bord droit ; son pourpoint et ses chausses étaient noirs ; le rabat dressé de ses bottes de monte lui couvrait le genou.

« Ce n'est que moi », dit-il impassible.

Comme pris en faute, Vecht se leva en bousculant sa chaise. Cet empressement l'étonna lui-même. Décontenancé, il lâcha :

« Chevalier ? Que faites-vous céans ? »

Sans mot dire, Kantz fit quelques pas dans l'atelier.

« Vous n'ouvrez pas à la clientèle, ce jourd'hui ? demanda-t-il.

— Non », répondit le libraire.

Il désigna la table encombrée de papiers. « J'avais fort à faire. Tout ce travail n'avait que trop attendu et je n'aurai pas fini ce soir.

— Vous attendiez Jacob ?

— Non.

— Pourtant, vous…

— Je sais. » Vecht se rassit. « C'est bien son nom que j'ai prononcé avant que de vous reconnaître… »

Kantz s'approcha. En l'éclairant par en dessous, la flamme de la bougie jetait sur son visage émacié des ombres creuses et morbides.

« Quand l'avez-vous encontré, Günter ? »

Vecht fixa le chevalier, lissa sa barbe blonde, puis dit :

« Prenez un siège, mon ami. Je vais tout vous narrer. »

Et il le fit. Il raconta les dramatiques circonstances du retour de Huyghens après trois ans absence. Il raconta comment lui et Annerose l'avaient hébergé, caché, soigné. Il raconta la nuit où, à peine remis de ses blessures, l'étudiant devenu capitaine mercenaire avait tiré sa révérence.

« Quand était-ce ? demanda Kantz.

— Qu'il partit ?

— Oui.

— Il y a dix jours de cela. »

Kantz, toujours debout, se tut et réfléchit.

Il avait reconnu Reinecker à la description du faux exempt lancé aux trousses de Jacob. Ainsi, Huyghens avait d'abord eu maille à partir avec la Sainte-Vehme avant d'être assassiné, deux semaines plus tard, par les spectres d'Osiander. Se pouvait-il que le démon serve la Vehme ?

Le libraire interrompit le fil de ses pensées :

« Comment avez-vous su ? »

De son pourpoint, Kantz tira un psautier que Vecht reconnut aussitôt : il l'avait offert à Huyghens, la nuit de son départ.

« L'imprimatur témoigne que ce recueil fut publié par vos soins, dit le chevalier. Or il est encore neuf. Jacob le possédait donc depuis peu et devait vous avoir rencontré dernièrement.

— Où l'avez-vous trouvé ? »

Le chevalier marqua un temps. Il soutint le regard inquiet de Vecht et dit, impassible, presque cruel :

« Jacob est mort. On trouva le livre dans ses poches.

— Mort ? Mais comment ?

— Assassiné.

— Assassiné ! »

Livide, Günter Vecht se prit la tête dans les mains.

« Assassiné ! répéta-t-il. Assassiné… »

Et comme Kantz ne disait rien, il releva la tête après un moment et demanda :

« Sait-on qui a… ? »

Il s'avéra incapable d'achever.

« Peu importe, fit Kantz.

— Sont-ce les spadassins qui poursuivaient Jacob quand il se réfugia céans ?

— Non.

— Alors qui ?

— Je vous le redis, il importe peu de savoir comment et par qui Jacob fut assassiné. En revanche, il importe d'ores en avant de savoir pourquoi. Je veux le découvrir et peut-être me permettrez-vous de succéder. J'en ai trop fait pour reculer. Vous m'aiderez. »

Le libraire afficha un air incrédule. Des larmes brillaient dans ses yeux.

« Moi ? »

Kantz acquiesça.

« Vous. »

Vecht le dévisagea. Le calme indifférent que le chevalier affectait lui fut soudain odieux. Le chagrin aidant, il s'emporta.

« Mais j'ignore tout de Jacob, chevalier ! Tout ! Je ne lui posai aucune question et il ne me dit rien. Ni de ses amis, ni de ses ennemis, ni de ses projets ! Rien ! Etais-je curieux de sa vie ? Etais-je soucieux de son sort ? Par Dieu oui, je l'étais ! Mais je gardai pour moi toutes les questions que je brûlai de lui faire. Pour la raison que j'avais offert mon hospitalité à un ami et que cette hospitalité ne s'accompagnait d'aucune condition. Vous dites qu'il importe peu de savoir qui tua Jacob ? A moi, il importait peu de savoir ce que Jacob avait fait, faisait ou ferait. Aurait-il assassiné le Pape, que je l'aurais accueilli tout pareil ! Je ne fais pas payer mes bienfaits de confidences. Y trouvez-vous à redire, chevalier ? »

Kantz lança le psautier sur la table. Le livre renversa

l'encrier, glissa sur la paperasse et heurta la poitrine du libraire. Surpris, Vecht se tut.

« En avez-vous fini, maître Vecht ? »

Ils se toisèrent.

Un instant, Kantz crut que l'autre allait se lever pour le frapper. Il ne cilla pas, son regard gris et froid rivé à celui du libraire qui, le premier, se détourna.

Vecht recouvra son calme. A la colère succéda l'abattement, et le regret.

« Pardonnez-moi, chevalier. »

Kantz tira un siège à lui, s'assit tout près. Il prit la main du libraire et, d'une voix douce et basse, dit :

« Il vous faut réfléchir, mon ami… La moindre phrase, le moindre mot de Jacob peut être de conséquence. Je sais qui sont ses assassins et vous le dirai un jour. Mais je sais surtout qu'ils tueront encore si rien n'est fait. Vous devez vous souvenir, Günter… Vous souvenir et m'aider… M'aiderez-vous ? »

Résigné, Vecht acquiesça.

« Sur son département, Jacob me dit qu'il s'en allait traquer un loup à Wielstadt, et qu'il devrait sans doute s'aventurer dans son antre pour le débusquer. J'en conçus que Jacob avait dessein de vider une méchante querelle et, bien sûr, m'en inquiétais. Mais je ne devinai pas aussitôt que ces mots en disaient plus long qu'il ne semblait. D'ailleurs, j'en perdis presque le souvenir…

— Mais ?…

— Je vous ai dit qu'Annerose veilla Jacob dans les premiers temps de sa guérison, alors qu'une mauvaise fièvre l'avait saisi.

— Oui.

— Voilà deux jours, je répétai mot pour mot à Annerose la confidence que me fit Jacob. Elle me dit alors que Jacob, dans le délire de la fièvre, avait eu des paroles folles et confuses. Mais certaines lui revenaient souvent à la bouche. Il était question d'un loup et de sa tête, d'une tête de loup… »

Et Vecht ajouta :

« Or il y a bien dans l'*Altstadt*[1] un cabaret à l'enseigne de la Tête de Loup, n'est-ce pas ? Demandez à Zacharios, c'est une chose qu'il ne peut ignorer… »

Ils restèrent un moment immobiles et silencieux.

« Merci », dit enfin Kantz.

Il se leva et, d'un pas lent, marcha vers la porte. Il allait sortir quand le libraire l'appela.

« Chevalier.

— Oui ?

— Si tout ce que je viens de dire, je vous l'avais dit plus tôt, Jacob vivrait-il encore ? »

Kantz réfléchit et, se retournant à demi, dit :

« Dieu seul le sait, mon ami. Mais je crois que non… En défiant seul un ennemi puissant, Jacob fut le principal artisan de sa perte. Il le savait fort bien d'ailleurs, ce pourquoi il voulut vous tenir à l'écart de ce combat perdu par avance.

— Alors pourquoi le mena-t-il, ce combat ?

— Pour la raison qu'il n'avait rien à perdre que la vie. Pour homme tel que Jacob, qui fit la guerre par idéal et s'en revint au désespoir, c'est bien peu. »

1. Vieille-ville (all.).

26

Sur les dorures du salon, le soleil couchant jetait des feux pourpres qui miroitaient. Debout près de la fenêtre, le visage caressé par les lueurs du crépuscule, Seelgen avait les yeux dans le vague. Grand et mince, sévère et immobile, il s'efforçait d'oublier Jarold Börgartz qui faisait les cent pas dans son dos.

Un tintement attira son attention. Il se retourna.

Börgartz avait interrompu ses allées et venues pour se servir du vin. Ses mains tremblaient. Le col de l'aiguière heurtait le bord du verre.

« Vous ne devriez pas tant boire », dit Seelgen.

L'autre lui adressa un regard coupable et but cependant, jusqu'à la dernière goutte. Il était pâle, transpirait. Son anxiété le rendait pitoyable. Il oubliait de se tenir droit et semblait plus petit, plus bossu que d'ordinaire. Avec ses luxueux vêtements tombant de guingois et ses bas de soie qui plissaient, le président du *heimliche Acht*[1] de Wielstadt ressemblait à un piètre acteur déguisé.

« Je me demande si nous faisons bien, dit-il. Peut-être devrions-nous y réfléchir encore…

1. Tribunal secret (all.).

— Il n'est plus temps. Les membres du Conseil seront bientôt arrivés.

— Annulons. Nous trouverons un prétexte.

— Non. On ne comprendrait pas cette reculade. Soyez assuré que les *Freischöffen*[1] savent déjà de quoi il retourne. La plupart ne viennent pas pour entendre ce que vous avez à leur dire, mais pour assister au règlement de la querelle qui vous oppose à Osiander…

— La querelle ? lâcha Börgartz en se resservant du vin. Mais qui a parlé d'une querelle ? »

Seelgen soupira et s'efforça de conserver un air patient.

« Par ses agissements, par le mépris affiché qu'il a de nos règles, Osiander conteste votre autorité. Et à travers vous, c'est la Sainte-Vehme qu'il insulte. Sauriez-vous le tolérer plus longtemps ?

— Non bien sûr ! répondit Börgartz dans un sursaut d'orgueil.

— En ce cas, il est à la fois urgent et légitime que la Sainte-Vehme, par votre truchement, demande des comptes au sieur Osiander.

— Certes, certes… »

L'aristocrate sécha son verre et, se redressant, retrouva un semblant d'allure. L'enflure qu'il avait sur l'omoplate gauche parut diminuer.

« Et si, proposa-t-il, et si le Conseil se rangeait derrière Osiander ?… Après tout, pour odieux que soit cet homme, ce n'en est pas moins la Bavière qui nous l'envoie. »

Seelgen acquiesça. C'était le premier argument valable que soulevait Börgartz.

« Voilà pourquoi vous avez convoqué le Conseil des *Freischöffen* une heure avant qu'Osiander ne se présente

1. Francs-juges (all.).

devant lui. Vous aurez ainsi le loisir d'exprimer vos vues, vos récriminations, et de gagner le Conseil à votre cause. Cela vous s[illegible] aisé.

— Vraiment ? »

Son verre de nouveau rempli, Börgartz fit quelques pas. Seelgen sentit qu'il était sur le point de le convaincre.

« Mais oui ! Dans sa majorité, le Conseil vous est déjà acquis. Pour obtenir son assentiment en cette affaire, il vous suffira d'exposer vos griefs. Vous direz qu'Osiander se comporte en despote, qu'il emploie nos gens et notre argent sans vouloir dire à quoi, que nous pouvons craindre le pire quant aux buts qu'il poursuit. Sert-il seulement les intérêts de la Sainte-Vehme ? Nous savons qu'il a chargé Reinecker d'engager des reîtres qui n'obéissent qu'à lui. Pourquoi ? Se défie-t-il de nous ? Nous savons qu'il a envoyé des hommes à Heidelberg. Quelle était leur mission ? Nous savons que cette troupe a fait le coup de feu dans un village proche de Cologne. Contre qui ? Nous savons que cette même troupe, quand elle ne court pas la campagne, garde jalousement une auberge du port. A quelles fins ? »

Seelgen planta son regard dans celui de Börgartz.

« Devant l'assemblée des *Freischöffen*, il vous sera inutile de porter des accusations. Contentez-vous de faire les questions que je viens de vous dire. Vous verrez que les *Freischöffen* n'auront d'autre hâte que de se substituer à vous pour interroger Osiander... »

Börgartz acheva rêveusement de siroter son verre.

« Ainsi, dit-il, je me poserai en juge impartial... S'il plaît à moi, je pourrais même faire montre de clémence envers Osiander. Echanger mon pardon contre sa loyauté... »

Seelgen lui adressa en douce une œillade à la fois admirative, amusée et incrédule.

Pauvre petit bossu, songea-t-il. *Serais-tu beaucoup plus bête si ce qui remplit ta bosse remplissait ta tête ?*

Dans le quartier, un clocher sonna les vêpres.

« Il faut y aller », dit Seelgen.

Il appuya sur un panneau de bois mural qui s'escamota pour révéler un escalier à vis, éclairé par des torches et qui descendait.

En passant le premier, Börgartz trébucha. Le vin était la cause de cette maladresse et Seelgen fut tenté d'y voir un mauvais présage. Puis il se ravisa.

Le présage était, en fait, excellent.

Le carrosse allait bon train dans les rues de Wielstadt. A un carrefour, il ralentit à peine pour permettre à Reinecker d'embarquer et repartit aussitôt à vive allure, laissant derrière lui des piétons bousculés et vociférants.

Dans la cabine bringuebalante, Reinecker s'assit en face d'Osiander. Ce dernier était occupé à se ronger les ongles et crachoter le fruit de sa récolte. Il était sale, mal rasé et mal peigné, ivre peut-être. Sa chemise et son pourpoint bâillaient sur un torse puissant, velu et luisant de transpiration.

« Tu arrives de la "Tête de Loup" ?

— Oui, répondit Reinecker.

— Tout est en ordre ?

— Presque. »

Osiander abandonna ses ongles et soupira.

« La soirée promet d'être belle, Reinecker. Pourquoi viendrais-tu la gâcher ?...

— Les hommes ont capturé une espionne, cette nuit.

— Une espionne ? Tu veux dire : une femme ?... » Osiander s'esclaffa. « Diantre, la belle aventure ! J'espère que tes hommes n'y ont pas perdu trop de cuir ni de poil !

— Elle sert le Roi Misère. »

Osiander cessa de rire mais resta joyeux. Il haussa les épaules.

« Que sait-elle ?

— Elle en vit assez pour tout comprendre.

— Alors tue-la.

— Mais je vous ai dit qui elle sert !

— Et moi je t'ai dit de la tuer ! » lâcha le démon qui, désormais, ne s'amusait plus.

Reinecker serra les dents et acquiesça.

« Autre chose ? reprit Osiander sur un ton désinvolte.

— On dit que la Dame en rouge a reparu. »

De nouveau, Osiander éclata d'un grand rire.

« La Dame en rouge ? Ne me dis pas que tu crois à ces sornettes ! »

Les poings crispés, Reinecker pâlit.

On ne savait au juste qui était la Dame en rouge, ni même si elle existait vraiment. La rumeur populaire prétendait qu'elle revenait lorsqu'un danger menaçait Wielstadt. Certains affirmaient qu'elle se manifestait à la veille de tous les événements d'importance, heureux ou non. Quelques-uns, enfin, disait que la Dame en rouge n'était jamais absente, qu'il suffisait de savoir regarder pour la voir, qu'elle pouvait aussi bien apparaître sous les traits d'une vieille miséreuse que d'une grande aristocrate, d'une putain flamboyante que d'une timide jouvencelle – mais elle était toujours femme et vêtue de rouge.

« Vous ignorez tout de Wielstadt, dit Reinecker d'une voix tremblante de colère contenue. Si vous connaissiez cette ville, vous ne ririez pas du Roi Misère. Ni de la Dame en rouge, Monsieur. »

Dans sa bouche, ce « Monsieur » sonna comme une insulte.

Amusé, méprisant, Osiander adressa un regard en

coin au spadassin. Puis il ne s'intéressa plus qu'au défilé des façades.

« Nous voilà rendus, dit-il après un moment.

— Nous arrivons en avance.

— Non. Nous arrivons à l'heure qu'il m'a plu de choisir. » Le carrosse s'arrêta. « As-tu emporté ton pistolet, comme je te l'ai demandé ?

— Oui.

— Oui, *Monsieur*, corrigea Osiander.

— Oui, Monsieur. »

La cave était profonde et basse, voûtée, éclairée aux flambeaux. Depuis une double porte cloutée, un long tapis menait jusque devant une estrade où sept hommes étaient assis en arc de cercle. Solennels et silencieux, ils avaient revêtu pour l'occasion des robes de justice noires. Börgartz occupait au centre la place d'honneur. De part et d'autre siégeaient les six *Freischöffen* de la Sainte-Vehme de Wielstadt, dont Seelgen. Ceux-ci attendaient gravement que le président du *heimliche Acht* prenne la parole.

« Nobles juges, dit enfin Börgartz, je vous ai réunis ce jourd'hui en notre tribunal pour disputer d'un sujet grave qui… »

Tous, à l'exception de Seelgen, sursautèrent quand un grand bruit retentit soudain. Ouverts à la volée, les battants de la porte venaient de claquer contre le mur

« Le bonjour, Messieurs ! » lança Osiander en entrant, Reinecker sur les talons.

L'assistance médusée le vit alors fouler le tapis d'un pas désinvolte et se camper face à l'estrade. Un sourire carnassier aux lèvres, les yeux brillants de malice, il fit une courbette à Börgartz et dit :

« Je vous prie, Monsieur, de bien vouloir excuser mon retard… »

Bouche bée, Börgartz tarda à reprendre possession de ses moyens. Il balbutia des mots inaudibles, chercha en vain le regard et le soutien de Seelgen. Les *Freischöffen* le dévisageaient, impassibles.

« Monsieur, dit-il, vous n'étiez pas attendu de sitôt…

— Est-ce vrai ? »

Du haut de son siège, Börgartz dominait Osiander. En se redressant autant que sa bosse le lui permettait, il afficha une assurance feinte, prit un air digne et, d'un ton qu'il espérait sans réplique, affirma :

« Oui, Monsieur. Comme vous ne pouvez d'ailleurs manquer de le savoir… Aussi vous prierai-je de quitter ce tribunal pour l'heure et d'attendre que l'on vous donne l'entrant. »

Les bras croisés et l'œil rieur, Osiander le considéra un moment avant de lâcher :

« Non. »

S'ensuivit un long silence.

« Monsieur, dit Börgartz en perdant contenance, je vous ordonne de sortir !

— Je m'y refuse.

— Vous refusez ? »

Osiander acquiesça.

Désemparé, Börgartz espéra des *Freischöffen* un secours qui ne vint pas – même Seelgen se contentait d'observer sans mot dire.

« Vous me devez respect et obéissance ! intima-t-il en désespoir de cause.

— Sachant qui je suis et ce que vous êtes, je ne vous dois rien…

— Ce *que* je suis ? reprit Börgartz d'une voix frémissante d'indignation.

— Oui.

— Et… Et qu'est-ce à dire ? »

Börgartz se leva, comme pour mettre Osiander au

défi de s'expliquer. Il frémissait de colère. Un tic agitait sa joue et sa paupière.

« Je veux dire que tu es un petit être contrefait et incapable. Un bossu ridicule indigne du nom d'homme. Un gnome dont la place est sur les tréteaux des foires. De quel ventre plein d'ordure es-tu donc sorti ? Pourquoi ne t'a-t-on pas écrasé sous le talon encore vagissant et jeté aux chiens ? »

Börgartz s'empourpra et bondit de l'estrade.

Avec un cri bestial, il se rua tête baissée sur Osiander qui esquiva, l'attrapa par le col au passage et, profitant de son élan, l'envoya rouler aux pieds de Reinecker. Börgartz se releva aussitôt, furieux et humilié. Il découvrit le pistolet que le spadassin portait bien en vue à la ceinture. Il s'en empara sans réfléchir, fit volte-face, brandit l'arme vers Osiander. Il tremblait mais ne pouvait manquer sa cible à cette distance. L'autre souriait, immobile et triomphant, les mains sur les hanches, la poitrine en avant. Les yeux du démon étincelèrent d'un éclat orangé quand Börgartz appuya sur la détente. Le rouet vrombit tel un frelon furieux. La détonation claqua et Börgartz s'effondra, le haut du crâne emporté. A l'ultime seconde, il avait relevé le canon sous sa mâchoire.

Durant un long moment, les juges furent incapables de faire autre chose que fixer le cadavre. Quand Börgartz s'était donné la mort, la plupart avait surpris sur son visage une expression de terreur incrédule. C'était à croire qu'il avait été le spectateur horrifié de son geste suicidaire. Lui et lui seul tenait le pistolet. Lui et lui seul avait tiré.

Et pourtant…

Les portes que l'on refermait et verrouillait tirèrent les *Freischöffen* de leur stupeur. Deux sinistres spadassins surgis de nulle part gardaient désormais la sortie.

Ils étaient drapés de noir, portaient des masques de cuivre rutilants, se détachaient à peine des ombres. Les juges s'adressèrent des œillades inquiètes, s'agitèrent sur leurs sièges, échangèrent à voix basse des commentaires anxieux et des questions. Osiander les fit taire d'un geste impérieux.

Dans un profond silence, il gagna l'estrade et prit le fauteuil de Börgartz. Il fit signe à Reinecker d'approcher, lui tendit une lettre qu'il venait de tirer de sa manche.

« Lis », dit-il.

Mal à l'aise depuis que les spectres étaient apparus, Reinecker obéit.

Il s'agissait d'un ordre de mission motivé par les faibles résultats que la Sainte-Vehme de Wielstadt enregistrait depuis quelques années. Emanant de la plus haute autorité, il chargeait Osiander d'enquêter, de comprendre les raisons de cette défaillance et d'y remédier dans les plus brefs délais. Le signataire accordait tous les pouvoirs à son représentant, dont celui de révoquer le président du *heimliche Acht* et de lui succéder.

Sa lecture achevée, Reinecker confia le document à l'examen scrupuleux des juges. Le papier passa alors de main en main et tous constatèrent l'authenticité des sceaux ainsi que du paraphe.

Quand vint son tour, Seelgen se contenta de jeter un bref coup d'œil à l'ordre de mission. Il avait deviné depuis le début ce qu'Osiander était venu faire à Wielstadt, comme il avait compris que Börgartz devrait à sa faiblesse et son incompétence d'être rapidement évincé. Seelgen s'était même employé à précipiter les événements en provoquant la réunion du Conseil, ce qui avait contraint Osiander à prendre les devants. La mort de Börgartz n'était pas indispensable, mais elle ne contrariait en rien les plans du protestant. Quant à

Osiander, s'il était intelligent, il était également colérique, impatient et trop sûr de lui. Cela signifiait qu'il pouvait être manipulé, trompé, poussé à la faute…

Tout à ses pensées, Seelgen n'écouta pas le discours enflammé d'Osiander. Celui-ci promettait qu'avant longtemps, la Sainte-Vehme de Wielstadt serait aussi crainte que du temps où Hans Gotzler la dirigeait, qu'elle retrouverait sa prospérité et son influence passées, que son nom susciterait de nouveau l'effroi chez les truands et le respect chez les puissants.

« Dès cette nuit, nous adresserons au Roi Misère un message qui lui fera comprendre que son règne s'achève ! Dès demain, nous porterons aux Rose-Croix un coup qui leur fera mettre un genou à terre et implorer notre clémence ! Cette clémence, nous la leur refuserons comme nous la refuserons à tous nos ennemis. Sachez qu'il n'est plus question, d'ores en avant, d'imaginer de misérables cabales contre des confiseurs. C'est par la terreur, le sang et les larmes que nous imposerons notre loi ! »

Et tandis que, les yeux brillant d'une lueur démoniaque et la bouche humide de salive, Osiander poursuivait un discours enragé, Seelgen adressa à Reinecker un regard où se lisait une question.

Le spadassin y répondit en acquiesçant.

Seelgen scella leur accord en baissant les paupières.

27

En 1614, à Cassel, parut un opuscule anonyme intitulé : « *Fama Fraternitatis Rosae Crucis* » – De l'ordre louable de la Rose-Croix. En marge d'une critique philosophique et religieuse de son époque, ce manifeste dévoilait l'existence, le credo et les origines d'une fraternité secrète et savante : la Rose-Croix. Un an plus tard fut publiée la « *Confessio Fraternitatis* », où les Rose-Croix divulguaient une partie de leur savoir et faisaient de troublantes prophéties. Puis, en 1616, vinrent les « Noces Chymiques de Christian Rose-Croix, en l'an 1459 », long roman initiatique pétri de références et métaphores alchimiques.

Ces trois textes connurent un vif succès. Souvent réédités, ils excitèrent l'imagination des foules et suscitèrent l'intérêt des érudits. D'après la *Fama*, la doctrine rosicrucienne était le fruit de l'enseignement reçu lors d'un voyage en Orient par le fondateur de la Fraternité, un pieux et savant gentilhomme allemand mort centenaire à la fin du XVe siècle. Plus particulièrement inspirés par les écrits de Paracelse, les Rose-Croix empruntaient en fait à nombre de traditions ésotériques pour développer un système théosophique complexe. Ne doutant pas de la perfection de la création que seule l'œuvre du diable venait troubler, ils affirmaient la réalité d'une harmonie entre l'homme, le ciel et la terre. Celui qui savait lire le grand « Livre de la Nature » pouvait donc pénétrer les arcanes de l'univers et, ce faisant, appréhender le divin. Par ailleurs fidèles à la tradition kabbalistique, les Rose-Croix prêtaient un sens caché aux Saintes Ecritures, dont ils prétendaient avoir percé les mystères grâce à la pratique d'une langue sacrée, connue de rares initiés. Enfin, le temps de grandes révélations étant venu, la Fraternité promettait de lever bientôt le voile sur des secrets dont elle était la seule dépositaire. Elle proclamait l'imminence de profonds bouleversements religieux et sociaux, prédisait une « Réformation générale divine et humaine » qui l'amènerait à gouverner un jour l'Europe.

Les Rose-Croix provoquèrent un engouement immense. Dans le Saint Empire, entre 1614 et 1620, plus de deux cents livres leur furent consacrés. Faisant une distinction entre les Rosicruciens (simples membres de la Fraternité) et les véritables Rose-Croix, les auteurs les plus enthousiastes et imaginatifs attribuaicnt volontiers aux seconds des pouvoirs magiques inouïs. Dans le camp adverse, on taxait les Rose-Croix d'hérésie ; on leur reprochait d'appeler à la sédition contre l'Empereur ; on les accusait de pratiquer la sorcellerie. En définitive, ceux qui s'efforcèrent de commenter objectivement les écrits rosicruciens furent assez peu nombreux, et rarement entendus.

De sorte que malgré une abondante littérature, les Rosc-Croix restaient méconnus en cet été 1623. Les révélations promises dans la *Confessio* tardaient à venir, tandis que le symbole de la Fraternité – la « Rose-Croix essentielle » – continuait d'intriguer. Une rose rouge fichée au centre d'une croix latine, rouge également pour avoir été « éclaboussée par le sang mystique et divin du Christ ». Selon certains, l'emblème remontait aux croisades. Toutes les interprétations étaient cependant possibles : alchimiques, théologiques, kabbalistiques, magiques…

Sur la chevalière que Kantz manipulait distraitement, c'était bien une *rose-croix* que l'écusson armorié dévoilait en pivotant. Puisque la bague appartenait à madame de Ludehn, une conclusion s'imposait : la baronne était membre de la Fraternité, ou du moins la servait-elle. En soi, l'information ne valait pas grand-chose. Mais à la lumière des événements récents, elle révélait un fait d'importance : la Sainte-Vehme faisait une guerre aux Rose-Croix. Une guerre secrète et impitoyable, à laquelle Kantz avait pris part malgré lui à Mölein. Une guerre qui, sans doute, s'était déjà portée à Wielstadt. Une guerre, enfin, dont les motifs restaient à découvrir.

Levant les yeux de la chevalière, Kantz balaya la taverne d'un regard las. Il occupait seul une petite table, dans une alcôve dont il avait tiré les rideaux à demi. Ainsi pouvait-il voir sans être vu et épier tout à loisir.

Après sa conversation avec Günter Vecht, Kantz était allé faire une visite à Zacharios. Le faune lui ayant dit à quoi s'attendre à l'enseigne de la « Tête de Loup », le chevalier était alors passé par chez lui pour se changer. Il avait trouvé au fond d'une malle une paire de bottes hors d'usage, avait repris à Stefan l'un de ses vieux pourpoints et obtenu non sans mal de Heide qu'elle traîne et froisse des chausses dans l'âtre. Il abandonna son trop élégant chapeau à broche d'argent, salit sa chemise, puis s'en fut l'épée au côté en regrettant de s'être rasé au lever.

Chandelle, qui avait assisté à tous les préparatifs avec étonnement, s'amusa beaucoup du résultat et, malgré les conseils de prudence, colla sa frimousse à la vitre afin de voir son maître partir. Dans la rue, Kantz avisa un portefaix coiffé d'un feutre informe et le lui acheta. L'homme ne songea pas une seconde à refuser l'offre – au demeurant généreuse – que lui faisait l'un de ces traîne-rapière, autant mercenaires que brigands, qui pullulaient à Wielstadt depuis la guerre dans le Palatinat. Aussi chaud qu'il soit, le soleil était toujours moins dangereux qu'un coup d'épée en travers du corps.

La « Tête de Loup » était une taverne où les honnêtes gens n'allaient pas. Elle attirait une faune turbulente et souvent joyeuse de soldats, marins, truands, filles faciles et étudiants débauchés. Après la porte, un escalier droit, en pierre, sans rambarde, descendait jusqu'au milieu d'une grande salle en entresol. Il y faisait chaud. Les bavardages, les rires et la musique d'une viole se mêlaient en un vacarme confus. L'air était lourd d'odeurs tenaces : crasse, sueur, suif et bière aigre. Sur les tables immenses, des bougies se consumaient dans des flaques de cire.

Cela faisait des heures que Kantz n'avait pas bougé de l'alcôve. Il était arrivé en fin d'après-midi et, maintenant, il pouvait entrevoir un fragment de ciel nocturne à chaque fois que quelqu'un entrait ou sortait. Pour n'intriguer personne, il avait commandé plusieurs pichets de vin au fil de la soirée. Buvant peu, il les avait tous discrètement vidés sur le sol en terre battue, et donnait le change en paraissant ivre et somnolent.

Quelle heure pouvait-il être ? Minuit ?

Le comble était que Kantz ne savait pas ce qu'il attendait, ni même s'il avait de bonnes raisons d'être ici. Les déclarations de Vecht lui avaient donné à penser que la « Tête de Loup » entrait dans les projets de vengeance que Jacob Huyghens semblait nourrir lorsqu'il avait fait ses adieux au libraire. Rien n'était moins sûr, cependant. Et si cela s'avérait exact, si Jacob avait d'une manière ou d'une autre approché de la « Tête de Loup », qu'est-ce que son assassinat par les spectres d'Osiander avait à y voir ?

Huyghens avait escorté le démon sur la route de Wielstadt et le connaissait donc. Parallèlement, pour une raison inconnue, il avait maille à partir avec la Sainte-Vehme puisque Reinecker avait tenté de le tuer. Fallait-il en déduire qu'Osiander et la Vehme poursuivaient des buts identiques, qu'ils étaient alliés, voire que le premier appartenait à la seconde ? L'hypothèse était terrifiante. Mais quand bien même serait-elle vérifiée, elle n'expliquait en rien le rôle que jouait la « Tête de Loup » dans cette affaire. En jouait-elle seulement un, d'ailleurs ? Sans doute que non.

Malheureusement, Kantz n'avait pas d'autre piste. Aussi passa-t-il de longues heures dans cette taverne bruyante et puante, à espérer voir ou entendre quelque chose qui ferait sens. En vain, sembla-t-il. Le chevalier ne faisait pourtant pas fausse route. Car la « Tête de Loup » était un point de ralliement clandestin de la Sainte-Vehme. Sans l'embuscade tendue par les templiers, c'était là qu'Osiander aurait dû être conduit dès son arrivée à Wielstadt. Plus tard, c'était ici que Reinecker et ses sbires avaient attendu Jacob pour l'éliminer. Enfin, c'était dans ces parages que le protestant était imprudemment revenu enquêter, et qu'il avait été repéré par les spectres du démon…

Kantz ignorait tout cela, tandis que la « Tête de Loup » avait les dehors d'une taverne à mille autres pareille. Aussi s'apprêtait-il à renoncer quand, vers minuit, il vit Reinecker entrer, traverser la salle d'un pas assuré et disparaître par la porte du fond.

Pour le chevalier, il ne fut soudain plus question de partir.

Prudent, Kantz commença par observer les deux solides gaillards qui gardaient discrètement l'issue. Ils ne restaient pas campés devant les bras croisés et les jambes écartées, mais ne s'en écartaient jamais ensemble et conservaient toujours un œil sur elle. Si Reinecker n'avait pas échangé un regard entendu avec eux au passage, Kantz ne les aurait sans doute pas remarqués. Ils étaient efficaces, rusés, probablement armés.

Une diversion s'imposait.

Une bougie éclairait l'alcôve. Après l'avoir dangereusement approchée du rideau, Kantz se leva et, un verre à la main, alla s'intéresser à une partie de dés que disputaient des matelots, non loin de la fameuse porte. La toile de jute roussit avant de prendre, puis quelqu'un vit les flammes et cria au feu. En plein été, rien n'effrayait plus qu'un incendie. Il y eut un début de panique dans la taverne. On arracha et piétina le rideau. Tout danger fut bientôt écarté mais Kantz put tromper la vigilance des deux cerbères.

Le chevalier découvrit un couloir obscur et désert. Un grincement attira son attention sur une petite porte entrouverte. Derrière, un escalier en colimaçon descendait. Kantz l'emprunta. Dans des niches murales, des chandelles brûlaient à intervalles réguliers. Il faisait de plus en plus frais à mesure que le chevalier progressait. Une odeur de pierre humide et d'eau croupie montait des profondeurs.

En bas, Kantz entendit des voix, dont celle de Reinecker. A pas de loup, il suivit une galerie jusqu'à une grille en fer forgé. Il ne la poussa pas, regarda au-delà, découvrit une vaste salle inondée dont le bassin communiquait avec plusieurs canaux souterrains. Sur un quai, trois hommes tenaient des torches. Ils observaient Reinecker qui s'éloignait lentement à bord d'une barque à fond plat que des rameurs propulsaient. Les parois ruisselantes d'humidité miroitaient à la lueur des flambeaux ; un doux clapotis berçait le silence. Ils étaient sous l'*Altstadt*, dans les égouts de l'ancienne cité romaine.

« Une dernière chose, dit Reinecker… Tuez la fille.

— Quoi ? fit l'un des hommes restés à quai.

— Tuez la fille et abandonnez le cadavre là où on le trouvera sans mal. Ordre d'Osiander.

— Sais-tu qui elle est ?

— Je le sais.

— Et Osiander, le sait-il ? »

Reinecker esquissa un sourire. Non, Osiander ignorait ce détail.

« Faites ce que je dis. »

La barque glissa sous la voûte d'un canal et disparut dans l'obscurité.

Depuis la grille, Kantz vit les trois hommes attendre sans prononcer un mot, comme s'ils souhaitaient s'assurer que leur chef n'était plus à portée de voix. Enfin, celui à qui Reinecker s'était adressé lâcha :

« L'insensé qui tuera la fille signera son arrêt de mort dans le même temps…

— Reinecker ne le sait que trop bien », répondit un autre. Il avait un fort accent hongrois. « Voilà pourquoi il nous confie la besogne.

— C'est folie ! Le Roi Misère mettra Wielstadt à feu et à sang pour venger le meurtre de sa fille ! »

Sa fille ? songea Kantz.

« Et que préfères-tu ? s'emporta le Hongrois. Encourir la colère d'Osiander ? »

Le seul qui n'avait pas encore parlé était un petit maigre aux cheveux gras.

« Reposez-vous sur moi, proposa-t-il d'un ton conciliant. Je me charge de la fille… Il faudra simplement m'aider à emporter le corps. »

Il souriait, les yeux brillants d'excitation.

Les deux autres le dévisagèrent, à la fois soulagés et méprisants.

« C'est bon, dit le Hongrois. Nous t'aiderons. »

Kantz, alors, rebroussa chemin. Il gagna l'escalier et le gravit vivement, sans bruit. De retour dans le couloir, il trouva un recoin obscur et s'y cacha. Les trois hommes arrivèrent peu après.

« Accordez-moi un moment, dit le petit.

— Un moment ? Il te faut un moment pour tuer ?

— Pour cela, non. Mais pour le reste…

— Le reste ? Il n'est pas question de cela. Tue-la et hâtons de jeter son corps loin d'ici.

— Veux-tu frapper à ma place, l'ami ?… Non ? Aussi, convenons que les choses se feront à ma manière… Allez donc vider un pichet de bière à ma santé. »

Ils se séparèrent, le petit s'éloignant tandis que ses complices franchissaient la porte de communication avec la taverne. Un bref instant, le vacarme de la « Tête de Loup » résonna dans le couloir. Puis le silence revint.

Après quelques secondes, Kantz jeta un œil hors de sa cachette, à temps pour voir le petit homme aux cheveux gras disparaître au bout du couloir. Il s'empressa de le suivre, découvrit un escalier qui montait et s'y engagea prudemment. A l'étage, une porte entrouverte laissait passer un peu de lumière. Le chevalier approcha et entendit :

« Tu vois, il apparaît que tu vas bientôt mourir… Mais je crois que nous allons nous amuser encore un peu ensemble. Qu'en dis-tu, ma belle ?… Attends. Je vais défaire ce méchant chiffon qui t'étouffe. Tu ne crieras pas, n'est-ce pas ?… »

Kantz poussa la porte et entra l'épée au poing. Le petit homme avait déjà ôté son pourpoint. Il se retourna, vit le chevalier, eut un regard paniqué pour la rapière qu'il avait pendue au dossier d'une chaise, hors d'atteinte. Il voulut crier, ouvrit la bouche. Kantz y planta sa lame qui traversa le crâne et resurgit par l'occiput. L'homme mourut avant de s'écrouler.

Une jeune femme brune était attachée sur le lit, en chemise, les jambes nues et les cuisses souillées. Ses chevilles et poignets étaient meurtris par les lanières de cuir qui la retenaient. Elle était inconsciente, bâillonnée, les yeux gonflés et encroûtés de larmes séchées. Une blessure sanguinolente lui sillonnait la joue.

Kantz reconnut l'amazone qui l'avait conduit auprès du Roi Misère, trois semaines plus tôt. S'agenouillant, il tirait sa dague afin de couper les liens quand quelqu'un arriva d'un pas joyeux en disant :

« J'espère qu'elle est encore chaude et vive parce que… Hé ! »

Le chevalier se redressa et fit volte-face. Mais l'autre – un des cerbères de la « Tête de Loup » – brandissait déjà un pistolet.

« Ne bouge pas ! »

Kantz se figea. A cette distance, sa seule chance de survie était que l'arme fasse long feu. C'était possible, mais peu probable. Trop peu pour tenter la chance.

« Tourne-toi et écarte les bras en grand. »

Lentement, Kantz obéit.

L'homme au pistolet avança. Il n'était pas venu seul, cependant.

« Qui es-tu ? fit une voix dont le chevalier reconnut l'accent hongrois.

— Je m'appelle Kantz.

— C'est le Roi Misère qui t'envoie ?

— Non.

— Alors qui ?

— Nul ne m'envoie. »

Le duo s'était approché. L'homme à droite braquait son pistolet vers la tempe du chevalier. Le Hongrois, à gauche, fit le geste d'empoigner la rapière de Kantz.

« Si j'étais toi, dit Kantz sans sourciller, je ne ferai pas ça…

— C'est à moi que tu parles ? demanda le Hongrois.

— Oui.

— Et pourquoi ne devrais-je pas le faire ?

— Pour la raison qu'il faut être déjà mort une fois pour tirer cette épée du fourreau sans dommage.

— Alors je parle à un mort ? »

Kantz planta son regard impassible dans celui du Hongrois.

« Oui. Et j'en fais autant.

— Trouve un autre conte. »

Le Hongrois dégaina la rapière et, bras ouvert, prit une attitude provoquante.

« Eh bien ? »

Une lueur pourpre traversa les yeux du chevalier. Elle eut l'exacte couleur des flammèches qui, aussitôt, entourèrent le poignet du Hongrois, remontèrent son bras jusqu'à l'épaule et crépitèrent au niveau du cœur. Le malheureux grimaça et tomba à genoux. L'homme au pistolet ne vit pas venir le coude qui lui brisa le nez. Kantz le désarma aussitôt et lui tira une balle dans la gorge. Puis il pivota et, d'un coup de botte au visage, acheva le Hongrois.

Quelqu'un pouvait avoir entendu la détonation. Le chevalier se hâta et, moins d'une minute plus tard, il enjambait la fenêtre, la jeune femme toujours évanouie rejetée sur l'épaule. Il se reçut souplement un étage plus bas et disparut au détour d'une rue, poursuivis par des cris et quelques balles perdues.

28

La frange du ciel pâlissait à l'horizon. Mais la nuit était encore profonde dans l'arrière-cour où Kantz, les traits tirés, profitait seul de la dernière fraîcheur avant le jour. Il était épuisé ; son mauvais genou le faisait souffrir ; son pourpoint était croûteux du sang de l'homme qu'il avait abattu à bout portant, d'une balle dans le cou.

Il ne rêvait que de se laver et se coucher.

Il attendait, cependant.

Poussant une porte basse, le Roi Misère le rejoignit. Il portait un gilet court et sans manches ; les pans de sa chemise flottaient hors des chausses. Il semblait las, éprouvé, malheureux. Il avait perdu la superbe que le chevalier lui connaissait. Il n'était plus ce monarque assuré de sa puissance et de sa gloire, cet ogre fait homme, rusé, impitoyable et moqueur, dont les colères comme le rire emportaient tout. Il était un père blessé qui, du haut de son trône, n'avait su protéger sa fille.

« Elle se repose. Les femmes disent que sa santé est bonne.

— J'en suis heureux, répondit Kantz.

— Merci, chevalier. Merci d'avoir sauvée ma fille et de l'avoir ramenée auprès de moi. »

Ils étaient dans le quartier de la Source-Rouge, lequel devait sa célébrité au dédale que composaient quelques pâtés de maisons imbriqués entre la rue des Petits-Ventres, la rue de la Tour-qui-Branle et la large courbe de la rue Sursit. Cette poche inextricable de venelles, cours, impasses et taudis chevauchant les ruelles, constituait un fief de la truanderie de Wielstadt. C'était là que, dernièrement, Kantz avait rencontré le Roi-Misère. Et c'était là qu'il était revenu après s'être échappé de la « Tête de Loup », sa protégée dans les bras.

« Elle se nomme Eva, dit soudain le Roi Misère après un long silence. Sa mère mourut en la mettant au monde. J'ai d'autres filles, tu le devines. Et des fils ! Et une armée de bâtards !... Mais Eva... Eva est... »

Kantz acquiesça.

Ils étaient assis sur le même banc de pierre, côte à côte, mais ne se regardaient pas.

« Elle n'aime pas son nom de baptême, sais-tu ? Je crois, en fait, qu'elle n'aime pas être ma fille... D'ailleurs, comment le lui reprocher ? Quoi qu'elle fasse, on dira toujours qu'elle me le doit... Aussi elle n'en fait qu'à sa tête, et n'a de cesse de prouver qu'elle est capable... Elle est courageuse, effrontée, entêtée... Imprudente... Elle me ressemble... »

La voix du Roi Misère mourut. Il se tenait le dos bien droit, les yeux perdus dans le lointain.

« Tu ignorais qu'elle était à la "Tête de Loup", dit le chevalier.

— Oui. Tout le monde l'ignorait. Et je ne m'inquiétais pas de son absence. Il est dans sa manière de disparaître parfois...

— Mais as-tu idée de ce qu'elle y venait faire ? »

Le Roi Misère soupira et haussa les épaules.

« Des bruits courent sur cette taverne. On dit qu'il s'y passe des choses que je devrais savoir… Sans doute Eva voulut-elle éclaircir seule ce mystère.

— Et elle fut prise.

— Oui. »

Kantz songea à ce qu'il avait découvert à la « Tête de Loup » : un quai souterrain et des canaux qui pouvaient déboucher près du port. Cela sentait la contrebande à plein nez, sans doute le moyen pour Osiander et la Sainte-Vehme de renflouer les caisses.

Le chevalier allait exposer sa théorie quand le Roi Misère le prit de vitesse.

« Ils l'ont attachée, dit-il en serrant les poings. Ils l'ont battue et forcée…

— Oui.

— Avant demain, la "Tête de Loup" ne sera plus que cendre.

— Tu tueras plus d'innocents que de coupables.

— Qu'importe ?

— Ravale ta colère, Roi Misère. Elle est légitime mais elle aveugle ton jugement.

— Qui es-tu pour me parler ainsi ? s'emporta brusquement le Roi Misère en se tournant vers Kantz. Hein ? Qui es-tu ? »

Le chevalier ne cilla pas et soutint sans faiblir le regard furieux.

« Tu sais qui je suis. Et tu sais que je dis vrai. »

Le Roi Misère recouvra son calme peu à peu. Il eut bientôt un geste résigné de la main, comme pour balayer son accès de colère et s'en excuser.

« Qui donna l'ordre de tuer Eva ?

— Il se nomme Osiander.

— Qui est-il ?

— Un démon.

— Un démon véritable ?

— Oui. Et des plus puissants. »

Kantz expliqua alors le peu qu'il savait d'Osiander, de son appartenance à la Sainte-Vehme, des spectres qui le servaient.

« Lorsque tu auras retrouvé ce démon, dit le Roi Misère, lorsque tu le tiendras en ton pouvoir, je veux être là.

— Si la chose est possible, je te le promets. »

Le Roi Misère se leva, fit quelques pas, s'étira en cambrant les reins. Il contempla un moment le ciel qui, telle une étoffe lentement imprégnée, se teintait de rose par l'est. Il vit le dragon qui planait, juste sous le défilé de nuages effilochés.

« C'est à toi et nul autre qu'Eva doit d'être toujours vive, chevalier. Demande-moi ce qui te chante. Fut-ce une vie, tu l'auras.

— Je n'en veux pas tant.

— Mais tu veux quelque chose…

— Oui.

— Parle. »

Le chevalicr se leva à son tour et grimaça quand son genou gauche fléchit un peu. Autour des deux hommes, loin au-delà des murs lépreux et des bâtisses aveugles qui cernaient la cour, Wielstadt reprenait vie. Un coq chanta. Des clochers sonnèrent l'heure de prime.

« Je veux savoir qui, par ton truchement, m'envoya à Heidelberg.

— Est-ce de conséquence ?

— Je le crois.

— Il se nomme Tobias Haug, mais j'ignore qui il sert. L'homme est joueur, buveur, noceur, lâche, avare et jaloux. Le diable n'achèterait pas son âme une bouchée de pain dur. Il me devait beaucoup d'argent et, pour sauver sa peau, me proposa une affaire. Son maître était disposé à payer cher si j'obtenais de toi que tu portes une lettre à Heidelberg et reviennes avec la réponse. La somme était coquette, j'acceptai et en reçus la première part à ton département. Il était convenu que le reste me serait payé à ton retour. Mais les choses tournèrent mal. Surtout pour Haug qui n'avait pas le premier thaler de ce qu'il me devait encore. Il repoussa l'échéance de quelques jours. Enfin, cependant que ma patience s'épuisait et que je songeai à le faire étriper, il paya tout soudain.

— D'où lui était venue cette fortune impromptue ?

— Je l'ignore et m'en moque, chevalier. »

Kantz réfléchit, un moment silencieux. Il leva les yeux au ciel, chercha le dragon et ne l'aperçut pas.

Puis il demanda :

« Ce Tobias Haug, où loge-t-il ? »

29

Rentré au petit matin, Kantz dormit tout son saoul et ne se réveilla qu'après midi. Il fit une grande toilette debout dans un banquet d'eau, puis descendit profiter du tardif mais copieux déjeuner que lui avait préparé Heide. Il achevait son repas quand on frappa à la porte d'entrée. Stefan alla voir et revint avec une lettre.

« De la part de Monsieur le Lieutenant criminel du Prévôt », dit-il en répétant les mots du porteur.

Kantz observa le cachet : il faisait si chaud que la cire en était molle ; néanmoins, les armes qui y étaient imprimées étaient bien celles de Rainer von Regenhalt. Le chevalier ouvrit la missive et lut, Chandelle posée sur l'épaule. Ce qu'il apprit l'obligea à bouleverser ses plans pour la journée.

Haug attendrait donc.

A moins que…

« Stefan, nous sortons. Heide, mon pourpoint et mon chapeau, je te prie. Chandelle, je te confie la maison. »

Flottant à hauteur de visage, la fée-demoiselle se mit au garde-à-vous.

Rue de l'Arbre-Vif, Kantz se réfugia avec soulagement dans la gargote où il avait rendez-vous. Il était trois heures. Dehors, un soleil énorme attisait la fournaise d'une canicule immobile. L'air était lourd. Il cuisait sous la chape du ciel où, très haut, filaient des nuages écorchés. Mais en bas, pas un souffle ne venait adoucir le lent et brûlant calvaire que l'été infligeait à Wielstadt.

Rainer von Regenhalt attendait debout devant une fenêtre. Il avait un verre de vin blanc à la main. En voyant entrer le chevalier, il en remplit un second au pichet posé près de lui.

« Grand merci, fit Kantz en acceptant le verre.

— Bonjour, chevalier. Vous semblez fatigué.

— La nuit fut courte.

— Rien à voir avec les coups de pistolets que l'on tira après minuit aux abords d'une certaine taverne, je suppose…

— Non, mentit Kantz. Un mauvais sommeil.

— La chaleur, sans doute… Il nous faudrait un orage. »

Le chevalier vida son verre et ôta son chapeau pour s'essuyer le front d'un revers de manche.

« Que faisons-nous céans ? demanda-t-il.

— Croyez-vous toujours, répliqua Regenhalt, que le gentilhomme que l'on trouva assassiné dans nos rues appartenait à la Rose-Croix ? »

Kantz recoiffa son feutre noir.

Balayant la taverne déserte d'un regard circulaire, il répondit :

« Ce que je crois est que notre gentilhomme fut, à tout le moins, amené à pousser son pion dans une partie opposant la Rose-Croix et la Sainte-Vehme. »

Concernant son périple à Heidelberg, le chevalier n'avait dévoilé que le strict nécessaire. A savoir qu'il avait été chargé de porter une lettre dans le Palatinat, qu'il avait escorté une certaine baronne de Ludehn au retour, et qu'elle lui avait faussé compagnie après une embuscade tendue par la Vehme. Le lieutenant du prévôt connaissait assez bien Kantz pour savoir qu'il n'en avouait jamais plus qu'il ne voulait. Aussi avait-il fait l'économie de questions inutiles. En revanche, il avait subodoré une affaire d'importance et n'était pas resté inactif.

« Mais vous, demanda Regenhalt, quelle part avez-vous dans cette intrigue ?

— A ma connaissance, aucune. J'y fus mêlé de force forcée et cette idée me déplaît. C'est pour cette raison, et pour cette raison seulement, que je désire apprendre le fin mot de l'histoire. Je sais depuis peu que quelqu'un ne ménagea pas ses efforts pour m'entraîner, à mon insu, dans cette aventure.

— Quelqu'un ?

— J'ignore qui, croyez-m'en. Mais je le découvrirai bientôt.

— Alors les deux nouvelles que j'ai à vous faire vous seront peut-être profitables... »

Regenhalt remplit les verres tout en poursuivant :

« De prime, apprenez qu'un homme vint hier aux Trois-Tours. Il visita la salle que vous devinez et s'intéressa assez au corps du malheureux gentilhomme. Il fit quelques questions auxquelles on ne sut répondre et s'en fut. J'étais ailleurs lorsque cela arriva et ne l'appris qu'au soir. A mon tour, je voulus vous le faire savoir aussitôt mais le valet que j'envoyai chez vous ne vous y trouva pas. Néanmoins, la chance nous sourit un peu puisqu'un cxcmpt avait reconnu le visiteur. Il s'agit d'un traîne-rapière, duelliste à ses heures, et qui fraye assez souvent avec un méchant fretin pour être connu de nous.

— Son nom ?

— Tobias Haug. »

Impavide, Kantz but une gorgée de vin frais.

« Et la seconde nouvelle ? »

Regenhalt sécha son verre puis répondit.

« Peut-être avez-vous gardé en votre remembrance que, l'autre jour, vous vous inquiétâtes de savoir où notre mystérieux gentilhomme logeait à Wielstadt, avant que d'être tué. L'idée me parut bonne… »

Si bonne qu'il chargea un exempt d'enquêter, en commençant par le quartier où le gentilhomme avait été assassiné. Dès le lendemain soir, l'exempt revint avec un précieux renseignement : moins d'une semaine plus tôt, un cavalier étranger avait passé une nuit dans une pension misérable de la rue de l'Arbre-Vif ; il avait ensuite disparu sans laisser de trace. Le cavalier et le gentilhomme à la chevalière ne faisaient-ils qu'un ? A priori, rien n'était moins sûr. Mais un détail retenait l'attention. Le logeur du cavalier, un certain Sammer, était l'oncle de l'un des meurtriers du fameux gentilhomme…

« Croyez-vous aux coïncidences, chevalier ? »

« Voici la chambre », dit le vieux Sammer en passant devant pour tenir la porte.

Kantz et Regenhalt entrèrent dans une pièce miteuse, obscure et délabrée. Le lit n'était qu'un cadre de bois autour d'une paillasse ; un bassin et son broc ébréché étaient posés sur un tabouret ; il manquait un clou pour tenir la patère au mur craquelé. Les lattes brutes du plancher gémissaient sous le pied. Une lucarne profondément renfoncée souillait la lumière où dansait la poussière.

« Ainsi ce gentilhomme, qui ne te dit pas son nom,

ne dormit ici qu'une nuit… C'est cela ? demanda Rainer von Regenhalt.

— Oui, Monsieur. C'est cela », répondit le logeur.

C'était un vieillard sec et maigre, petit, crasseux, servile par lâcheté. Sa femme, qui observait depuis le couloir, lui ressemblait. Elle ne disait mot, épiait tout, le regard fuyant mais plein de méfiance et de ruse mauvaise.

« Et nul n'occupa cette chambre après lui ?

— Non, Monsieur. »

Kantz marcha jusqu'à la lucarne. Il considéra la pièce et lâcha :

« Tu loues fort cher de fort méchantes chambres… Qui donc peut vouloir payer tant pour loger céans ? »

Surpris, Sammer ne sut que répondre et adressa une œillade inquiète à son épouse.

« Le gentilhomme a dormi, dit-elle soudain. Et puis il est parti comme il était venu. C'est là tout.

— C'est là tout ? Vraiment ? » fit Kantz.

La vieille se recroquevilla dans un mutisme hostile.

« Il n'était plus là au matin, expliqua l'homme.

— Il ne laissa rien ? s'enquit Regenhalt.

— Rien, Monseigneur.

— Il avait un cheval. Qu'en fit-il ?

— Pour la nuit qu'il passa chez nous, il le laissa à l'écurie de l'auberge voisine. »

Kantz soupira.

« C'est bien », dit-il.

Le logeur le dévisagea sans comprendre.

« C'est bien », répéta le chevalier en balayant l'air de la main, en direction de la porte.

Regenhalt reconduisit le vieillard et dut refouler la femme qui, silencieuse et bornée, semblait ne pas vouloir quitter Kantz des yeux. Le lieutenant regarda les

Sammer descendre l'escalier, puis il retourna dans la chambre et ferma la porte.

« Ils nous mentent, dit Kantz.

— Oui. Ou du moins ne disent-ils pas tout ce qu'ils savent.

— Il faudra bien qu'ils le disent.

— Et comment voulez-vous les en convaincre ? Je connais les gens de leur sorte. Ils ne sont que rancœur et jalousie. Ils sont cupides et bornés, haineux, ennemis de tout ce qui n'est pas eux. Ils vivent misérablement et pourtant, je gagerai ma solde qu'ils dorment sur un tas d'or lentement amassé… Fiez-vous à moi, il faudra soumettre l'homme et la femme Sammer à la question, avant que de les faire parler…

— Soit. »

Kantz entreprit de fouiller les lieux et le lieutenant du prévôt l'imita. La pièce était petite, presque nue. Ils ne furent pas long à trouver.

« Regardez », dit Regenhalt.

Dans la soucoupe du bougeoir, il y avait un morceau de papier à demi carbonisé. On pouvait encore y déchiffrer les fragments d'une écriture féminine.

« Que lisez-vous, chevalier ?

— Un nom, ce me semble. Quelque chose comme *Grau*… *Brau*… Ou *Praumül*…

— Braumüller. Et en dessous ? »

Kantz plissa les yeux.

« C'est plus difficile. Une adresse, peut-être. *Rue des Du*… Le reste est détruit. Mais il pourrait s'agir de…

— … la rue des Ducs-de-Saxe, à Wielstadt. »

Le chevalier se souvint alors d'un fait divers dont Willem lui avait parlé, le jour où il lui avait apporté un exemplaire du *Lignum Vitae*. Un confiseur avait été accusé d'empoisonner ses pralines et arrêté. Il se nommait Braumüller.

« Une étrange affaire que cette affaire, reconnut Regenhalt. Selon mon sentiment le confiseur n'était coupable de rien, et fut victime d'une cabale. Il fut d'ailleurs mis au secret dès son arrestation…

— Qui ordonna qu'on l'arrête ?

— Un juge dont le nom ne vous inspirera rien. Mais dont le juge Gotzler fut le mentor… »

Le juge Gotzler avait longtemps dirigé la Sainte-Vehme de Wielstadt. Kantz et Regenhalt avait eu affaire à lui naguère.

« Supposez-vous que la Sainte-Vehme intrigua contre le confiseur ? demanda le chevalier.

— Croyez-m'en, le mot est faible. Cependant, voilà seulement que j'entrevois pourquoi… »

Kantz acquiesça.

« Braumüller appartient à la Rose-Croix, devina-t-il… De là le complot dont il est victime, et qui n'est sans doute qu'un épisode de la guerre que la Sainte-Vehme livre secrètement à la Fraternité rosicrucienne. Mais surtout, de là vient que notre gentilhomme, lui-même allié des Rose-Croix, avait le projet de l'encontrer à Wielstadt, comme l'atteste le billet que nous venons de découvrir… »

Tout à ses pensées, Kantz marcha vers la lucarne. Il songea :

Le gentilhomme est le cavalier que je vis à Mölein, et qui s'éloignait au galop tandis que la baronne s'en revenait vers l'auberge. Sans doute arrivait-il de Heidelberg pour l'avertir de la menace qui pesait sur elle. Craignant d'être bientôt prise par la Sainte-Vehme, la baronne se reposa alors sur le gentilhomme. Elle l'envoya à Wielstadt et écrivit sur un papier le nom et l'adresse de celui qu'il devait approcher. Une grave imprudence, que ce papier. Mais qui démontre que le gentilhomme ne connaissait personne de confiance à Wielstadt, et pas plus Braumüller qu'un autre. Tout cela fut décidé dans le chaud du moment. Malheureusement, la baronne ignorait alors que le confiseur avait été arrêté. De sorte que le gentilhomme, arrivant à Wielstadt, se trouva dépourvu et ne sachant à quelle porte frapper…

« Il faudrait parler au confiseur, dit le chevalier.

— La chose est impossible.

— Ah ! oui… J'oubliais qu'il est au secret.

— Je pourrais faire lever le secret, mais…

— Mais ? »

Rainer von Regenhalt prit une inspiration et lâcha d'un trait :

« Ce matin, on trouva Braumüller égorgé dans sa cellule. Et, près de lui, un arrêt de la Sainte-Vehme le condamnant à mort…

— Braumüller fut assassiné dans les geôles des Trois-Tours ?

— Oui. Comprenez que c'est une nouvelle que j'ai déplaisir à colporter…

— Cela n'a pas de sens ! fit Kantz. Si la Sainte-Vehme voulait la mort du confiseur, pourquoi ne commença-t-elle pas par là ? Pourquoi se donna-t-elle le mal de le compromettre d'abord ? Pourquoi le faire emprisonner ? Il était à la fois plus facile et moins périlleux d'enlever Braumüller chez lui, de le juger et de le pendre. D'ailleurs, n'est-ce pas ainsi que la Sainte-Vehme procède, d'ordinaire ?

— Si fait, reconnut Regenhalt… Mais elle peut avoir changé ses plans tandis que Braumüller était déjà en prison. Peut-être a-t-elle estimé, à la parfin, que Braumüller méritait pire que l'opprobre d'une accusation infamante…

— Et peut-être saisit-elle l'occasion de montrer que nul, où qu'il soit, n'est à l'abri d'elle », conclut le chevalier en pensant tout haut.

Depuis la mort du juge Gotzler, soit depuis trois ans environ, la Sainte-Vehme n'avait presque pas fait parler d'elle à Wielstadt. Et voilà que soudain, la nuit dernière, elle défiait la justice en perpétrant un meurtre aux Trois-Tours et s'attaquait au Roi Misère en tentant d'assassiner sa fille…

Un moment durant, Kantz et le lieutenant du prévôt restèrent silencieux. Puis, n'ayant plus rien à y faire, ils quittèrent la chambre. Tandis qu'ils descendaient l'escalier, Regenhalt glissa à l'oreille du chevalier :

« Ne vous étonnez en rien de ce que je vais dire et abondez dans mon sens s'il plaît à vous de le faire. »

Au rez-de-chaussée, ils retrouvèrent les logeurs qui les attendaient avec anxiété.

« Nous partons, dit Regenhalt. Néanmoins, si vous deviez apprendre quoi que ce soit concernant le gentilhomme que vous savez, vous seriez bien indiqués de me le faire savoir. Une récompense est promise par sa famille à celui, ou celle, qui permettra qu'on le retrouve. »

Une même lueur cupide étincela dans les yeux des Sammer.

« Une récompense ? fit la femme.

— Oui, mentit Regenhalt.

— Est-elle de conséquence, cette récompense ? demanda l'homme.

— La famille du gentilhomme est riche », déclara Kantz.

Pour ce qu'il en savait, ce n'était peut-être pas faux.

Méfiante, la vieille hésitait. Son époux, lui, donna dans le piège :

« Un homme est venu hier au soir. Il nous fit des questions, toutes semblables aux vôtres.

— A-t-il dit son nom ?

— Non », se hâta de répondre la femme.

Elle pressentait une duperie et espérait encourager son mari à se taire.

« Non ? insista Regenhalt.

— Mais cela n'était pas nécessaire, pérora le vieillard. Car je connais l'homme.

— Son nom, lâcha Kantz.

— Haug. Tobias Haug. »

Il n'y avait pas de récompense.

Depuis sa porte, le vieux Sammer vit Kantz et Regenhalt s'éloigner, traverser la cour lépreuse, gagner la rue, y discuter un peu et se séparer. Puis il tira un mouchoir crasseux de sa manche et, tout en essuyant sa nuque maigre, il plissa les paupières pour observer le ciel et son soleil aveuglant. Il faisait chaud et lourd. Le temps promettait un orage qui n'avait que trop tardé.

Encore furieux d'avoir été trompé, le vieillard retourna à l'intérieur. Dans la salle, il s'assit à la table et feignit d'ignorer sa femme. Elle gardait ses distances, muette et immobile, mais dardait sur lui un regard désapprobateur. Il attendit et, dès les premiers mots qu'elle voulut prononcer, il lança :

« Silence, femme !

— Tu en as trop dit.

— Silence, ai-je dit ! Je sais ce que j'ai à faire... Porte-moi plutôt à boire. »

Elle obéit et, bientôt, posa sur la table un verre qu'elle entreprit de remplir au pichet. Elle le fit déborder si largement que du vin coula sur les chausses du vieil homme.

« Es-tu folle ? s'exclama-t-il. A quoi songes-tu ? »

Elle ne l'écoutait pas et considérait Kantz qui se tenait dans l'embrasure de la porte.

Impassible, le chevalier entra, écarta la table, gifla la femme qui tomba à la renverse, saisit le logeur par le col, le souleva du sol et le plaqua contre le mur. Le petit vieillard gémit lorsque son crâne heurta méchamment la pierre.

« Tu vas m'écouter, dit Kantz d'une voix froide. Un matin ou un soir, un gentilhomme frappa à ta porte. Il te fit une excellente impression pour la raison qu'il était riche. Il avait un cheval, une selle, de beaux vêtements, une bourse bien remplie. Tu lui louas le logis qu'il demandait. Ou plutôt devrais-je dire que tu lui louas le *refuge* qu'il demandait. Car pourquoi un riche gentilhomme viendrait-il se perdre céans, sinon pour se cacher ? »

L'homme battait vainement des bras et des jambes ; l'air lui manquait. Kantz serra plus fort.

« Cela, tu le compris. Comme tu compris, aux questions qu'il put te faire, que le gentilhomme était étranger à Wielstadt et n'y était connu de personne. Il payait bien, et je ne doute pas que tous les services que tu lui offris, il les paya au triple du prix. Mais il pouvait partir aussi soudainement qu'il était venu, et avec lui son bel argent. Tu songeas alors que si un malheur lui arrivait, nul ne s'en inquiéterait avant longtemps, et peut-être jamais. De sorte que tu convins avec ton neveu – une franche crapule si j'en crois Regenhalt – de faire un mauvais sort au gentilhomme et de le dépouiller. »

Le vieillard étouffait. Sa figure avait bleui et de grosses larmes coulaient de ses yeux exorbités. Un râle échappait d'entre ses lèvres moribondes. Ses poings agrippés aux poignets du chevalier faiblissaient.

« Cependant, poursuivit Kantz, l'embuscade tourna mal. Surpris par le guet, ton neveu et son complice furent abattus. Je ne sais si tu pleuras ton neveu. Mais sa mort t'assurait de son silence, tandis qu'il te restait encore le cheval et la selle du gentilhomme, ainsi que tout ce qu'il avait pu laisser dans sa chambre. »

Kantz libéra le logeur qui tomba agenouillé en aspirant de grandes goulées d'air. Au même instant, il vit la vieille qui, dans son dos, brandissait à deux mains un couteau de cuisine. Il la frappa à la face d'un revers du poing et l'envoya cogner contre le mur. Comme elle semblait trop choquée pour bouger encore, Kantz reprit :

« Je devine que vous avez déjà vendu le cheval et la selle du gentilhomme, et m'en moque. Mais je veux ce que vous avez trouvé dans sa chambre et qu'il cacha sans doute. Ce peut être une lettre, un coffret, un paquet, un bijou, un livre, un parchemin. Je vous conseille de vous en souvenir, car je ne serai pas patient… »

Kantz considéra les Sammer d'un œil indifférent. Elle, prostrée et la bouche sanglante, tremblait de tous ses membres. Lui s'était mis à quatre pattes et retrouvait peu à peu son souffle ; il hoquetait en lâchant de longs filaments de salive et de glaire. Ils étaient désormais deux vieillards vulnérables et terrifiés. A un autre que le chevalier, ils auraient sans doute fait pitié.

S'accroupissant près de l'homme, Kantz lui attrapa la nuque et murmura à son oreille :

« Sais-tu ce m'a dit Regenhalt ? Il m'a dit que vous étiez, ta femme et toi, de ces gens bornés et stupides qui se taisent à moins d'être soumis à la question. Dans sa bouche, cela signifiait que nous n'obtiendrions rien de vous. Quant à moi, j'y vis le début d'une solution. Car je n'ai aucun respect pour l'âge, vois-tu ? Je ne respecte que l'innocence et la vertu, et les deux vous manquent… Alors, vieil homme, jusqu'où devrai-je aller pour vaincre ton entêtement ? »

30

De retour chez lui, un paquet sous le bras, Kantz demanda à Heide si Stefan était rentré.

« Non, monsieur, répondit-elle. Je le croyais d'ailleurs avec vous. »

Le maître et le valet étaient en effet partis ensemble de la maison, en début d'après-midi.

« Quand il arrivera, dis-lui de me venir voir aussitôt. »

Sans plus d'explication, Kantz gagna l'étage et s'enferma dans sa bibliothèque. Il ôta son baudrier et son pourpoint, s'assit à son bureau et considéra un moment le paquet qu'il avait posé devant lui.

Le chevalier ne s'était pas trompé. Les Sammer avaient bien fait main basse sur les possessions du gentilhomme assassiné : son cheval, sa selle, les quelques effets qu'il laissa dans sa chambre la nuit de sa mort. Mais ils avaient aussi découvert, malhabilement caché sous la paillasse, un étui de cuir contenant un ouvrage relié. Par chance, ils étaient analphabètes et ne soupçonnaient pas la valeur marchande qu'un livre pouvait avoir. Ils négligèrent leur trouvaille, tandis qu'ils s'empressèrent de revendre tout le reste.

La bêtise des Sammer avait donc servi Kantz qui, à

présent, caressait du regard le mystérieux étui. Il devinait qu'il avait sous les yeux l'objet qu'il devait ramener à son insu du Palatinat rhénan, que madame de Ludehn avait choisi d'apporter en personne à Wielstadt, et qu'elle avait enfin confié au gentilhomme quand ils s'étaient secrètement rencontrés à Mölein...

Avec un mélange de curiosité et d'appréhension, Kantz ouvrit l'étui. En fait de livre, il protégeait un manuscrit que l'on avait garni d'une épaisse reliure. La reliure était neuve ; le manuscrit était séculaire – papier jauni, craquelé, cassant. Dès la première page, le chevalier découvrit que quelqu'un avait annoté le texte, et il écarquilla les yeux en reconnaissant l'élégante écriture du père Luvin de Janty.

Le père Luvin était ce jésuite que Kantz avait si bien connu jadis et dont il avait découvert la mort à Heidelberg. Ce fameux soir, il avait dîné près de trois autres membres de la Compagnie de Jésus, lesquels lui avaient rapporté la triste nouvelle. Ils avaient précisé que le vieux prêtre avait quitté sa retraite lorraine pour étudier de précieux documents retrouvés à l'occasion du grand inventaire préalable au déménagement de la bibliothèque palatine. Kantz avait appris avec peine le récent décès de son vieil ami, mentor et confident. Cependant, il ne s'était pas étonné qu'on lui ait confié semblable mission : le père Luvin était l'un des plus grands érudits de son temps et il avait la confiance de Léon Allatius, le bibliothécaire du Vatican.

A l'évidence, donc, le manuscrit que la Sainte-Vehme et la Rose-Croix se disputaient était d'abord passé entre les mains du père Luvin. L'avait-on volé ? Probablement. Avait-on tué le vieux jésuite pour y parvenir ? C'était encore possible. Mais pourquoi ?

Kantz se renfonça dans son fauteuil pour lire tout à son aise les mémoires d'un certain frère Thibault de

Lans, né aux alentours de 1260 et fait templier en 1282. Ecrit en latin, le texte ne présentait par grand intérêt. Il racontait à la première personne la vie régulière et monotone d'un modeste templier français de la seconde moitié du XIIIe siècle. Très fragmenté, le récit prenait fin le 19 septembre 1307, date à laquelle le frère Thibault avait écrit : « *Je serai admis demain parmi les Frères d'entre les Frères, et ainsi s'achève la chronique de mes jours.* »

Le père Luvin avait abondamment commenté ce passage. Entre autres hypothèses, il supposait que les « Frères d'entre les Frères » étaient les Gardiens du Ponant. Kantz se souvint de ce que le père Färber, le chapelain de la commanderie de Wielstadt, lui avait dit de ces derniers : les Gardiens du Ponant auraient été une confrérie secrète au sein du Temple. Selon la légende, ils avaient la garde du *manuscrit d'Occident*, l'un des deux exemplaires originaux de la prophétie de saint Malachie ; une confrérie jumelle – les Gardiens du Levant – conservait le *manuscrit d'Orient*. A en croire le père Färber, le manuscrit d'Orient avait été offert au pape par le Temple ressuscité, vers 1530. Le manuscrit d'Occident, lui, disparut dans la tourmente qui emporta l'ordre au début du XIVe siècle et commença de souffler un mois après l'admission du frère Thibault au sein des Gardiens du Ponant[1]. Moins de cinq ans plus tard, le glorieux ordre des Chevaliers du Christ n'existait plus.

La dernière page du document relié était très différente des autres. Elle était en vélin, s'ornait d'un dessin, et on y lisait :

« *Ecrit le 11e jour du mois de décembre, l'an 1342,*

1. C'est à l'aube du vendredi 13 octobre 1307 que tous les templiers des commanderies de France furent arrêtés sur l'ordre de Philippe le Bel.

en la cité de Wielstadt. Cette nuit, le Seigneur m'envoya un ange et cet ange me visita en songe. Il parlait la plus belle, la plus pure et la plus sacrée des langues qui est celle du Paradis et du Jardin d'Eden. Et j'écrivis en cette langue ce que l'ange me dit d'écrire, comme je fis ce que l'ange me dit de faire. Ainsi le refuge des derniers Frères sera un jour retrouvé, et avec lui la révélation que les Frères ont gardée et qui repose parmi eux. Béni soit celui qui viendra avec la clef. Béni soit celui qui saura lire et comprendre. Il accomplira la volonté de Dieu et accordera la paix éternelle à mon âme qui jusque-là veillera. »

Quant au dessin, c'était l'exacte réplique du pentacle sacré que le chevalier avait sur la paume de la main gauche, la main toujours gantée…

Un claquement retentit soudain, aussitôt répété.

Kantz se leva, passa dans la chambre et s'empressa de fermer la fenêtre qui battait contre le mur. Jetant un œil dehors, il s'aperçut qu'il était tard, qu'un vent violent s'était levé, que d'épais nuages cachaient le ciel. Un orage tout proche grondait.

Quelqu'un frappa à la porte.

« Oui ? » fit Kantz.

C'était Stefan.

Pris au dépourvu par le rendez-vous que lui avait fixé Regenhalt en début d'après-midi, le chevalier avait chargé son valet d'espionner Tobias Haug à sa place.

« L'as-tu trouvé ? demanda Kantz

— Oui, Monsieur. C'était la bonne adresse. »

Kantz n'en doutait pas : il tenait le renseignement du Roi Misère.

« Alors ?

— J'ai attendu toute l'après-dînée. L'homme n'est sorti qu'au soir.

— Et pour aller où ? »

Depuis la fenêtre de sa chambre à coucher, la baronne pouvait deviner le front orageux qui avançait dans la nuit. Mais elle ne s'en souciait pas. Ce soir serait un grand soir : elle allait enfin rencontrer le Maître.

Tobias Haug était venu le lui annoncer en fin d'après-midi. Malheureusement, toutes les nouvelles n'étaient pas aussi bonnes. Ainsi, le vicomte de Larsvohl était mort et le manuscrit du frère Thibault avait disparu. Haug avait appris que des truands avaient assassiné le gentilhomme. Par acquit de conscience, il était allé reconnaître le cadavre aux Trois-Tours mais n'avait pu retrouver le précieux document. On supposait que le vicomte l'avait caché. On espérait surtout que la Sainte-Vehme ne l'avait pas.

Une pluie drue martelait à présent les carreaux. Il faisait très sombre dans la chambre où ne brillait qu'une bougie. La baronne allait appeler pour que l'on fasse de la lumière quand elle se souvint qu'elle avait donné congé à ses domestiques jusqu'au matin.

Elle avait en cela scrupuleusement respecté la première exigence du Maître qui, selon Haug, voulait que l'hôtel particulier soit désert quand son carrosse viendrait la chercher. La seconde était que madame de Ludehn ne devrait pas paraître devant lui à visage découvert. A cette fin, Haug avait apporté un masque d'argent féminin mais anonyme. S'il ne s'agissait que de protéger l'identité de la baronne, la précaution était inutile : le Maître savait parfaitement qui elle était. Mais peut-être s'agissait-il d'un protocole rituel. Ou alors d'autres Rose-Croix seraient présents qui, eux, ne la connaissait pas…

Madame de Ludehn caressait d'un doigt amoureux le masque posé sur le manteau de la cheminée quand un éclair illumina la nuit et qu'éclata le premier coup de tonnerre. La baronne sursauta et fit volte-face vers la fenêtre. Il lui sembla y avoir aperçu une silhouette l'espace d'un instant.

Puis une porte grinça dans son dos.

Le cœur battant, devinant une présence, elle se tourna lentement.

31

Il pleuvait à verse lorsque Kantz enjamba le mur et se reçut dans le jardin de l'hôtel particulier où – du moins l'espérait-il – logeait madame de Ludehn. C'était en tout cas à cette adresse que Tobias Haug s'était rendu en début de soirée, et que Stefan avait entr'aperçu une élégante dame blonde qui pouvait bien être la baronne. Perdue au milieu d'un vaste pâté de maisons, la propriété était insoupçonnable depuis les rues alentour. On ne pouvait y accéder que par une discrète venelle menant au portail ou, comme Kantz, en prenant le chemin des cambrioleurs.

Le chevalier traversait le jardin lorsque l'orage se déchaîna. Plusieurs éclairs le surprirent avant qu'il ne rejoigne la bâtisse. Elle semblait déserte : aucune lumière ni mouvement aux fenêtres, dont la plupart avaient leurs volets grand ouverts. Kantz tarda à remarquer ce détail qui le troubla.

Profitant d'un coup de tonnerre, il fractura une porte basse en pesant lourdement contre elle de l'épaule.

Il attendit, écouta…

Rien, sinon le vacarme de la tempête au-dehors.

Il emprunta un couloir obscur, traversa une antichambre puis un salon, gagna le grand hall donnant sur la cour d'honneur. La double porte n'était pas close. Secoué par le vent, l'un des battants laissait passer des rafales de pluie qui mitraillaient le dallage. Là encore, personne. Aucune des bougies des candélabres muraux ne brillaient, mais une bourrasque pouvait les avoir soufflées.

Un malaise envahissait peu à peu le chevalier. Le pentacle tatoué sur la paume de sa main gantée se réveilla.

Entre deux grondements de tonnerre, un long grincement de charnière attira son attention. C'était à l'étage. Kantz prit l'escalier et gravit souplement les marches quatre à quatre. Au premier, il découvrit un dégagement enténébré et deux portes closes. Il s'immobilisa, tous les sens aux aguets. Sa main gauche le démangeait. Il y avait ici des créatures de l'Ombre et il craignait de deviner lesquelles.

Cette fois, il entendit des pas au-dessus de lui. Des pas rapides mais discrets qu'il suivit des yeux en regardant le plafond.

Kantz tira l'épée et monta prudemment au second. De part et d'autre du palier s'écartait un couloir qui desservait tout l'étage avec, à chaque extrémité, une fenêtre. Le chevalier prit à droite, sans hâte, en s'efforçant de garder le dos au mur. Il n'y voyait presque rien, sauf lorsque la foudre s'abattait au-dehors et envahissait le couloir d'une lumière soudaine. Le souffle court, Kantz tendit l'oreille en vain. Les toits n'étaient pas loin ; l'averse crépitait comme la grêle ; la tourmente agitait les tuiles et sifflait sous les combles.

A la faveur d'un éclair, Kantz distingua deux empreintes de bottes près d'une porte entrebâillée. Elles étaient entourées d'un anneau de gouttelettes, preuve que quelqu'un s'était tenu là un moment, le manteau dégoulinant de pluie.

Le chevalier approcha. Il poussa la porte et observa depuis le couloir une salle aux murs nus, et dont les rares meubles étaient recouverts de draps blancs.

Il entra.

Le plancher gémissait sous son pas. L'air sentait la vieille poussière et les déjections de rats. Des toiles filandreuses pendaient aux angles du plafond. Des trombes d'eau giflaient les vitres branlantes.

La foudre tomba toute proche et son éclat illumina la pièce. Juste après le tonnerre, Kantz entendit un hennissement et les bruits d'un attelage dans la cour. Il courut vers la fenêtre, l'ouvrit et, le visage cinglé par le déluge, regarda deux étages plus bas.

Un carrosse s'arrêtait devant le perron. Le cocher sauta à terre et ouvrit une portière. Aussitôt, un *spectre assassin* embarqua, le corps inanimé de madame de Ludehn jeté sur l'épaule. Avant de regagner son siège, le cocher leva les yeux vers le chevalier qui, reconnaissant Rcinccker, cogna rageusement du poing contre le chambranle.

Les ravisseurs étaient déjà dans la demeure à son arrivée.

On l'avait attiré ici pour faciliter leur fuite.

On ?

Dans le dos de Kantz, un masque de cuivre né de l'obscurité refléta un éclair ; une lame blanche parut d'entre les plis d'une cape noire…

Le chevalier pivota et lança le coude d'instinct. Il fit mouche. Frappé au masque, le spectre bascula en arrière et s'effondra parmi les meubles. Kantz se rua hors de la pièce : il était peut-être encore temps de sauver la baronne. Il franchit le couloir, dévala l'escalier jusqu'à premier étage, sauta la volée de marches suivante et déboula dans le hall en se laissant glisser en bas de la rambarde. Par la grande double porte qui battait maintenant à tous les vents, il aperçut le carrosse qui faisait demi-tour sous l'orage.

Un coup de tonnerre accompagna une nouvelle décharge lumineuse. Kantz cligna des paupières et tarda à voir celui qui, comme tombé du plafond en traînées noirâtres, se matérialisa devant lui. Le spectre attaqua. Pris au dépourvu, le chevalier para en catastrophe et rompit. Il jeta un œil dehors.

Le carrosse passait le portail.

Trop tard.

Kantz enragea. D'un ample mouvement de lame, il obligea son adversaire à se découvrir et lui asséna un crochet du gauche furieux. Le spectre vacilla sous l'impact et recula de quelques pas. Mais il riposta aussitôt, engagea le chevalier dans un duel qui leur fit traverser le hall de bout en bout et revenir. Kantz prit enfin l'avantage en taillant à hauteur de visage. Le spectre dut se cambrer pour éviter la rapière qui siffla au ras du masque. Il trébucha, perdit l'équilibre. Kantz allait l'embrocher quand, près d'eux, la tempête souffla une fenêtre dont les vitres explosèrent en libérant une bourrasque chargée de pluie et de débris cristallins. Aveuglé, le chevalier se protégea le visage et battit en retraite.

Reprenant ses esprits, Kantz se mit en garde de tierce, le corps de profil et le poing gauche sur la hanche. Un éclat de verre l'avait blessé au front, du sang lui noyait l'œil mais il restait de marbre. Le spadassin des Ombres allait et venait tel un fauve en cage. Kantz ne le quittait pas du regard et bougeait à peine en pivotant sur sa jambe d'appui. Sous le gant, un fourmillement lui dévorait la paume.

Le tonnerre donna le signal de l'assaut.

Le spectre chargea et entraîna le chevalier dans un

ballet mortel qui les poussa vers la cour et l'orage. Kantz céda sciemment du terrain. Juste avant de passer la porte, le dos déjà fouetté par les rafales pluvieuses, il feinta et bondit sur le côté. L'autre se fendait. Kantz l'attrapa par le col, le plia en deux d'un coup de genou au ventre et frappa du pommeau entre les omoplates offertes. Déséquilibré, le *spectre assassin* partit en avant. Il ne put résister au chevalier qui l'utilisa comme un bélier pour écarter les battants de la porte et le jeta du haut des marches du perron.

Impassible sous l'orage, Kantz prit le temps d'ôter son gant. Puis il descendit dans la cour et se posta devant le spectre qui s'était relevé et attendait.

Ils se toisèrent un moment, immobiles et ruisselants. Autour d'eux, le vent hurlait en soulevant des trombes d'eau, le tonnerre faisait trembler les murs, la pluie mitraillait des flaques immenses où se miroitait l'éclat syncopé des éclairs. Dans le creux de la main gauche du chevalier, une lueur rougeoyait.

Le spectre attaqua et prit l'initiative d'un échange féroce. Kantz rendit coup pour coup. Et de parades en ripostes, à force de ruses déjouées et de bottes vaines, ils croisèrent leurs lames jusqu'à la garde et s'agrippèrent les poignets. Arc-boutés l'un contre l'autre, le visage du chevalier touchant presque le masque riveté, ils rivalisèrent de force en grimaçant. Des deux, seul Kantz ressentait les effets de la fatigue. Il faiblit donc et le spectre lui porta un violent coup de tête avant de le repousser. Sonné, la pommette fendue, le chevalier recula en chancelant, glissa sur le pavé inondé. Il tomba à la renverse et lâcha sa rapière.

Le spectre bondit.

Kantz se déporta à temps pour éviter d'être transpercé et lança la jambe. Les chevilles fauchées, le spectre s'étala de tout son long. Il se redressait quand le chevalier le plaqua au sol. Enragés, écumants, ils s'empoignèrent, roulèrent plusieurs fois dans les flaques jusqu'à buter contre la première marche du perron. Kantz réussit à désarmer son adversaire mais finit sur le dos, écrasé par le spectre qui l'étranglait.

Le visage exposé à la pluie battante, le chevalier tenta d'abord de desserrer l'étreinte des doigts décharnés autour de son cou. En vain. Alors il lâcha les poignets du spectre et lui saisit le crâne à pleines mains. Les ongles déchirant les chairs mortes, il glissa peu à peu les pouces sous le masque riveté, au niveau de la mâchoire. Puis il poussa, poussa de toutes ses forces, obligea le spectre à cambrer l'échine et plier la nuque. La tête rejetée en arrière, l'autre affermit sa prise, pesa autant qu'il put sur la gorge de Kantz. Le chevalier était à la torture. L'air lui manquait ; ses poumons brûlaient ; des paillettes multicolores commencèrent d'étinceler devant ses yeux révulsés. Mais il tint bon et, bientôt, on entendit un crissement odieux, le crissement des rivets jouant dans l'os. Le spectre se contracta, un rictus douloureux aux lèvres. Kantz accompagna un ultime effort d'un gémissement rageur et quelque chose craqua sous le masque de cuivre qui, descellé, se souleva d'un centimètre en libérant une humeur noire où luisaient des caillots sanglants.

Le spectre rugit et s'écarta de Kantz dans un sursaut. Basculant sur le côté, le chevalier toussa, cracha, respira cependant. Du coin de l'œil, il observait le spectre qui hurlait toujours et titubait sous l'orage en se tenant le masque. Les vêtements gorgés d'eau, Kantz se releva pesamment et chercha son épée des yeux. Il la vit qui gisait à distance, trébucha plus qu'il ne marcha vers elle, faillit tomber quand il la ramassa.

Débraillé, le front en sang et le regard vitreux, Kantz s'en revenait pour donner le coup de grâce quand son pentacle sacré le brûla comme la braise. Incrédule, il recula d'un pas incertain en surveillant tantôt les hauteurs, tantôt le spectre à l'agonie, et murmura :

« Dieu tout puissant !... »

La foudre s'abattit sur le masque de cuivre tandis qu'une déflagration de fin du monde secouait la cour. Un feu turquoise embrasa le spectre qui poussa un cri strident avant de disparaître à jamais au cœur d'un jaillissement de lumière. Un noyau d'énergie pure crépita une seconde puis explosa en arcs électriques furieux. Une onde de choc bleutée percuta Kantz de plein fouet.

Le chevalier vola six mètres en arrière et ne se releva pas.

Malgré l'orage, Osiander se tenait sur le perron de son hôtel particulier lorsque le carrosse franchit le portail.

Sitôt après avoir arrêté les chevaux, Reinecker sauta du siège du cocher et ouvrit la portière au spectre qui descendit dc la cabine, madame de Ludehn dans les bras. Elle était toujours inconsciente et gémit en sentant la pluie sur son visage. Le spectre gravit les marches du perron et, passant devant son maître à grandes enjambées, porta la baronne à l'intérieur.

« Kantz était là, dit Reinecker.

— Alors je comprends », répondit Osiander.

Un grondement de tonnerre retentit ; un éclair les illumina un instant.

« Vous comprenez ? s'étonna le spadassin. Vous comprenez ce que le chevalier faisait là ?

— Non... Je comprends pourquoi il n'y a plus qu'un spectre pour me servir. » Le démon leva les yeux vers l'orage. « Mais nous avons la baronne, et cela seul importe... »

Il tourna le dos à la tempête et entra dans le hall obscur. Reinecker lui emboîta le pas en demandant :

« Que sait-elle ? Que peut-elle nous apprendre ?

— Rien. Ou presque.

— Alors pourquoi l'avoir ravie ? Haug nous a bien servi cette fois-ci, mais je ne sais s'il trahira encore… »

Osiander s'arrêta en bas de l'escalier et s'énerva :

« Haug trahira si je le veux et si tu l'exiges en mon nom !… »

Il inspira et reprit d'un ton plus calme.

« Quant à Madame de Ludehn, elle n'est pas la proie : elle est l'appât. Dès demain, nous ferons savoir aux Rose-Croix qu'elle est en notre pouvoir.

— Comment ?

— Je ferai une lettre frappée du sceau de la Sainte-Vehme et Haug prétendra l'avoir trouvée sous sa porte.

— Et que dira cette lettre ?

— Cela, tu le sauras bientôt… Meshui, va t'assurer que la baronne est bien gardée. »

Le spadassin acquiesça et s'en fut par l'escalier.

« Je suis… le dernier… » fit une voix caverneuse et traînante derrière Osiander.

Le démon se retourna vers le spectre qui, naissant des ténèbres, ajouta :

« C'est le chevalier… Encore lui…

— Je le sais.

— Toujours lui…

— Oui.

— Je veux la… vengeance…

— Tu *veux* ?

— Oui, insista le spectre. Je *veux*… »

Osiander réfléchit et comprit qu'il devait céder.

« Soit. »

Drapé dans une cape brune, l'homme s'accroupit près de Kantz tandis que crépitait la foudre. Longiligne, il mesurait plus de deux mètres, avait un visage inexpressif et sans âge. Un immense front bombé accentuait les cavités sombres et profondes de ses orbites. Une couronne de cheveux gris, raides et rares, caressait ses épaules. La pluie éclaboussait le haut de son crâne nu.

Il retourna Kantz qui gisait sur le ventre et dit :

« Il vit. »

Il dut parler fort pour se faire entendre sous l'orage. A côté de lui se tenait une femme habillée d'un grand manteau cramoisi ; l'ample capuche ruisselante qui la coiffait cachait son visage. Derrière eux, un carrosse noir attendait, une portière ouverte.

« Porte le chevalier dans la voiture, dit la Dame en rouge. Nous devons le conduire là où il sera en sûreté. »

L'homme souleva Kantz sans effort et marcha vers le carrosse.

Depuis un toit, le dernier *spectre assassin* observait impuissant. Un éclair découpa sa sinistre silhouette dans la nuit et il disparut.

32

L'orage cessa dans la nuit mais la pluie dura tout le jour suivant. Elle martela les toits sans jamais faiblir, déborda des gouttières, jaillit drue de la gueule des gargouilles, cascada le long des murs, engorgea la terre, lava les pierres et détrempa le bois, fit des flaques puis des mares, noya les cours, inonda quelques caves, nourrit des ruisseaux au milieu des rues, charria la boue et les ordures vers les parties basses de la ville, grossit le Rhin, chassa la gangue puante d'une trop longue canicule.

Et quand prit fin le déluge, Wielstadt s'offrit miroitante et revigorée à la lumière d'un soleil clément.

Kantz se réveilla frais et dispos dans un lit qui n'était le sien. Se redressant, il réalisa qu'il était en chemise, puis balaya le décor d'un regard circulaire. La pièce était petite, propre et austère. Le mobilier était des plus sommaires : une table, une chaise, et la couche étroite et dure où le chevalier avait pourtant si bien dormi. Ses vêtements, propres et repassés, étaient pliés sur la table ; sa rapière au fourreau pendait par le baudrier au dossier de la chaise ; son chapeau était accroché à une patère sur la porte. L'unique ornement des murs consistait en un crucifix rustique fixé au-dessus du lit, mais on ne l'avait pas placé là pour soigner l'esthétique.

Une cellule de moine, songea Kantz. *Si je suis à Wielstadt, je peux être au Temple…*

Percée à droite de la porte, une lucarne laissait voir une galerie d'arcades et un jardin ombragé. Une cloche toute proche sonna l'heure de none, soit le milieu de l'après-midi.

Kantz allait se lever quand un homme entra sans frapper et sursauta d'embarras en découvrant le chevalier éveillé. Il avait revêtu une bure blanche frappée d'une croix écarlate : la tenue qu'adoptaient les templiers contraints de renoncer aux armes par l'âge, la maladie ou une blessure. Celui-ci avait la trentaine. Il était grand et fort, boitait cependant, avait des mains immenses et des bras de forgeron. Un visage jovial et des yeux pétillants de gentillesse contrastaient avec ce physique brutal.

« Veuillez me pardonner, dit le templier. Je vous croyais encore ensommeillé…

— Ce n'est rien, le rassura Kantz.

— Je suis le frère Gustav, l'apothicaire de la commanderie.

— Bonjour, mon frère. Je suis…

— Je sais qui vous êtes, Monsieur le Chevalier. L'on me l'a dit… Etes-vous bien allant ?

— Je vais fort bien. Grâce à vos soins, j'en suis certain. »

Le templier esquissa un sourire modeste.

Ecartant le drap, Kantz s'assit jambes pendantes et demanda :

« Quel jour sommes-nous ?

— C'est aujourd'hui mercredi.

— En ce cas, j'ai dormi…

— La nuit et presque tout le jour. »

Le chevalier accueillit la nouvelle d'un hochement de tête fataliste.

« Avez-vous faim ? demanda le frère apothicaire.

— Une faim d'ogre. Comment suis-je arrivé céans ?

— Vous nous avez été confié par un cocher. Etrangement, le frère portier s'avéra incapable de le décrire. Il se souvint en revanche avoir vu une main de femme à la fenêtre du carrosse que le cocher conduisait.

— Une main de femme ?

— Gantée de rouge. »

Ils se turent, devinant l'un et l'autre ce que cela signifiait.

« Je dois vous laisser, dit le templier. Mais demeurez. Le frère Berthold m'a fait lui promettre qu'il serait le premier averti de votre réveil. Il désire vous entretenir de quelque sujet d'importance. »

Il avait déjà ouvert la porte pour sortir lorsque Kantz l'appela.

« Frère Gustav.

— Oui ?

— Soyez assuré de ma reconnaissance pour tous les soins que vous m'avez prodigués. »

L'autre lui sourit avec bonté.

« Vous n'aviez besoin que de repos, chevalier. De repos pour le corps… D'ores en avant, ne vous manque plus que la paix pour l'âme. »

Le frère commandeur Berthold arriva d'un pas vif dans la chambre où Kantz avait dormi, et la trouva vide, porte entrouverte.

« Je suis là ! » lança le chevalier depuis le jardin.

Habillé de pied en cap, il était assis sur un banc de pierre et profitait du soleil. L'averse avait imprégné la terre d'une fraîcheur délicieuse. Des flaques éparses subsistaient dans les allées de gravier.

« Je ne vous savais pas levé, dit le templier en approchant. Frère Gustav dit que votre santé est excellente…

— Elle l'est, et je vous le dois… Vous me trouverez peut-être ingrat, mais avez-vous prévenu mes domestiques du lieu où je me trouvais ? »

Frère Berthold s'assit et répondit que non. Ne sachant pourquoi le chevalier leur était confié en si piètre état par la Dame rouge, les templiers avaient préféré conserver un secret absolu.

« Ce fut sage sans doute », reconnut Kantz.

Et comme le commandeur ne lui posait aucune question, il raconta tout sans préambule, de sa mission à Heidelberg à l'enlèvement de la baronne en passant par le fantôme du templier et sa mystérieuse mise en garde. L'autre ne l'interrompit pas, mais tiqua lorsqu'il évoqua la prophétie de Malachie, les Gardiens du Ponant et, surtout, le manuscrit retrouvé à Heidelberg. Le chevalier tut cependant le sinistre rituel auquel il s'était livré sur le cadavre de Jacob Huyghens – ce souvenir lui était odieux.

« Voilà l'affaire dans son entièreté, conclut Kantz.

— En deux mots, résuma le frère commandeur, la Rose-Croix et la Sainte-Vehme se disputent un manuscrit que vous possédez. Et le démon Osiander aide la Sainte-Vehme dans cette entreprise, pour son propre intérêt sans doute…

— Oui.

— Où se trouve le manuscrit du frère Thibault ?

— Chez moi. Je l'ai remisé dans une pièce où nul autre que moi ne peut entrer.

— Il n'est pas de serrure inviolable, ou d'huis qui ne peut être brisé…

— Ne vous inquiétez de rien », dit Kantz du ton lourd de sous-entendus.

Le templier hocha la tête, songeur. Le chevalier reprit :

« Je suis convaincu que le fantôme qui m'apparut d'abord dans votre cloître, puis à Heidelberg, est le fantôme du frère Thibault de Lans. Si ce qu'il écrivit est juste, il fut le dernier des Gardiens du Ponant. Que pouvez-vous me dire à leur sujet ? »

Embarrassé, le frère Berthold se leva et avança de deux pas.

« C'est un grand secret du Temple que vous me demandez de révéler, chevalier…

— Je le devine. Comme je devine que ce secret me concerne, même si j'ignore encore en quelle manière… N'oubliez pas que le frère Thibault dessina le pentacle qui orne ma main, renchérit Kantz. Croyez-m'en, ce pentacle est unique. »

Dos au chevalier, le templier laissa passer un silence scandé par les gouttes de pluie qui tombaient des toits alentour ; la rumeur vivante de la ville était lointaine.

Puis il lâcha :

« Ce que notre chapelain vous conta avec trop de complaisance est exact. Le Premier Temple fut bien le dépositaire d'une prophétie ignorée du monde.

— La prophétie de Malachie.

— Oui. Elle était inscrite sur deux parchemins dont l'un fut remis au pape Clément VII en 1530. L'autre, celui dont les Gardiens du Ponant avait la charge, je le croyais détruit ou perdu à jamais après la chute du Premier Temple.

— Mais cet autre parchemin, le manuscrit d'Occident, fut sauvé par quelques Gardiens du Ponant.

— Ils étaient cinq, selon une légende à laquelle je

n'accordais jusqu'alors aucun crédit. Ils s'échappèrent et se réfugièrent, ici, à Wielstadt.

— Dans son ultime témoignage, le frère Thibault écrit que *« la révélation que les Frères ont gardée repose désormais parmi eux »*. Cela dit assez clairement que la prophétie est cachée dans le tombeau de ces cinq-là. »

Kantz parlait toujours à la nuque du templier. Il ajouta :

« Cependant…

— Cependant vous vous demandez pourquoi le Temple protégea des siècles durant, et avec tant de zèle, une prophétie si médiocre… »

Le chevalier acquiesça. Car la prophétie de saint Malachie avait en définitive été révélée, et chacun avait pu la juger. A l'instar de beaucoup d'autres, Kantz doutait fortement de son authenticité.

« Le véritable secret est là, dit le frère commandeur en se retournant enfin. La prophétie qui fut révélée – la trop fameuse prophétie des papes – n'est pas celle que le Temple avait en sa garde. »

Tandis que Kantz le regardait sans mot dire, il revint s'asseoir sur le banc et déclara :

« Vous savez déjà que le Temple renaissant manifesta sa loyauté au pape en lui confiant le dernier parchemin en sa possession…

— Le manuscrit d'Orient.

— Celui-là même, oui… Cela fut fait dans le plus grand secret. Malheureusement, on se sait comment, le secret transpira après quelques décades. On parla, la rumeur enfla, le mystère excita les imaginations. Quelle était cette prophétie ? Qu'avait annoncé Malachie ? Rome se tut d'abord, puis nia l'existence de la prophétie. Mais rien n'y fit. Et bientôt, des voix s'élevèrent jusqu'au sein de l'Eglise pour exiger que la prophétie soit enfin révélée. Quant aux ennemis de la vraie foi, vous imaginez quel parti ils tirèrent de cette confusion… »

Kantz acquiesça : il savait tout cela de la bouche de père Färber. Selon le chapelain de la commanderie, c'était pour mettre fin aux rumeurs et à la polémique que le Vatican avait finalement décidé de lever le voile sur la prophétie des papes.

Cependant, le frère Berthold avait une tout autre explication.

« Rien, dit-il, n'est meilleur pour faire taire une meute et la décourager de vous mordre les mollets, que de lui jeter une carcasse… C'est ce que fit Rome en créant *ex-nihilo* une fausse prophétie dont le texte fut découvert à point nommé par un moine bénédictin…

— Arnold de Wyon, souffla Kantz en hochant la tête… Mais si la prophétie des papes était destinée à détourner les regards de la véritable prophétie de saint Malachie, pourquoi l'a-t-on truffée d'erreurs ? Je pense aux antipapes que le texte mêle aux papes légitimes…

— Je l'ignore mais vois à cela plusieurs raisons… De prime, les erreurs que vous dites ne furent peut-être pas toutes volontaires. Ensuite, Urbain VII eut sans doute quelques pieux scrupules à produire une fausse prophétie et souhaita que les esprits éclairés ne s'y laisse pas prendre. Enfin, une prophétie douteuse ne pouvait pas manquer de susciter une polémique particulièrement favorable aux ambitions de Rome : on disputa tant et si bien de la prophétie des papes que nul ne supposa jamais qu'il en existait une autre, véritable, dans les coffres de la bibliothèque vaticane… »

Une sorte d'admiration résignée sonnait dans la voix du frère commandeur Berthold. Il condamnait le procédé, mais en admirait l'efficacité.

« Une chose encore, dit Kantz… Dans la prophétie

des papes, la devise du successeur annoncé d'Urbain VII, désigne à l'évidence un cardinal…

— Le cardinal Simoncelli.

— Urbain VII espérait-il nommer de la sorte celui qui lui succéderait ? »

Le templier eut un petit rire.

« Bien le rebours, chevalier. Bien le rebours… J'ai dit tout à l'heure que des voix s'étaient élevées dans l'Eglise pour exiger que la prophétie soit révélée. L'une de ces voix était celle d'un ambitieux cardinal, ennemi féroce d'Urbain VII. J'ai nommé le cardinal Simoncelli. Or le pape, qui se savait malade et mourant, savait également que le cardinal était pressenti par beaucoup pour lui succéder sur le trône de saint Pierre. Et il le détestait…

— Le pape lui tira donc sa flèche du Parthe, comprit Kantz. Les cardinaux, réunis en conclave après la mort de Urbain VII, durent trouver curieux que la prophétie désigne comme le prochain pape celui qui avait réclamé qu'elle soit révélée…

— Ils jugèrent en effet la ruse grossière et n'élurent pas le cardinal. De surcroît, certains s'avisèrent que le bénédictin, Arnold de Wyon, était un proche de Simoncelli. Si nécessaire, cela acheva de discréditer et le cardinal, et la prophétie. D'une pierre, deux coups… »

Le soleil déclinait et des ombre obliques s'étiraient dans le jardin.

« Mais la véritable prophétie, fit Kantz, que dit-elle ?

— Je l'ignore, chevalier. Ce secret n'appartient plus au Temple depuis un siècle. »

Kantz se leva, s'étira, inspira profondément. Cette fraîcheur d'après la pluie était délicieuse.

« Savez-vous cependant comment le manuscrit d'Occident et le manuscrit d'Orient arrivèrent en la possession du Temple ? demanda-t-il.

— Saint Malachie mourut à Clairvaux, veillé par saint Bernard auquel il était très lié. Or peut-être savez-vous que saint Bernard…

— … rédigea la Règle de votre ordre », acheva le chevalier.

33

Des questions taraudaient Kantz tandis qu'il rentrait chez lui par des rues détrempées.

La première concernait les ambitions de la Sainte-Vehme. Que la Rose-Croix tente de découvrir une ancienne prophétie n'étonnait pas le chevalier : c'était dans la nature de cette fraternité secrète et savante, passionnée d'occultisme et de théologie. Mais qu'est-ce que la Vehme avait à gagner dans cette affaire ? Elle était un tribunal inique et une organisation redoutable. Tout en prétendant œuvrer pour le bien commun, elle poursuivait en réalité des buts égoïstes et n'avait de cesse d'étendre sa sinistre influence. Jamais, cependant, elle ne s'était mêlée de mystères divins.

Kantz envisagea un instant qu'Osiander pouvait utiliser la Sainte-Vehme à des fins personnelles. On pouvait comprendre qu'un démon s'emploie à chercher et détruire un texte prophétique qui, peut-être, avertissait l'humanité d'un grand péril. Mais grâce au manuscrit d'Orient, la prophétie était déjà connue de l'Eglise depuis un siècle. Si, d'une manière ou d'une autre, les révélations de Malachie pouvaient compromettre un projet infernal, le « mal » était déjà fait.

L'autre point qui intriguait le chevalier était le suivant : les mémoires du frère Thibault de Lans témoignaient que le manuscrit d'Occident avait survécu et qu'il était caché dans le tombeau des derniers Gardiens du Ponant, probablement à Wielstadt. Le templier affirmait en outre avoir fait le nécessaire pour que le tombeau puisse être découvert : *« Et j'écrivis (...) ce que l'ange me dit d'écrire, comme je fis ce que l'ange me dit de faire. Ainsi le refuge des derniers Frères sera un jour retrouvé, et avec lui la révélation que les Frères ont gardée et qui repose parmi eux. »* Mais Kantz n'avait rien lu qui permette de situer le fameux tombeau. De fait, pourquoi la Rose-Croix et la Sainte-Vehme se disputaient-elles un document qui, s'il dévoilait l'existence d'un trésor, n'indiquait pas où chercher, ni comment ? La Vehme ignorait peut-être que les mémoires ne disaient pas tout. La Fraternité, en revanche, savait de quoi il retournait. Alors pourquoi bataillait-elle bec et ongle pour protéger ce texte ?

Kantz était à ce point absorbé par ses réflexions qu'il n'entendit pas le carrosse qui s'arrêtait à sa hauteur et faillit bousculer l'homme qui, venant à sa rencontre, se campait devant lui. Quelqu'un ouvrit la portière du carrosse depuis l'intérieur et l'homme dit :

« Montez donc, chevalier. »

Assis dos au sens de la marche dans le carrosse bringuebalant, Kantz considéra longuement ses deux vis-à-vis. Celui qui l'avait fait monter était blond, habillé en spadassin, avait la trentaine, les joues râpeuses et l'air canaille ; il tenait encore le pistolet armé qu'il avait discrètement montré pour convaincre le chevalier d'embarquer devant lui. Il se nommait Tobias Haug.

L'autre homme était le Grand Maître de la Fraternité de la Rose-Croix. Bien bâti, il avait l'allure et les manières d'un gentilhomme. Un masque d'or cachait son visage, encadré par une épaisse chevelure grise qui s'étalait sur le col en dentelle de son pourpoint. Kantz remarqua à son annulaire une chevalière assez massive pour receler quelque secret.

« Le procédé est brutal, j'en conviens. Mais il me fallait absolument vous parler, chevalier… »

Kantz attendit quelques secondes avant de lâcher :

« Convenons que, tant que je ne saurais pas qui vous êtes, vous me donnerez du *Monsieur* le Chevalier. »

Le Masque d'or ne broncha pas. A côté de lui, Haug bougea nerveusement sur la banquette et s'appliqua à ne pas détourner le canon de son pistolet de la poitrine de Kantz.

L'affaire s'engageait mal.

« Vous détenez, Monsieur le Chevalier, un objet que je suis venu vous prier de me remettre.

— Vraiment ?

— Vous savez bien sûr de quel objet je parle, n'est-ce pas ?

— Non.

— Savez-vous qui je suis, Monsieur le Chevalier ? »

C'était demandé sur le ton de la conversation.

« Je le devine, répondit Kantz.

— Et cela ne vous encourage pas à vous fier à moi ?

— Non. »

Le Grand Maître se renfonça dans la banquette et jeta un œil au dehors. Ils roulaient sans but dans Wielstadt, non loin de la cathédrale.

« L'objet que je désire est un précieux manuscrit. L'œuvre d'un templier de jadis. Ce manuscrit, que vous avez sans doute déjà lu, mène à un trésor. Non pas à un trésor d'or ou de pierres précieuses. Mais un trésor pour qui est avide de savoir, pour qui s'intéresse au devenir du monde… Une prophétie. »

Le Masque d'or s'interrompit, attendit de la part de Kantz une réaction qui ne vint pas.

« Ce manuscrit, vous le possédez. Tobias Haug, qui pour l'heure vous menace de son arme à seule fin de garantir ma sécurité, je vous l'assure… Tobias Haug, donc, apprit que vous aviez découvert et emporté ce document. A ce sujet, je ne sais si je dois louer votre sagacité ou condamner la violence de vos mœurs, Monsieur le Chevalier… »

Imperturbable, Kantz comprit que les Sammer étaient allés trouver Haug, sans doute dans l'espoir de toucher une récompense. Voilà donc comment les Rose-Croix savaient que les mémoires du frère Thibault étaient en sa possession.

« Qu'avez-vous à répondre à cela, Monsieur le Chevalier ?

— Rien. Et certes pas devant vous. »

L'homme au masque se rembrunit. A l'évidence, il avait l'habitude qu'on le traite avec plus d'égards.

« Vous voyez, reprit-il d'un ton sentencieux, que vous ne pouvez espérer me tromper. Je sais bien des choses, plus que j'en ai dit et plus que vous ne vous le figurez… Aussi, je vous prie encore de me remettre le manuscrit du frère Thibault, lequel manuscrit, d'ailleurs, appartient à la Rose-Croix.

— Et de quel droit vous appartient-il ? demanda Kantz d'une voix blanche.

— Du droit que nous, les premiers, l'avons trouvé.

— Il me semblait, à moi, que le père Luvin de Janty était plutôt de ces premiers… »

Piqué au vif, le Grand Maître se tut et s'efforça de conserver son calme.

« Il importe peu, dit-il enfin… Il importe peu de savoir à qui le manuscrit revient de droit.

— J'ai, moi, le sentiment contraire.

— Et, selon vous, le manuscrit dont nous parlons est à sa place chez vous ?

— Je n'ai rien dit de tel.

— Cessez ces jeux ! s'emporta soudain le Masque d'or. Les événements qui se déroulent et s'annoncent vous dépassent. Ne m'obligez pas à prendre des mesures que je réprouve ! Ne m'obligez pas à vous faire tâter de la puissance de la Rose-Croix ! Vous y... »

Il n'acheva pas.

Kantz lança sa jambe et, d'un coup de botte, écrasa le poignet de Haug contre la portière. Surpris, le spadassin lâcha son pistolet tandis que le chevalier bondissait à la rencontre du Grand Maître pour lui glisser sa dague sous le masque.

« Si l'un de vous bouge, ou crie, avertit Kantz, ce sera un massacre. Et nous savons déjà qui de nous trois rendra l'âme le premier. »

D'un mouvement brusque, il obligea le Rose-Croix à s'écarter de son garde du corps désemparé et dit :

« Je ne vous aime pas, Monsieur du Masque. Je n'aime pas vos manières, je n'aime pas votre arrogance, et j'aime encore moins vos menaces.

— Je vous en prie, balbutia l'autre. Il ne s'agit pas de moi... Il en va de la vie d'une femme !

— Expliquez-vous.

— Nos ennemis ont enlevé Madame de Ludehn... Ils... Ils la tueront si nous ne leur abandonnons pas le manuscrit !... »

Tout en maintenant sa lame contre la gorge du Grand Maître, Kantz ramassa le pistolet tombé entre les banquettes. Puis il repoussa son prisonnier et prit du champ en se collant dans un angle de la cabine, le canon pointé vers les deux hommes. Haug lui jetait des regards haineux sans cesser de se masser le poignet.

« Dites au cocher d'arrêter le carrosse, lâcha Kantz.

— Je vous en supplie, Monsieur le Chevalier. Vous condamnez la baronne en ne nous aidant pas !

— Je m'en moque.

— Vous… Vous vous en moquez ?

— Oui.

— Mais comprenez-vous seulement aux mains de qui se trouve Madame de Ludehn en ce moment ?

— Aux mains de la Sainte-Vehme et d'un démon. »

L'homme au masque eut un instant de doute. Son regard exprimait un mélange d'incrédulité et d'effroi.

« Et sachant cela, vous vous refusez à aider une femme ?

— Oui. Arrêtez le carrosse avant qu'il me prenne l'envie de vous jeter à bas.

— Mais quel monstre êtes-vous ? »

Kantz prit une inspiration.

« Je ne suis pas un chevalier tout droit sorti d'un conte. Je ne porte pas une armure blanche et ne vole pas à la rescousse de pucelles emprisonnées… Vous me disiez tout à l'heure de cesser mes jeux. Mais je ne joue pas. Je ne m'affuble pas d'un masque d'or pour des conciliabules secrets, je ne prends pas des airs superbes et mystérieux. Je mène une guerre. Une guerre clandestine dont les nombreuses victimes et les rares héros ne seront jamais reconnus. Une femme va mourir ? Et alors ?… Vous comme elle comprenez trop tard, tragiquement trop tard, que cette guerre à laquelle vous désiriez vous mêler est impitoyable. Qu'elle est tout sauf une distraction de salon, un prétexte à des intrigues vaines… Si vous dites vrai, si le manuscrit que je possède mène à une prophétie ancienne, alors cela seul devrait vous convaincre qu'il ne doit à aucun prix tomber en les mains d'un démon. Quel qu'en soit le prix… Vous me reprochez mon indifférence ? Reprochez-vous plutôt votre inconséquence, car elle est la cause de tout. »

Et en accompagnant son propos d'un mouvement de canon, Kantz ajouta :

« Meshui, faites arrêter le carrosse ou préparez-vous à mourir. Je doute fort que Tobias Haug soit de ceux qui se jettent au-devant des balles pour sauver leurs maîtres... »

Stefan accueillit Kantz avec joie et soulagement.

La veille, ne voyant pas le chevalier revenir, le valet avait affronté l'orage et la nuit pour se rendre chez la baronne. A son arrivée, un carrosse noir quittait l'hôtel mystérieusement désert. Stefan s'était figuré que son maître avait été enlevé, ou pire. Il avait confié ses craintes à Heide et, ensemble, ils avaient vainement attendu jusqu'au matin. Pour tromper son angoisse, Heide était allée prier et brûler quelques cierges à Notre-Dame-des-Sept-Archanges, la cathédrale de Wielstadt. Elle s'y trouvait encore.

Préoccupé, Kantz écouta à peine et répondit bien mal à la sollicitude de son valet. Il monta au premier, entra dans sa chambre, jeta sa rapière sur le lit au passage, poussa de la main gauche la porte de la bibliothèque, et s'enferma. Fouillant parmi les papiers qui encombraient sa table de travail, il trouva un stylet avec lequel il découpa la reliure du manuscrit du frère Thibault. Puis il lâcha un soupir satisfait et se laissa tomber dans son fauteuil.

Il ne s'était pas trompé.

L'idée l'avait frappé tandis qu'il regardait s'éloigner le carrosse du Masque d'or et s'interrogeait : pourquoi la Rose-Croix et les Sainte-Vehme prêtaient-elles tant d'importance à un document qui ne révélait pas l'essentiel, à savoir où était l'emplacement du tombeau des Gardiens du Ponant ? La chose était d'autant plus troublante que le frère Thibault affirmait avoir écrit, sous la dictée d'un ange, un texte qui s'avérait introuvable...

Le chevalier avait alors songé à maître Dobush, le petit libraire rencontré à Heidelberg. Celui-ci était à l'évidence un allié de la Fraternité, ce qui lui avait valu d'être assassiné par Reinecker. Il avait ses entrées à l'hôtel de Ludehn et Kantz l'avait vu discutant avec le « gentilhomme de Mölein ». Mais que faisait-il ce matin-là chez la baronne ? Sans doute venait-il rendre un manuscrit qu'il avait passé une courte nuit d'été à relier. Il n'avait d'ailleurs pas pris le temps de se changer et portait encore son tablier d'artisan – c'était même à cela que le chevalier l'avait reconnu.

Dès lors, pourquoi Madame de Ludehn a-t-elle fait relier les mémoires du frère Thibault ? s'était demandé Kantz. *Pour les garantir des rigueurs du voyage jusqu'à Wielstadt ? Ou cette reliure trop neuve cache-t-elle quelque chose ?*

Cette dernière hypothèse était la bonne.

Eventrés, les plats de la couverture révélaient chacun un feuillet que le chevalier prit et considéra. Quatre lignes manuscrites, sur l'un comme sur l'autre. Le premier était ancien et craquelé ; on y reconnaissait l'écriture du frère Thibault. Le texte était rédigé en *« la plus belle, la plus pure et la plus sacrée des langues qui est celle du Paradis et du Jardin d'Eden »*, pour reprendre l'expression du dernier Gardien du Ponant. Il s'agissait en fait du langage adamique, cet idiome primordial et universel qu'employait Adam et que parlent les anges. Le neuvième chapitre de la *Confessio Fraternitatis* révélait que les grands initiés de la Rose-Croix pratiquaient une langue magique cousine du langage adamique. Kantz le croyait d'autant plus volontiers qu'il savait que quelques très rares érudits, aussi pieux que savants, connaissaient eux le langage adamique dans toute sa pureté. Le père Luvin de Janty était l'un de ces élus, et son écriture couvrait le second feuillet d'une suite de lettres parfaitement incompréhensible…

Le chevalier esquissa un sourire nostalgique.

Appelé à Heidelberg pour interpréter le texte dicté par l'ange au frère Thibault, le vieux jésuite s'était exécuté mais avait pris soin de coder sa traduction.

34

L'histoire de la cryptographie est aussi vieille que celle de la guerre et de la diplomatie secrète. Dans les *Vies des douze Césars*, Suétone atteste que Jules César utilisait un *chiffre* – ou méthode de substitution des lettres – pour cacher le sens de certains messages. En l'espèce, il remplaçait chaque lettre du message par celle venant trois places après elle dans l'alphabet : *a* par *D*, *b* par *E*… jusqu'à *z* par *C*. Ce procédé peut être étendu. Connu sous le nom de « chiffre de César », il autorise plusieurs variantes selon que les lettres du texte clair sont décalées de une, deux, trois ou vingt-cinq positions pour produire le texte chiffré.

Une autre méthode de chiffrement consistait à remplacer l'alphabet clair par un alphabet totalement désordonné et non plus simplement décalé : *a* devient *F*, *b* devient *R*, *c* devient *I*, etc. Régulièrement réinventé par tous les écoliers du monde, ce procédé semble sommaire. Il offre pourtant un nombre de combinaisons ahurissant – plus de 400 milliards de milliards – et resta longtemps inviolé.

Le tout, cependant, n'est pas de chiffrer un texte de manière incompréhensible. Encore faut-il que le destinataire puisse recomposer le texte original. Pour cela, deux conditions sont à remplir. La première est que le destinataire connaisse le principe général de chiffrement utilisé ; la seconde est qu'il connaisse la *clef* particulière employée. Ainsi, le principe général de chiffrement dont se servait Jules César était un alphabet décalé. Un parmi vingt-cinq. Lequel était le bon ? C'est cette indispensable précision qu'apporte la clef. De sorte que même si les ennemis de César interceptaient ses messages et savaient qu'ils recouraient à un alphabet décalé, ils étaient condamnés à tester toutes les variantes de ce principe de chiffrement jusqu'à découvrir la solution.

L'efficacité d'un chiffre tient donc moins dans la complexité de son principe général de chiffrement, que dans le nombre des clefs possibles. Un bon chiffre est même celui dont le principe de chiffrement est simple mais dont les clefs sont innombrables. A ce titre, l'emploi d'un alphabet chiffré anarchiquement bouleversé est des plus satisfaisants : les variantes sont légion alors qu'il ne s'agit jamais que de remplacer un alphabet par un autre. Ce principe de « substitution mono-alphabétique » est à ce point efficace qu'on put le simplifier sans s'inquiéter du préjudice causé par la diminution du nombre des clefs potentielles. Cette simplification passa par l'emploi d'un *mot-clef* que le destinataire n'avait qu'à mémoriser pour en déduire aisément l'alphabet chiffré [1].

Durant la Renaissance, l'Europe connut un âge d'or de la cryptographie qui aboutit, enfin, à la mise en lumière

1. On s'entend d'abord sur un mot que l'on purge des lettres répétées : « Wielstadt » devient Wielstad, par exemple. Ce *mot-clef* constitue le début de l'alphabet chiffré : *W* vaut *a*, *I* vaut *b*, *E* vaut *c*, etc. Puis l'on poursuit l'alphabet chiffré en ajoutant les lettres manquantes dans l'ordre alphabétique traditionnel et en commençant par la dernière lettre du *mot-clef*. Dès lors, à partir de « Wielstadt », on

des faiblesses du principe de substitution mono-alphabétique. La plus importante est que, selon ce procédé, une lettre de l'alphabet clair est toujours remplacée par un même caractère de l'alphabet chiffré. Or certaines lettres sont plus fréquentes que d'autres : *e*, *a* et *i* sont les lettres les plus répandues en français. Dès lors, il est possible d'établir des correspondances en comparant les fréquences d'apparition des caractères dans un texte chiffré, aux fréquences d'emploi des lettres dans la langue courante : si un caractère revient souvent, c'est sans doute qu'il déguise une lettre très usitée. Cette méthode de cryptanalyse – *l'analyse des fréquences* – a cependant ses limites, surtout si le texte à déchiffrer est court. Mais elle réduit les champs d'investigation et propose des pistes que l'intuition et la logique permettent d'exploiter.

Les cryptographes s'efforcèrent alors d'imaginer des chiffrements plus sûrs. Sans renoncer au principe de substitution mono-alphabétique, certains l'améliorèrent avec l'introduction de signes *nuls* dont le destinataire sait qu'il ne faut pas tenir compte. D'autres inventèrent des codes complexes où une lettre, un chiffre ou un symbole traduit un mot entier selon un répertoire secret. Enfin, des cryptographes mélangèrent chiffres et codes : certains caractères chiffrés valaient pour une lettre, tandis que d'autres valaient pour un mot. Néanmoins, l'adjonction des signes nuls offraient peu d'avantages, tandis que les codes s'avéraient mal commodes et surtout dangereux : que faire si l'ennemi s'empare des précieux répertoires ? Quant aux solutions intermédiaires,

obtient la correspondance suivante entre alphabet clair et alphabet chiffré :

```
a b c d e f g h i j k l m n o p q r s t u v w x y z
W I E L S T A D F G H J K M N O P Q R U V X Y Z B C
```

mêlant chiffres et codes, elles restaient en définitive vulnérables à l'analyse des fréquences…

La cryptographie marquait donc le pas quand, au cours du XVIe siècle, Blaise de Vigenère inventa le premier chiffre de « substitution polyalphabétique », c'est-à-dire qui n'utilise pas un, mais plusieurs alphabets chiffrés pour un message. Cette méthode de chiffrement passait par l'emploi d'un « carré de Vigenère », tableau où sont reproduits vingt-six alphabets numérotés présentant tous un décalage de César différent – le premier est décalé d'une lettre, le second de deux, le troisième de trois, etc. En haut du tableau, on reporte un alphabet clair qui est l'alphabet de référence.

Carré de Vigenère

	a	b	c	d	e	f	g	h	i	j	k	l	m	n	o	p	q	r	s	t	u	v	w	x	y	z
01	B	C	D	E	F	G	H	I	J	K	L	M	N	O	P	Q	R	S	T	U	V	W	X	Y	Z	A
02	C	D	E	F	G	H	I	J	K	L	M	N	O	P	Q	R	S	T	U	V	W	X	Y	Z	A	B
03	D	E	F	G	H	I	J	K	L	M	N	O	P	Q	R	S	T	U	V	W	X	Y	Z	A	B	C
04	E	F	G	H	I	J	K	L	M	N	O	P	Q	R	S	T	U	V	W	X	Y	Z	A	B	C	D
05	F	G	H	I	J	K	L	M	N	O	P	Q	R	S	T	U	V	W	X	Y	Z	A	B	C	D	E
06	G	H	I	J	K	L	M	N	O	P	Q	R	S	T	U	V	W	X	Y	Z	A	B	C	D	E	F
07	H	I	J	K	L	M	N	O	P	Q	R	S	T	U	V	W	X	Y	Z	A	B	C	D	E	F	G
08	I	J	K	L	M	N	O	P	Q	R	S	T	U	V	W	X	Y	Z	A	B	C	D	E	F	G	H
09	J	K	L	M	N	O	P	Q	R	S	T	U	V	W	X	Y	Z	A	B	C	D	E	F	G	H	I
10	K	L	M	N	O	P	Q	R	S	T	U	V	W	X	Y	Z	A	B	C	D	E	F	G	H	I	J
11	L	M	N	O	P	Q	R	S	T	U	V	W	X	Y	Z	A	B	C	D	E	F	G	H	I	J	K
12	M	N	O	P	Q	R	S	T	U	V	W	X	Y	Z	A	B	C	D	E	F	G	H	I	J	K	L
13	N	O	P	Q	R	S	T	U	V	W	X	Y	Z	A	B	C	D	E	F	G	H	I	J	K	L	M
14	O	P	Q	R	S	T	U	V	W	X	Y	Z	A	B	C	D	E	F	G	H	I	J	K	L	M	N
15	P	Q	R	S	T	U	V	W	X	Y	Z	A	B	C	D	E	F	G	H	I	J	K	L	M	N	O
16	Q	R	S	T	U	V	W	X	Y	Z	A	B	C	D	E	F	G	H	I	J	K	L	M	N	O	P
17	R	S	T	U	V	W	X	Y	Z	A	B	C	D	E	F	G	H	I	J	K	L	M	N	O	P	Q
18	S	T	U	V	W	X	Y	Z	A	B	C	D	E	F	G	H	I	J	K	L	M	N	O	P	Q	R
19	T	U	V	W	X	Y	Z	A	B	C	D	E	F	G	H	I	J	K	L	M	N	O	P	Q	R	S
20	U	V	W	X	Y	Z	A	B	C	D	E	F	G	H	I	J	K	L	M	N	O	P	Q	R	S	T
21	V	W	X	Y	Z	A	B	C	D	E	F	G	H	I	J	K	L	M	N	O	P	Q	R	S	T	U
22	W	X	Y	Z	A	B	C	D	E	F	G	H	I	J	K	L	M	N	O	P	Q	R	S	T	U	V
23	X	Y	Z	A	B	C	D	E	F	G	H	I	J	K	L	M	N	O	P	Q	R	S	T	U	V	W
24	Y	Z	A	B	C	D	E	F	G	H	I	J	K	L	M	N	O	P	Q	R	S	T	U	V	W	X
25	Z	A	B	C	D	E	F	G	H	I	J	K	L	M	N	O	P	Q	R	S	T	U	V	W	X	Y
26	A	B	C	D	E	F	G	H	I	J	K	L	M	N	O	P	Q	R	S	T	U	V	W	X	Y	Z

Selon la méthode proposée par Vigenère, tout ou partie des alphabets du fameux *carré* sont susceptibles d'être exploités. La première lettre du texte clair pourra être chiffrée selon l'alphabet décalé n° 20, la seconde selon l'alphabet n° 11, la troisième selon le n° 03… Dans les faits, le recours à quatre ou cinq alphabets suffit largement. Mais lesquels, et comment ? C'est ce que précise l'indispensable mot-clef.

La première fonction du mot-clef est de désigner les alphabets utilisés par le cryptographe : si le mot-clef est « ciel », cela signifie qu'il ne faut tenir compte que des alphabets décalés débutant par *c*, *i*, *e* et *l* – soit les lignes 2, 8, 4 et 11 sur le *carré de Vigenère*. La seconde fonction du mot-clef est d'indiquer dans quel ordre les alphabets retenus interviennent dans le processus de chiffrement. La démarche est laborieuse mais simple. La première lettre du texte clair est chiffrée selon le premier alphabet retenu, la deuxième lettre selon le second alphabet retenu, la troisième selon le troisième alphabet, et ainsi de suite : si « ciel » est le mot-clef, les quatre premières lettres du message seront donc respectivement chiffrées en croisant l'alphabet de référence avec les lignes 2, 8, 4 puis 11 du *carré de Vigenère*. Le procédé est ensuite répété aussi longtemps que nécessaire, selon le cycle imposé par le mot-clef. Afin d'éviter les erreurs, une solution efficace consiste à écrire en boucle les lettres du mot-clef, puis les numéros des alphabets correspondants, et encore en dessous le texte clair épelé[1]. On sait ainsi

1. En utilisant « ciel » comme mot-clef, voilà comment crypter « Wielstadt » selon le chiffre de Vigenère :

Mot-clef	C	I	E	L	C	I	E	L	C
Lignes	02	08	04	11	02	08	04	11	02
Texte clair	w	i	e	l	s	t	a	d	t
Texte chiffré	Y	Q	I	W	U	B	E	O	V

comment chiffrer chaque lettre, et selon quel alphabet. Le destinataire du message secret, lui, opère à l'inverse.

Diplomate français à la retraite, Blaise de Vigenère publia le résultat de ses travaux dans un « Traité des Chiffres », en 1586. Bien que révolutionnaire, sa méthode de chiffrement ne connut aucun succès dans le petit monde de la cryptographie européenne. Elle résistait certes à l'analyse des fréquences et devait rester inviolée jusqu'au XIXe siècle, mais s'avère d'un usage malaisé qui découragea les diplomates et – plus encore – les militaires, lesquels ne pouvaient se permettre de passer des heures à crypter et décrypter leurs communications sur les champs de bataille. Malgré sa force, le chiffre de Vigenère ne fut donc profitable à personne.

Ou presque…

Familier du chiffre de Vigenère, Kantz posa devant lui la traduction codée du père Luvin et s'attela à la tâche dans le silence de son cabinet privé. Il commença par tracer un *carré de Vigenère*, puis recopia soigneusement le cryptogramme.

« *D q v I i z t r e O l t q g l k m q I k r y h x a x d v o d w k e f u k p a v k r m*

« *S u u d o u n s v u m y h o l q w x e h h y v u y g n f v Y o g v r e V d x d u q j e B l k r d h*

« *B e u o r e b d x M q v y a s h x s H l m i x d t t e G k p g l y l q v Z e z h h r q v*

« *K n d h l u s h y o x l z a u u k D g S k r q S x o b k k t q* »

Le père Luvin n'avait pas hésité à reproduire les sauts à la ligne et les majuscules du texte clair. Dans l'absolu, il s'agissait là d'un manquement grave à la première règle de la cryptographie : tout ce qui peut faciliter la tâche d'un analyste indiscret doit être évité. Mais le jésuite avait sans doute estimé que cela importait peu en l'occurrence, tant le chiffre de Vigenère était sûr.

Il avait raison.

Mieux qu'un autre, Kantz savait qu'il n'avait aucune chance de décrypter ces quelques lignes sans le mot-clef. Cependant, il connaissait bien le père Luvin de Janty, ou du moins l'avait bien connu. Naguère, ils avaient souvent recouru au chiffre de Vigenère dans leur correspondance secrète et employaient toujours le même mot-clef. Celui-ci tenait en quatre lettres qui étaient les initiales de la devise des Jésuites : *Ad majorem Dei gloriam*[1].

A.M.D.G…

Kantz achevait de déchiffrer la traduction du père Janty lorsque l'on toqua timidement. Levant le nez, il réalisa qu'il travaillait presque dans le noir, alla ouvrir, et découvrit Stefan. Tête nue et essoufflé, le regard inquiet, le jeune homme malmenait le bord de son chapeau entre ses doigts. Une Chandelle affolée par l'anxiété lui tourbillonnait autour.

« Qu'y a-t-il, Stefan ?

— Heide a disparu, Monsieur.

— Disparu ? »

Kantz laissa la porte de son cabinet particulier se refermer derrière lui et jeta un coup d'œil par la fenêtre de la chambre : la nuit tombait.

« Heide est allée prier à Notre-Dame-des-Sept-Archanges, dit Stefan. Comme elle tardait à rentrer, et que je noulais[2] vous importuner, je m'y suis rendu à mon tour. Elle n'y était plus ! »

Le chevalier se souvint alors que, durant son entre-

1. Pour la plus grande gloire de Dieu (lat.).
2. Nouloir : ne pas vouloir, se refuser à.

vue avec le Grand Maître Rose-Croix, le carrosse n'avait cessé de tourner dans le quartier de la cathédrale. Craignant de comprendre, il saisit son épée et s'engagea dans l'escalier, son valet sur les talons.

« Allons voir, décida Kantz. Et munis-toi d'un solide bâton… »

Mais à peine arrivaient-ils au rez-de-chaussée que trois coups étaient frappés à la porte d'entrée, au bout du couloir. Trois coups assurés qui martelèrent le silence, figèrent Stefan et achevèrent de convaincre le chevalier qu'il avait vu juste.

« Cache-toi, Chandelle, dit Kantz d'une voix calme. Et toi, Stefan, fais entrer… »

Le jeune homme hésita mais obéit.

Tandis que la fée-demoiselle filait à l'étage, Stefan remonta seul l'étroit couloir enténébré et ouvrit. Affectant une pose nonchalante, Tobias Haug se tenait sur le seuil.

« Je suis attendu, je crois », fit-il.

Stefan reconnut celui qu'il avait espionné la veille. Sans rien laisser paraître, il acquiesça et s'effaça.

Haug entra d'un pas tranquille, assuré, comme en terrain conquis. Après le couloir, il s'engagea en confiance dans la *salle* que deux bougies éclairaient à peine. Il comptait y trouver Kantz et la crut déserte.

« Eh bien ? » lâcha-t-il.

Il n'eut pas le temps de se retourner.

Surgissant de l'ombre, Kantz le poussa violemment en avant et le plaqua contre la table en lui remontant le poignet entre les omoplates. Le souffle coupé par le choc, Haug réagit trop tard. Au premier geste qu'il fit, Kantz lui tordit un peu plus le bras.

« Ne m'oblige pas à te rompre l'épaule, menaça le chevalier.

— C'est bon », grimaça l'homme de main.

Mais Kantz voulait être sûr d'être entendu. Il affermit sa prise d'une secousse.

« J'ai compris ! gémit Haug, le visage congestionné par la souffrance. J'ai compris…

— Où est Heide ?

— Je l'ignore…

— Un pouce plus haut, et tu entendras l'os craquer…

— Non !… Je vous jure que je l'ignore.

— Mais c'est toi qui l'a enlevée, non ? »

La joue collée à la table, les traits crispés, Tobias Haug acquiesça.

« Je l'ai confiée à mon maître…

— Le Masque d'or ?

— Oui.

— Où est-il ?

— Je ne sais pas.

— A ton aise… »

Kantz augmenta d'un rien la torsion. La douleur fulgura dans le bras du spadassin.

« NON ! ARRÊTEZ !… » Haug reprit son souffle. « Je ne sais rien. J'ignore même qui il est sous le masque !… Son nom, son passé, ses projets, j'ignore tout !… Je le sers quand il m'appelle et c'est là tout !… »

Le chevalier le crut à regret. A la réflexion, lui non plus ne placerait pas sa confiance en un homme tel que Tobias Haug. Il était sans doute un assez efficace exécuteur des basses œuvres, mais rien de plus.

« Je ne suis que le messager ! renchérit Haug.

— Et quel est le message ? »

Haug hésita.

« Des scrupules ? ironisa Kantz. Parle, sinon…

— Heide mourra si la baronne meurt, dit l'autre d'un trait.

— Et si je te tue ? Maintenant ?

— Cela ne sauvera pas votre domestique, bien le rebours... Remettez-moi le manuscrit du frère Thibault et elle sera libérée dans l'heure... »

Kantz prit une grande inspiration pour contenir sa colère. Comme il l'avait déjà deviné, les Rose-Croix étaient prêts à tout pour libérer madame de Ludehn. Même à céder à Osiander. Même à menacer la vie d'une innocente...

Avec un grognement de dépit, Kantz relâcha Haug et recula d'un pas. Soulagé, l'homme de main attendit que la douleur s'estompe avant de se retourner.

« Alors ? » fit-il en se massant le bras.

Le chevalier le dévisagea un long moment, puis dit :

« Alors c'est entendu. »

Haug avait retrouvé toute sa morgue insolente. Il triompha, un sourire moqueur aux lèvres :

« On dirait que vos beaux principes sur le sacrifice ne valent que pour les autres... »

Le regard de Kantz étincela. D'un coup de poing furieux, il fit jaillir le sang à la bouche de Haug et l'assomma pour le compte.

« Monsieur ! » s'exclama Stefan depuis le couloir.

Immobile, Kantz resta d'abord silencieux à regarder le spadassin inconscient. Puis, tandis que Stefan approchait timidement dans son dos, il dit :

« Apporte-moi de quoi écrire.

— Mais Monsieur !... Et Heide ?...

— Figure-toi que je ne pense qu'à elle. Obéis ! »

Stefan s'empressa et, quand il revint, son maître était assis à la grande table. Haug était toujours étendu là où il était tombé.

« Voilà, Monsieur. »

Kantz prit la plume, l'encre et le papier. Quand il eut rédigé une courte lettre, il réclama de la cire pour la cacheter et renvoya son valet. Enfin, il renversa un broc d'eau sur Haug et l'aida sans ménagement à se relever.

« Je n'ai plus le manuscrit de frère Thibault, mentit Kantz. Je l'ai remis ce matin aux Templiers et rien ne pourra les convaincre de me le rendre. »

Chancelant et trempé, Haug lui adressa une œillade incertaine.

« Mais je sais où est caché le manuscrit d'Occident. Dès que je l'aurai découvert, j'accepterai de le remettre à ton maître. Cette lettre dit où et quand nous pourrons nous retrouver. Elle fixe également tous les détails de la libération de ma gouvernante… Je n'ai qu'une exigence, mais elle n'est pas à négocier.

— Laquelle ? demanda Haug en essuyant sa lèvre sanguinolente.

— Ton maître viendra seul au rendez-vous. Lui, et nul autre que lui.

— Il refusera.

— J'en doute. Contente-toi de porter cette lettre. »

35

Le lendemain, Kantz sortit tôt. Dès les premiers pas qu'il fit dans la rue, il sentit qu'il était observé, peut-être suivi, mais ne laissa rien paraître. Il se rendit directement à la commanderie et demanda à rencontrer le frère Berthold. Il fut aussitôt reçu.

« Je suis venu solliciter de vous une faveur », annonça Kantz après les salutations d'usage.

Ils étaient dans le cabinet de travail du commandeur. Il y régnait une demie pénombre et une fraîcheur agréable, une odeur de pierre humide qui tarderait à s'estomper malgré les beaux jours revenus. Par la fenêtre en ogive, on voyait une cour où des templiers, le mousquet sur l'épaule, manœuvraient en rangs serrés ; un officier lançait des ordres secs.

Le frère Berthold s'était levé pour accueillir le chevalier. Il revint s'asseoir derrière sa table croulant sous la paperasse, désigna un siège à son invité et dit :

« Je vous écoute.

— Cette nuit, expliqua Kantz en s'asseyant, à minuit, l'on frappera à l'huis de votre commanderie.

— Vous ?

— Non. Un homme sans doute, peut-être plusieurs,

que je ne connais pas. Heide, ma gouvernante, vous sera alors confiée. J'en appelle à votre générosité pour que vous vous assuriez de sa bonne santé et de sa sûreté, jusqu'à mon retour.

— Les jours de votre domestique sont-ils en danger ?

— Pour l'heure, je ne le crois pas. » Kantz épousseta le bord de son chapeau, qu'il avait à la main. « Heide est retenue prisonnière. Je m'emploie en ce moment à la faire libérer. Si je n'échoue pas, et si l'on ne me trompe pas, elle vous sera confiée cette nuit, à minuit, comme j'ai dit. »

Les coudes sur les bras de son fauteuil, les doigts réunis en clocher devant la bouche, le frère commandeur fixa le chevalier du regard.

« Qui retient Heide ?

— Je ne puis le dire.

— Osiander ?

— Non.

— Où serez-vous, ce soir, à minuit ?

— Je l'ignore encore.

— A Wielstadt ? »

Impassible, Kantz hocha sèchement la tête.

« Si vous n'êtes pas en notre commanderie, comment saurez-vous que Heide nous est confiée ?

— Si elle est bien vive et sauve, il faudra m'en avertir.

— De quelle manière ?

— Deux coups de cloche. L'un grave, l'autre clair. Je comprendrai. »

Songeur, le templier acquiesça pour lui-même. Puis il se leva, marcha jusqu'à la fenêtre et regarda un moment le détachement à l'exercice.

« Je sais l'homme que vous êtes, chevalier. Je sais vos vertus, votre courage, les pieux combats que vous menez… Si l'on retient votre gouvernante prisonnière, si l'on menace sans doute sa vie, c'est pour vous contraindre à faire ce que vous ne feriez sinon. Quoi ? Je l'ignore et n'ose le deviner. Mais j'ai toutes les raisons de nourrir la plus vive inquiétude…

— Si je succède, le Temple n'aura pas à regretter de m'avoir prêté son concours. »

Le frère Berthold se détourna de la fenêtre et dévisagea Kantz. L'air à la fois sévère et soucieux, il lâcha :

« Et si vous échouez ?

— Je n'échouerai pas.

— En avez-vous l'assurance ?

— Non. »

Depuis un coin de rue, un homme observait discrètement l'entrée principale de la commanderie. Il fut bientôt rejoint par Reinecker qui lui demanda :

« Alors ?

— Le chevalier y est toujours », répondit l'autre en désignant, du menton, le portail au-dessus duquel flottait le grand étendard blanc à croix écarlate.

Reinecker réfléchit et supposa que Kantz tentait en ce moment de récupérer le manuscrit du frère Thibault. D'après Haug, le chevalier l'avait confié au Temple avant que Heide ne soit enlevée. Il avait prétendu que le précieux document ne lui était plus nécessaire pour retrouver la prophétie, mais il pouvait avoir menti afin de gagner du temps. Comme d'habitude, Haug n'avait pas cherché plus loin…

Songeur, Reinecker secoua la tête avec dépit.

Tobias Haug renseignait la Sainte-Vehme depuis qu'elle couvrait ses dettes. Même si sa complicité avait permis le rapt de la baronne, Reinecker ne lui vouait aucune estime. En définitive, Haug s'avérait être un piètre allié. Il ne savait rien des secrets de la Rose-Croix et ignorait l'identité du Masque d'or, qu'il trahissait ainsi qu'il l'avait toujours servi : sans scrupules ni zèle. Aujourd'hui pourtant, Haug avait pris les devants. Une heure avant l'aube, il était venu trouver Reinecker pour tout lui révéler du chantage auquel la Rose-Croix soumettait Kantz. Cette initiative intrigua Reinecker qui flaira d'abord un piège, puis devina que Tobias Haug était motivé par la rancune et la lâcheté : il espérait se venger en jetant le chevalier dans les griffes de la Vehme.

« Sais-tu pourquoi nous espionnons Kantz ? demanda le guetteur.

— Ordre d'Osiander. »

La formule avait l'avantage de ne pas appeler la réplique.

De fait, Osiander avait vite compris quel parti tirer de la rencontre annoncée entre Kantz et le Grand Maître de la Rose-Croix. L'occasion était trop belle. Malheureusement, Haug ne connaissait pas la date ni le lieu du rendez-vous, dont le chevalier avait pris soin de fixer les détails par lettre cachetée. Il fallait donc suivre Kantz aussi longtemps que nécessaire, et mettre la main sur le Masque d'or dès qu'il paraîtrait.

« Depuis quand le chevalier est-il dans la commanderie ? » s'enquit Reinecker.

L'homme poussa un soupir qui dénonçait son ennui.

« Une heure, à tout le moins… » déclara-t-il.

Une heure ? C'était bien long.

« Où sont les autres ? s'inquiéta Reinecker en grattant sous son masque de cuir.

— Trispen surveille la porte de la rue des Cygnes. Umrik, celle de la rue des Romains. Vlad va et vient entre nous. Tiens, le voilà qui approche. Le vois-tu ? »

Ils étaient rue du Temple.

Ceinte d'un haut mur, la commanderie occupait l'espace jadis dévolu à un vaste pâté de maisons dans le quartier des Manteaux-Blancs. Il s'agissait d'une ancienne abbaye que le Temple avait acquise et agrandie au fil des ans.

« Et la poterne de la rue de la Faux ? lâcha Reinecker d'une voix tremblante de colère contenue.

— La poterne de… ?

— Incapables… »

Sorti par la poterne de la rue de la Faux, Kantz se rendit à la « Cigogne Noire » afin d'y rencontrer Zacharios. Puis, sur le chemin du retour, il fit un crochet par le cimetière des Anges-Aveugles. Il y resta moins d'une heure, le temps d'un discret repérage, et rentra chez lui. Il ne sortit plus de l'après-midi. A l'approche du crépuscule, il fit d'ultimes recommandations à Stefan et s'en fut, une lanterne sourde à la main. Il avait en tête la traduction du père Luvin, telle qu'il l'avait décryptée la veille au soir avec succès.

« *Des Cinq le cinquième fermera la porte et reposera*
« *Pour long sommeil et rêves vivants sous le Jardin de Pierre*
« *Veillé par Messagers vigilants depuis les Ténèbres*
« *En refuge solitaire du Père Prophète.* »

A qui connaissait Wielstadt, l'histoire des Gardiens du Ponant et un peu de grec, ces quatre lignes étaient limpides.

36

Le cimetière des Anges-Aveugles devait son nom aux statues qui encadraient son entrée principale : deux anges aux yeux bandés dont l'un souriait et l'autre semblait triste. Il était le plus vaste et, pour partie, le plus ancien de Wielstadt. Jadis limitrophe, il avait été plusieurs fois agrandi avant que la cité ne l'absorbe enfin. Il étalait quelques parcelles en terrasse à flanc de colline, et s'élargissait alentour derrière une haute enceinte de pierre et brique rouge. Ses portes étaient closes du coucher au lever du soleil afin de décourager les rôdeurs, les pillards et autres sorciers en quête de reliques morbides.

Kantz se laissa glisser en bas du mur et, immobile, tous les sens aux aguets, attendit quelques instants. Dans le crépuscule silencieux, les pierres tombales, les monuments funéraires et les arbres de l'allée centrale étalaient des ombres lasses. Rien ne bougeait hormis les ramures que frôlait un vent timide. La nuit s'annonçait claire et paisible. Pour l'heure, la lanterne sourde du chevalier ne lui était d'aucune utilité. Elle brûlait déjà mais son clapet était baissé.

Quand il fut certain que son arrivée n'avait pas été remarquée, Kantz progressa à grandes foulées souples et gagna une portion reculée du cimetière. L'on ne venait plus guère, ici. La nature triomphait, verdoyante et vivace parmi les croix de guingois, les stèles abattues, les dalles érodées, fendues, dévorées de mousse et de lichen. Des ronces et des arbustes poussaient partout sous le couvert de cyprès centenaires dont les racines soulevaient la terre.

Kantz s'arrêta devant un petit édifice qu'il regarda. Au-dessus de la porte entrouverte, une niche abritait la statuette d'un saint qui, à ses pieds, avait un bouclier frappé d'une croix. *Saint Bernard de Clairvaux*, songea le chevalier en écartant un rideau de lierre pour pousser le battant.

Les gonds rouillés grincèrent.

Il entra.

Une odeur d'excréments animaux et de vieille pierre lui vint aux narines tandis qu'il promenait le faisceau lumineux de sa lanterne autour de lui. Il n'éclaira d'abord que des murs nus dans l'espace confiné, un plafond bas, un sol dallé où des flaques croupissaient. Au fond, faisant face à la porte, se dressait la statue d'un templier médiéval en armure. Kantz s'en approcha et déganta sa main gauche qui le démangeait. Le templier était représenté avec un pendentif circulaire et vierge autour du cou. Guidé par l'intuition, Kantz y apposa sa paume tatouée. Une douce chaleur lui envahit le bras et l'épaule. Une lueur rouge irradia d'entre la main et la pierre, un raclement caverneux résonna et, lentement, une large dalle s'enfonça de quelques centimètres dans le sol et s'escamota en crissant.

Quand le silence fut revenu, le chevalier retira sa main. Le pentacle sacré était désormais gravé sur le médaillon de la statue. Kantz enfila son gant en considérant l'escalier abrupt et ténébreux que la dalle venait de révéler, puis il s'engagea dans le passage souterrain à la lumière de sa lanterne. Il compta une vingtaine de marches avant d'arriver.

C'était une crypte étroite et peu profonde, au plafond voûté. De part et d'autre, des cavités murales superposées accueillaient des tombeaux – deux à droite, deux à gauche. Un cinquième, plus imposant, occupait presque tout l'espace au milieu. Il était orné d'un gisant représentant encore un templier en armes, mais dont les traits rappelaient ceux du fantôme du frère Thibault. Entre les mains sculptées reposait un coffret en métal, verre et bois précieux à l'intérieur duquel on pouvait voir un parchemin enroulé, tenu par un ruban cacheté. Le sceau imprimé dans la cire était celui du Temple.

Kantz avança vers le gisant, posa sa lanterne et se pencha sur le tombeau. Bras tendus, il délogeait le reliquaire avec précaution lorsque son pentacle l'avertit d'une présence maléfique. Kantz devina le masque de bronze qui, derrière lui, naissait de l'obscurité. Il retint son souffle, laissa le coffret en place, se redressa doucement. Et fit volte-face en tirant l'épée.

Trop tard. Trop lent.

La lame à demi sortie du fourreau, il se figea. Le *spectre assassin* achevait à peine d'apparaître mais il pointait déjà l'estoc de sa rapière sous le menton du chevalier. Immobile, la tête rejetée en arrière, Kantz attendit de longues secondes un coup de grâce qui ne vint pas.

« Si tu dois me tuer, articula-t-il, fais-le meshui…

— Non, répondit l'autre de sa voix rauque et traînante… Pas encore…

— Pourquoi ?

— Plus… tard… »

La lanterne éclairait par en dessous le masque riveté

et la bouche cadavérique. Kantz pouvait surprendre son reflet déformé dans le cuivre rutilant.

« Alors ? demanda-t-il. Que faisons-nous ?

— Prends le… coffret… Pas… de geste brusque… »

Le chevalier obéit et dut pour ce faire tourner le dos au spectre.

« Voilà, dit-il.

— Va par… les degrés… Je te suis…

— Nous sortons ?

— Oui…

— On nous attend ?

— Tu le sauras… bien assez… tôt. »

Kantz précéda le spectre qui lui piquait les reins de son épée. Il gravit les marches sans hâte, conscient qu'il serait transpercé à la première tentative de rébellion ou au moindre faux pas, même involontaire. Il sentait que le spectre n'attendait qu'une occasion, un prétexte pour l'exécuter.

En haut, dans le petit édifice funéraire, le chevalier attendit d'être rejoint avant de continuer. Puis il sortit. Dès qu'il mit le pied dehors, il perçut le bruit d'une étoffe brassant l'air et comprit que le *spectre assassin* venait de disparaître. Il n'était pas seul pour autant. Les armes à la main, Reinecker et quatre spadassins le toisaient à la lueur des étoiles et d'une lune bien ronde. Osiander se tenait en retrait de ses hommes, debout sur une tombe comme sur une estrade.

« Ne t'avais-je pas dit que nous nous retrouverions ? fit-il.

— Tu l'as dit, confirma Kantz. Avant de fuir… »

Le démon sourit en secouant la tête.

« Tu ne manques décidément pas de courage… C'est la prophétie que tu tiens là ? »

Kantz baissa les yeux sur le reliquaire et son parchemin, mais ne répondit pas. Osiander fit signe à Reinecker qui avança, prit le coffret des mains du chevalier, et revint à sa place.

« Me diras-tu comment tu as su ? » demanda Osiander.

Kantz le dévisagea et récita de mémoire :

« *Des Cinq le cinquième fermera la porte et reposera*

« *Pour long sommeil et rêves vivants sous le Jardin de Pierre*

« *Veillé par Messagers vigilants depuis les Ténèbres*

« *En refuge solitaire du Père Prophète.* »

Osiander se tint un coude et, de l'index, tapota rêveusement sa bouche plissée.

« Voyons si ma cervelle vaut la tienne, dit-il… Les *cinq* sont les derniers Gardiens du Ponant. Le *cinquième* est le frère Thibault dont le fantôme devait veiller après la mort sur le précieux parchemin : de là le *long sommeil* et les *rêves vivants* qui lui sont promis… Tous reposent en un *refuge solitaire* – c'est le tombeau dont tu sors – dans un *jardin de pierre*, c'est-à-dire un cimetière, où fleurissent les stèles… Mais d'où savais-tu qu'il était question de ce cimetière, et de nul autre ?

— Les *messagers vigilants depuis les ténèbres*, expliqua Kantz. Les anges aveugles qui gardent ce lieu. Ange vient du grec *angelos*, qui signifie messager. »

Osiander acquiesça, admiratif.

« Cependant… » Il désigna la statuette dans la niche, au-dessus de la tête du chevalier. « C'est bien saint Bernard qui est représenté là, non ? Le *père prophète* ne devrait-il pas plutôt être saint Malachie, l'auteur de la prophétie ? »

Kantz haussa les épaules.

« Je ne sais. Je devine que la prophétie fut en réalité révélée à saint Bernard de Clairvaux. J'ignore pourquoi il l'attribua à son ami Malachie.

— Bah ! lâcha le démon avec un geste insouciant.

Cela importe peu puisque tu as réussi malgré ce petit écueil. »

Il saisit le reliquaire et le leva pour observer le parchemin à l'intérieur.

« A toi de satisfaire ma curiosité... » fit Kantz.

Osiander marqua un temps.

« Pose ta question.

— Qui t'apprit que j'étais en mesure de retrouver le manuscrit d'Occident ? »

Osiander réfléchit. Il ne voulait pas dire que Tobias Haug trahissait à son profit. C'était une carte qu'il comptait jouer à point nommé.

« Les Rose-Croix, mentit-il. Ils sont si concernés par la santé de la baronne, qu'ils s'empressèrent de m'annoncer que tu avais promis la prophétie pour bientôt. Dès lors, je n'avais plus qu'à te faire épier, puisque tu n'es pas homme à promettre sans tenir...

— Vit-elle ?

— Qui donc ?

— Madame de Ludehn. Est-elle en vie ?

— Ma foi, oui. Elle est bien vive. »

Une chouette ulula dans le grand silence nocturne. Les spadassins, qui ne comprenaient pas de quoi il retournait au juste entre Kantz et Osiander, commençaient à s'impatienter.

« Les gardiens du cimetière peuvent nous surprendre, dit Reinecker. Et appeler le guet. Il faut en finir.

— En finir ? » ironisa le chevalier.

Reinecker lui adressa un regard noir.

« Oui : en finir. Nous avons la prophétie et tu es à notre merci. Que crois-tu qu'il va arriver ?

— Je doute de mourir céans et meshui, si telle est ton idée... »

Enervé, l'homme de main se campa devant Kantz.

« Et d'où te vient cette certitude ?

— Ne me dis pas que tu n'as pas encore compris... »

Reinecker plissa le front, jeta un coup d'œil incertain par-dessus son épaule, vers Osiander, et fixa de nouveau le chevalier.

« Compris quoi ?

— Compris que ton maître se moque du parchemin. Compris que pour lui, le parchemin n'était qu'un prétexte à faire la guerre à la Rose-Croix et débusquer son Grand Maître... Le manuscrit d'Occident n'a aucune valeur aux yeux d'Osiander. La prophétie est déjà connue de l'Eglise depuis que le Temple s'est dépossédé à son profit du manuscrit d'Orient. Et si cela ne suffisait pas, le père Luvin...

— Qui ?

— Peu importe : ton maître sait de qui je parle... Or donc le père Luvin a fort bien pu en faire une copie qui, sans doute, a déjà rejoint les caves de la bibliothèque vaticane... C'est un mauvais secret, que cette prophétie de Malachie. Elle n'a de prix que pour la Rose-Croix, qui en ignore tout et en espère beaucoup...

— Est-ce vrai ? » demanda Reinecker au démon.

Celui-ci, amusé, ne répondit pas.

« Si je vis encore, poursuivit Kantz, c'est parce que j'ai un rendez-vous avec le Masque d'or, et qu'Osiander veut que je vous y conduise. Je vous ai déjà faussé compagnie ce matin. Il ne veut prendre le risque que cela se reproduise... Et quant à moi, ajouta-t-il en trouvant le regard incrédule de Reinecker, crois-tu que je resterais aussi coi et tranquille si je croyais mes jours menacés ? Qu'aurais-je à perdre à faire grande noise et défendre chèrement ma vie ?... Crois m'en, Reinecker, tu fus la véritable dupe de cette histoire et manquas plusieurs fois de mourir en vain. Jamais le manuscrit d'Occident ne fut ce que voulait ton maître. »

Reinecker hésitait, ne savait plus que croire.

« Chevalier, dit Osiander en posant le reliquaire, tu ne te trompes que sur un point… Car je n'ai pas besoin de toi pour connaître le lieu du rendez-vous : c'est un aveu que je peux t'arracher. Tu sais comme moi qu'un être soumis à la question finit toujours par tout dire… »

Un méchant sourire allongea les lèvres purpurines de Reinecker.

Kantz ne cilla pas.

« Tu peux me torturer, et nul doute que je finirai par parler. Mais il est déjà fort tard et je dois retrouver le Masque à minuit. Il n'attendra pas. Quels que soient les tourments que tu me destines, crois-tu pouvoir venir à bout de ma volonté avant minuit ? »

Osiander se tut, pensif.

« Tu n'as d'autre choix que de me laisser aller au rendez-vous, renchérit Kantz. Et, pour te saisir de lui, espérer que le Masque d'or ne me fera pas faux bond. »

Osiander songeait encore.

« Il peut nous tromper ! intervint Reinecker. Il peut nous conduire n'importe où et permettre au Masque d'or de fuir !…

— Non, lâcha enfin le démon. Il doit se montrer au rendez-vous… Sinon, sa domestique mourra… Tu sais cela, n'est-ce pas, chevalier ?

— Oui, je sais cela.

— En somme, tu échanges la vie du Masque d'or contre celle de ta gouvernante. Et la tienne ? Y songes-tu ?

— Je fais ce que je dois… » lâcha Kantz, impassible. « Et ce sont deux vies que je t'échange contre celle du Rose-Croix…

— Deux ? s'étonna le démon.

— Je veux que tu libères la baronne. Dès qu'elle sera libre et sauve, je te dirais le lieu du rendez-vous. Si tu ne tardes pas, tu auras encore tout le loisir d'y installer une souricière. Songe vite et bien, démon. Le temps presse. »

Reinecker s'emporta.

« Crois-tu être d'exiger quoi que ce soit ? Hein ? »

Kantz baissa sur lui un regard calme.

« Je crois être un pion que ton maître ne peut se permettre de sacrifier s'il veut emporter la partie. Rien qu'en cela, je préfère mes bottes aux tiennes. »

Dans un élan rageur, Reinecker le gifla brutalement du dos de la main. Le chevalier essuya le coup sans broncher. Prêt à bondir, les reîtres se crispèrent.

« Il suffit ! ordonna Osiander… Le chevalier a raison. Il est le cavalier noir avec lequel je mettrai le roi blanc en échec. » Il avança vers Kantz. « Mais je m'étonne de te voir jouer cette partie à mes côtés…

— Je ne joue que pour moi, et pour Heide. Dès qu'elle sera libre, je m'emploierai à te détruire. »

Une lueur pourpre fulgura dans les yeux du chevalier. Le démon fut seul à la voir et perdit brièvement contenance.

« Il n'a pas besoin d'être armé, décréta soudain Reinecker en tendant la main vers la rapière de Kantz.

— N'y touche pas, malheureux ! » s'exclama Osiander tandis que le chevalier ne bougeait pas.

Interdit, Reinecker suspendit son geste.

« Pourquoi ?

— Cette épée a d'exceptionnelles propriétés, expliqua Osiander. Tu serais mort si tu l'avais délogée de son fourreau… »

Il poussa son homme de main sur le côté et, sans toucher à la rapière, détacha le fourreau du baudrier de Kantz.

« Le Masque d'or s'étonnera de me voir arriver sans arme, affirma le chevalier.

— C'est juste », reconnut Osiander.

Il jeta la rapière au fourreau dans le monument funéraire. On l'entendit qui dégringolait l'escalier de la crypte.

« Ton épée », lança Osiander en tendant la main à l'un des spadassins.

Sans comprendre, l'homme lui remit son épée. Le démon brisa la lame sur son genou, à quelques centimètres de la garde.

« Ton fourreau, donne-le-moi. »

Le spadassin obéit encore et vit Osiander glisser le tronçon d'épée dans le fourreau puis tendre le tout au chevalier.

« Te voilà équipé », dit-il avec un air malin.

Impassible, Kantz fixa le fourreau à son baudrier. Reinecker, alors, approcha en grattant sa mâchoire râpeuse le long du masque de cuir.

« C'est vrai ? » demanda-t-il.

Le chevalier l'ignora.

« Si j'avais tiré ton épée, insista Reinecker, je serais mort. Vrai ? »

Kantz le considéra d'un œil impassible.

« Vrai », dit-il.

Reinecker frappa du poing à l'estomac. Plié en deux, le souffle coupé, Kantz tomba à genoux. Il reçut aussitôt un premier coup de botte dans les côtes, puis un second au visage qui lui ensanglanta la bouche et le fit tomber à la renverse, inconscient.

Reinecker cracha sur le chevalier avant de faire face à son maître.

« Pourquoi cela ? fit Osiander d'un ton badin.

— Il m'en est venu le caprice.

— C'est la meilleure des raisons… »

Osiander se détourna et, les mains sur les hanches, observa le cimetière.

« Emmenez le chevalier dans le carrosse », ordonna-t-il.

Les reîtres s'empressèrent d'obtempérer et s'éloignèrent bientôt en portant Kantz toujours inanimé. Reinecker, lui, resta et s'enquit :

« Et maintenant ? Que faisons-nous ?

— Commençons par céder aux exigences du chevalier et allons chercher la baronne. Nous la libérerons sous ses yeux. Il nous dira le lieu du rendez-vous et nous l'y conduirons avant de préparer le guet-apens.

— Pourquoi ne pas tuer Kantz dès que nous saurons où doit se dérouler la rencontre ?

— Parce que le Masque d'or ne se montrera pas si le chevalier ne paraît pas.

— Alors nous le laissons vivre ?

— Non. » Osiander poussa un soupir. « Kantz n'est pas assez bête pour croire qu'il mène la danse. Il a fait bonne figure devant nous, mais il sait que je ne permettrai pas qu'il survive à cette nuit… Il se défie, et peut-être même a-t-il le projet de nous jouer un mauvais tour… Cependant, il en sait moins qu'il ne le croit. En particulier, il ignore que Tobias Haug est des nôtres…

— Haug ?

— Oui. Tu vas aller le trouver sans languir et lui dire ce que j'attends de lui. Je gage que le Masque d'or n'ira pas au rendez-vous sans son précieux spadassin. C'est de Haug que viendra le coup fatal. Un coup que le chevalier ne verra pas venir.

— Je veux tuer Kantz ! s'insurgea Reinecker.

— Non. Tu veux ce que je veux, ou tu meurs. »

Kantz revint à lui à la faveur d'un brusque cahot et découvrit qu'il était dans un carrosse allant bon train, escorté par une dizaine de cavaliers. Assis sur la même banquette que lui, Reinecker le surveillait, un pistolet armé à la main. En face, Osiander le toisait d'un air satisfait. A côté du démon se tenait madame de Ludehn, pâle mais digne, éprouvée, décoiffée, belle encore dans la robe froissée qu'elle portait le soir de son enlèvement. Elle dévisageait haineusement le chevalier. Sans doute savait-elle ce qui se préparait.

Kantz évita de croiser son regard et nul ne parla jusqu'à ce que le carrosse s'arrête devant les Trois-Tours. On fit alors descendre la baronne. Dès qu'il se fut assuré que des sentinelles l'avaient aperçue et marchaient vers elle, Kantz acquiesça à l'intention d'Osiander qui donna l'ordre de repartir.

« Où allons-nous ? demanda le démon.

— Les jardins de l'Hôtel de Ville, répondit le chevalier.

— Il n'est pas onze heures, indiqua Reinecker sans cesser de tenir Kantz en joue.

— Alors nous avons tout le temps de nous préparer », conclut Osiander.

A mesure que l'on approchait de minuit, une étrange anxiété le gagnait.

37

Il y avait à Wielstadt, dans le parc de l'Hôtel de Ville, un grand labyrinthe végétal. Hautes et épaisses, ses haies formaient un dédale géométrique où l'on pouvait s'amuser à se perdre, et flâner à loisir, mais non s'égarer réellement. Il était parsemé de fontaines, de statues, de bancs, de kiosques et de refuges discrets que les promeneurs s'amusaient à découvrir ou redécouvrir au détour d'un chemin. Son tracé était tel que, malgré les méandres, ses quatre allées principales débouchaient au centre sur un rond-point de gravier cernant un parterre floral et un chêne immense qui passait pour être aussi vieux que la cité.

C'était là que Kantz attendait le Grand Maître de la Rose-Croix. Immobile, il se tenait droit, bien en vue dans le silence et la clarté grisâtre d'une nuit étoilée. Minuit sonnerait bientôt.

En dépit des apparences, le chevalier n'était pas libre de ses mouvements. Il se savait épié, menacé de mort au moindre geste équivoque. Du coin de l'œil, il avait surpris un reflet suspect à l'une des fenêtres de l'Hôtel de Ville dont la masse sombre, au-delà de quelques terrasses en escalier, dominait le parc. Reinecker et ses hommes se cachaient non loin, à l'intérieur du labyrinthe peut-être, alentour sans doute. Enfin, il fallait compter avec le dernier *spectre assassin* – celui-ci pouvait être partout et nulle part dans les ténèbres environnantes…

Une épée brisée au fourreau, le reliquaire à ses pieds, Kantz patientait donc docilement. S'il ne commettait pas d'impair, rien ne se produirait avant l'arrivée du Masque d'or et Heide serait sauvée. Après, tout était possible. Quels ordres avait donnés Osiander ? Le chevalier ne savait rien du dispositif imaginé par le démon. Il n'était certain que d'une chose : Osiander prévoyait de le faire tuer cette nuit. Mais quand, comment…

… et par qui ?

Les candidats au meurtre étaient nombreux. Le spectre qui ne rêvait que de vengeance. Reinecker et ses spadassins à l'affût. Voire un bon tireur à distance : isolé sous le clair de lune, Kantz faisait une cible de choix…

Le chevalier se raidit en entendant un carrosse approcher.

Dc longues minutes s'écoulèrent, puis deux hommes enroulés dans de grands manteaux noirs apparurent. Méfiants, ils s'arrêtèrent dès qu'ils foulèrent le gravier du rond-point, afin d'observer Kantz et le décor. L'un était le Grand Maître de la Fraternité rosicrucienne. L'autre était Tobias Haug.

« Il était convenu que vous viendriez seul, lança Kantz.

— C'était contraire à la prudence », répondit le Masque d'or.

Le chevalicr reconnut sa voix et sa silhouette : c'était bien l'homme à qui il avait parlé la veille dans le carrosse.

« Vous défiez-vous de moi ?

— Je me défie de toutes et tous. Mais ne vous

inquiétez pas de Haug. Il n'est là que pour garantir ma sûreté.

— Il est donc le seul dont vous ne vous défiez pas… »

Minuit sonna au carillon municipal. Tandis que le dernier des douze coups achevait de vibrer, le Masque d'or dit :

« A cet instant, votre gouvernante frappe à l'huis de la commanderie, ainsi que vous le désiriez. Avez-vous le parchemin ? »

Kantz ramassa le reliquaire et l'exhiba. Une quinzaine de mètres le séparait des deux autres.

« Je l'ai. Mais je vais attendre un peu avant que de vous le remettre.

— Attendre quoi ?

— Je veux avoir l'assurance que Heide est libre et sauve.

— Nous l'avons bien traitée. Nous ne sommes pas des barbares. »

Le chevalier préféra faire l'économie d'un commentaire cynique et insultant.

« Alors ? fit Haug.

— Nous attendons encore. Avance seulement d'un pas, et je pars. »

Il tournait le dos à un couloir de haies. Il pouvait disparaître aux regards d'un bond.

Les trois hommes se toisèrent, tendus, impatients, inquiets. Enfin, deux tintements de cloche résonnèrent depuis le lointain. L'un grave, l'autre clair. C'était le signal dont Kantz avait convenu avec les templiers.

Il soupira, rassuré.

« C'est bon, dit-il. Le manuscrit d'Occident est à vous.

— En nous le donnant, se justifia le Rose-Croix, vous sauvez la vie d'une femme.

— Libre à vous de le croire. Vous regretterez bientôt vos intrigues. »

Le Masque d'or fit mine de n'avoir pas entendu.

« Haug et vous allez marcher l'un vers l'autre. Quand vous vous rencontrerez, vous déposerez le coffret au sol et reculerez, chevalier. Est-ce entendu ?

— Soit. »

Un souffle d'air caressa le parc et fit bruire les ramures. Le chevalier ouvrit l'œil, tendit l'oreille, mais rien ne vint.

Alors il avança d'un pas lent tandis que Haug approchait. Sur le qui-vive, il guettait à droite, à gauche, se demandait quand et comment Osiander et ses séides allaient intervenir. Il se sentait surveillé, devinait des regards hostiles posés sur lui. Le silence alentour avait une qualité anormale. Le gravier énervait les sens en crissant sous la semelle.

Kantz et Haug se rejoignirent à couvert du grand chêne et, face à face, se dévisagèrent.

« Il n'est plus temps de renoncer, chevalier » dit le Masque d'or.

Impassible, le chevalier se baissa, mit un genou à terre, posa le reliquaire. C'est le moment que Haug choisit pour agir. Ecartant un pan de sa cape, il brandit un pistolet, visa au visage et fit feu. Mais Kantz le prit du vitesse. De la main gauche, il lui avait déjà saisi le poignet pour l'écarter : la balle ricocha contre le tronc du chêne. Dans le même geste, il tira son tronçon d'épée et le planta dans l'abdomen du traître. Frappé de stupeur, Haug hoqueta. Le chevalier se releva en achevant de lui déchirer le ventre jusqu'au plexus. Le duelliste chancela et recula, les poings réunis sur la garde ensanglantée et ses entrailles palpitantes qui débordaient. Avant qu'il ne tombe à la renverse, Kantz attrapa la rapière qu'il avait au côté et la dégaina.

« FUYEZ ! hurla-t-il au Masque d'or incrédule. LA SAINTE-VEHME EST LÀ ! »

Le Rose-Croix hésita puis s'engouffra dans l'allée par laquelle il était venu. Des trois autres surgissaient autant de spadassins.

Derrière l'une des fenêtres de l'Hôtel de Ville, quelqu'un sourit.

Rapière au poing, Kantz ramassa en hâte le pistolet de Haug. Les trois spadassins, armés d'épées et de dagues, approchaient en arc de cercle. Ils avaient de l'assurance et de l'expérience, conservaient entre eux un espace suffisant pour manœuvrer à leur aise, mais pas assez large pour permettre à Kantz de profiter d'une brèche. A pas prudents, le chevalier voulut prendre du champ et mettre le chêne entre ses adversaires et lui. Un reître s'écarta alors du groupe et menaça de le prendre à revers. Kantz renonça et recula jusqu'à s'adosser à une haie.

Il se mit en garde, le pistolet dans la main gauche, tenu par le canon.

Et attendit...

Le Masque d'or courait dans les allées du labyrinthe. La panique l'empêchait de réfléchir et il devait se concentrer pour retrouver son chemin. Des questions le taraudaient, tonitruaient sous son crâne. Il ne comprenait pas pourquoi Tobias Haug avait tenté d'abattre le chevalier. Il ne s'expliquait pas la présence des tueurs de la Sainte-Vehme. Il avait été trahi, mais par qui ? Haug ? Le chevalier ?

Ou les deux ?

Au détour d'un couloir de verdure, sa cape se prit dans une branche et se déchira. Il l'abandonna sans ralentir.

« Il arrive, dit Osiander. Soyez prêts.

— Haug a échoué.

— Je sais, Reinecker. Je sais. Cela importe peu. Le chevalier ne survivra pas à cette nuit. »

Kantz para une attaque avec son pistolet, une seconde avec sa rapière, et repoussa un spadassin d'une bourrade de l'épaule. Il contre-attaqua, transperça une poitrine, acheva le blessé d'un coup de crosse à la tempe. Ce faisant, il découvrit son flanc et reçut une blessure qui lui brûla les côtes. La douleur lui fit lâcher le pistolet.

Grimaçant, il battit en retraite. Il lui fallait reprendre son souffle.

Le Masque d'or jaillit du labyrinthe hors d'haleine et, soulagé, retrouva son carrosse qui l'attendait.

« Fouette, cocher ! Fouette ! » cria-t-il en ouvrant la portière.

Mais il se figea aussitôt. Calme et souriant, Osiander le regardait depuis l'intérieur de la cabine. D'un geste ironique, il l'invita à embarquer.

Effaré, le Rose-Croix recula et heurta quelqu'un. Il sursauta, fit volte-face et découvrit un reître dont les longs cheveux étaient si blonds qu'ils semblaient blancs à la lueur nocturne ; un masque de cuir lui couvrait la joue.

Déjà mort à l'arrivée du Masque d'or, le cocher tomba égorgé de son siège.

Plusieurs cavaliers approchèrent au galop pour cerner le carrosse.

Le bras gauche blessé, Kantz jeta une poignée de gravier sanglant au visage d'un spadassin et foudroya le second en lui bottant l'entrejambe. D'un ample coup de taille, il égorgea l'homme tombé à genou, puis ramena sa lame à temps pour dévier la botte mortelle que lui portait le dernier bretteur. Il rompit en ferraillant, prit peu à peu la mesure de son adversaire, attendit une occasion favorable. Pressé d'en finir, l'autre se fendit au terme de l'assaut. Le chevalier s'effaça en lui saisissant le poignet. Il pivota pour se coller à lui et le fit basculer par-dessus son épaule. Le choc étourdit le spadassin qui, une brève seconde, resta étendu les bras en croix. D'un geste vif, Kantz retourna sa rapière afin de la saisir à l'envers, lame vers le bas, et cloua son adversaire au sol. Le malheureux agrippa la lame qui le transperçait. Il gémit, hoqueta, vomit du sang, mourut bientôt.

Essoufflé, le chevalier dégagea son épée et chercha autour de lui. Il n'en avait pas encore fini.

Son pentacle le démangeait.

Effrayé, le Masque d'or tourna plusieurs fois sur lui-même en quête d'un secours, d'une issue, d'un espoir. Les cavaliers immobiles étaient déployés alentour. Reinecker empêchait de retourner dans le labyrinthe.

« Rendez-vous, conseilla Osiander depuis le carrosse.

— Jamais ! »

Le Rose-Croix mit la main sur sa rapière mais Reinecker le surprit d'un coup de poing au visage. Le masque de guingois, il tomba à la renverse. Sa tête heurta le marchepied et il s'assomma.

« Imbécile… » lâcha Reinecker en le soulevant pour le porter dans le carrosse.

Sans ménagement, Osiander aida à coucher le Masque d'or sur une banquette.

« Et à présent ? demanda le spadassin en redescendant.

— Tu prends la tête de l'escorte. Nous partons.
— Mais Kantz ! protesta Reinecker.
— Il a fort à faire pour l'heure. Et j'ai promis sa tête à un autre.
— Mais je…
— En route ! »

Osiander referma la portière du carrosse qui s'ébranla aussitôt.

Semblable à une flaque de mélasse coulant le long d'une pente, une épaisse tache d'ombre s'étirait au ras du sol en direction de Kantz. Elle grandit, s'éleva, prit forme humaine, devint une silhouette drapée de noir qui marchait. Un masque de cuivre et une bouche parcheminée apparurent sous la capuche.

« Tu as… tué mes… frères, dit le *spectre assassin* en tirant l'épée des replis de sa cape… Ce soir, tu… meurs… »

Impassible, le chevalier dénuda sa main gauche tatouée. Le gant était poisseux du sang qui suintait de sa blessure au bras.

« Ce que j'ai déjà fait par deux fois, promit-il, je le referai. Ta maudite existence s'achève ici. »

Le spectre attaqua. Kantz rompit en lui abandonnant un temps la conduite de l'assaut, puis il riposta, prit le dessus, conclut par un coup d'estoc qui ne porta pas. Les deux adversaires s'écartèrent afin de retrouver leurs marques.

Dans le carrosse dont toutes les fenêtres étaient occultées par d'épais rideaux de cuir, Osiander savourait sa victoire. Le Grand Maître de la Rose-Croix était à sa merci et Kantz allait mourir. Dès le lendemain, il annoncerait la nouvelle à ses pairs, ce qui ne manquerait pas de définitivement asseoir son autorité sur l'*heimliche Acht* de Wielstadt, et au-delà. Bientôt, tout le monde saurait dans la cité que la Sainte-Vehme avait recouvré sa puissance. On la craindrait de nouveau comme on la craignait jadis. On n'évoquerait plus son nom qu'à voix basse. On tremblerait en épiant les ombres. Et lui, Osiander, régnerait seul par la peur…

Tout à ses rêves de triomphe, le démon ne remarqua pas que la cavalcade de son escorte s'éloignait à mesure que le carrosse contournait le labyrinthe et roulait vers la sortie.

La voiture ralentit doucement et s'arrêta après un dernier cahot.

Agacé, Osiander souleva un rideau et passa la tête dehors pour interpeller le cocher, Reinecker, ou n'importe qui pourrait lui expliquer ce qui se passait. Il n'eut pas le temps de réagir. Des mains le saisirent par le col et les cheveux tandis que l'on ouvrait la portière.

Osiander fut jeté hors du carrosse et s'écroula dans la poussière.

Kantz attaqua, tenta une feinte dangereuse et, pris de vitesse, dut rompre en catastrophe pour ne pas être embroché. Il souffrait, s'épuisait, se défendait surtout.

C'était son troisième duel contre un *spectre assassin*. A Heidelberg, le combat avait été équitable dès l'instant où le chevalier avait compris qu'il devait frapper au masque. La tâche avait été plus ardue chez la baronne de Ludehn, et elle lui paraissait à présent insurmontable. Le dernier spectre n'était pourtant ni plus fort, ni plus rapide que les deux autres. Mais il semblait tout connaître de l'escrime de Kantz : ses ruses, ses atouts, ses faiblesses, ses bottes favorites. En définitive, le chevalier avait à chaque fois affronté un même ennemi toujours plus expérimenté. Le sinistre trio n'était qu'une seule intelligence. Ce qu'un spectre apprenait, ses frères s'en souvenaient.

Jusqu'à présent, tous les assauts s'étaient conclus par un *statu quo* précaire. Incapable de garder longtemps l'offensive, Kantz devait en revanche mobiliser toutes ses compétences pour seulement survivre. En outre, il fatiguait. Sa blessure au bras continuait de saigner ; celle qu'il avait au côté le faisait souffrir et gênait ses mouvements. Ses tempes bourdonnaient. Ses jambes devenaient lourdes. Son poignet s'engourdissait.

Le spectre, lui, ne faiblissait pas. Et ce qui devait arriver arriva. Au terme d'un échange âprement disputé, il fit voler la rapière de Kantz au loin.

Etourdi par sa chute, Osiander entendit son carrosse repartir. Il tarda à se remettre et, agenouillé, leva un regard incrédule sur les hommes qui l'avaient brutalement tiré de la cabine. Ils étaient trois. Trois brigands ou mercenaires, sales et menaçants, qui le dévisageaient sans pitié.

« Qui... Qui êtes-vous ? » demanda le démon.

Il se redressa avec peine, chercha en vain son escorte. Il porta la main à sa hanche et se souvint aussitôt que son épée était dans le carrosse. D'un revers de manche, il essuya sa bouche maculée de poussière. Ses yeux étincelèrent d'un éclat jaune orangé furieux.

« Qui êtes-vous ? » s'emporta-t-il.

Imperturbables, les trois hommes reculèrent en s'écartant. Un autre approcha. Il était grand et gras, barbu, vêtu de cuir brut et débraillé, le cheveu long et emmêlé, la rapière au côté. On aurait dit un hobereau de province sans manière qui s'apprête à aller courir le sanglier.

« Je suis le Roi Misère, dit-il. Et voici ma cour. »

Une torche s'embrasa alentour. Puis une seconde, une

troisième, dix bientôt, vingt, trente, quarante, une cinquantaine enfin. Incrédule, Osiander se découvrit cerné par une foule nombreuse d'hommes et de femmes, d'adolescents et de vieillards, gueux et gueuses, mendiants faméliques, ribaudes, traîne-rapière et tire-laine, éclopés en guenilles, égorgeurs impassibles. C'était tout un peuple né de la nuit et de la misère qui le toisait en juge sévère, à la lumière des flambeaux crépitants. Tout un monde en fait. Celui d'une Wielstadt misérable et méprisée, mais unie, crainte, et vengeresse.

Une jeune fille se détachait de cette multitude. Elle était mince et jolie, habillée en spadassin, s'efforçait de se tenir droite, semblait fragile cependant. Une blessure cicatrisait sur sa joue pâle. Dans son regard brillait le feu trouble de la souffrance et de la colère.

Le corps raide, Kantz reculait. Devant lui, le spectre avançait en souriant, le bras tendu, la rapière pointant vers le chevalier désarmé.

Kantz savait qu'il était inutile de fuir, que le spectre pouvait d'un bond le rejoindre et le transpercer. Il battait prudemment en retraite, à pas comptés, s'efforçait de garder une distance raisonnable entre sa gorge et l'estoc qui la menaçait.

« Veux-tu... prier ? ironisa le *spectre assassin*.

— Prier pour qui ? articula le chevalier. Ton âme est maudite. Mes prières n'y pourront rien changer... »

Le spectre sourit. « Je songeais... à ton âme...

— Elle ne vaut guère mieux que la tienne... »

Kantz avait gagné le couvert du grand chêne. Il piétinait l'épais parterre de fleurs en espérant que Stefan avait obéi à ses ordres.

« Mes frères... ont rejoint les... Limbes... Par... ta faute...

— Non, affirma Kantz. Tes frères ne sont pas dans

les Limbes. » Il heurta doucement quelque chose du talon. « Ni ailleurs. » Il ne laissa rien paraître et fit encore un pas en arrière. « Leur âme est détruite à jamais. »

Le chevalier était à présent adossé au tronc rugueux. Son pentacle irradiait une chaleur bienfaisante. Il glissa le pied sous un objet que le spectre ne pouvait voir.

« A… jamais ? fit l'autre.

— Oui. Comme la tienne le sera bientôt. »

Kantz haussa brusquement le genou et fit jaillir une rapière du parterre. Le spectre recula d'instinct tandis que l'épée au fourreau s'élevait. Kantz la saisit de sa main gauche ensanglantée et dégaina tout en repoussant son adversaire d'un violent coup de pied. Déséquilibré, le *spectre assassin* fut pris de court. Il vit trop tard la lame qui fendait l'air en lâchant des particules étincelantes. Le chevalier porta deux coups croisés à hauteur de visage. A chaque fois, l'acier magique crépita en griffant le cuivre. Le spectre hurla. Kantz se fendit et transperça le masque et le crâne. Des zébrures pourpres parcourent la rapière de la garde à la pointe. Le hurlement devint un long gémissement strident. Kantz ne retira pas sa lame avant que le spectre ne tombe à genoux. Quand il la délogea d'un mouvement sec, le spadassin des Ombres bascula à la renverse et disparut. Seul subsista le masque de cuivre.

Epuisé, le chevalier s'appuya du dos contre le chêne et résista à la tentation de s'asseoir. Les yeux fermés, il respira plusieurs fois à pleins poumons, le temps pour son cœur de battre moins fort, moins vite. Enfin, il songea à la prophétie.

La Dame en rouge se tenait là où Kantz avait abandonné le reliquaire. Elle avait le précieux coffret entre les mains. Recouvrant peu à peu son souffle mais encore chancelant, le chevalier marcha vers elle. Elle ne l'attendit pas, eut un doux et triste sourire, puis s'évanouit dans la nuit telle une silhouette vaporeuse balayée par la brise.

Kantz resta un instant interdit, avant de sursauter en entendant Osiander hurler.

Il s'élança dans les allées étroites du labyrinthe.

Debout dans une salle sans lumière, Hans-Georg Seelgen observait le parc depuis une fenêtre de l'Hôtel de Ville. Un sourire plissait ses lèvres maigres. Il avait tout vu et n'attendait plus que se joue l'épilogue d'une pièce dont Osiander avait cru, trop longtemps, qu'il pouvait l'écrire seul.

Une porte grinça. Un homme en armes et botté entra.

« C'est fini, dit Reinecker en approchant.

— Presque, répondit Seelgen sans se retourner.

— Demain, vous dirigerez l'*heimliche Acht* de Wielstadt.

— Oui. Et tu me serviras bien. Pour ton plus grand bénéfice. »

Reinecker se tut et resta cinq pas en arrière. Il ne ressentait pas le besoin de justifier sa trahison. Elle lui semblait aller de soi.

« Que veux-tu ? demanda soudain Seelgen.

— Pardon ?

— Pour prix de tes services futurs et de ta pleine loyauté. Que veux-tu ? »

Reinecker n'eut pas à réfléchir. « Je veux Kantz. Je veux être celui qui le tuera. »

Il distingua alors quelque chose qu'il n'aurait pas dû surprendre : dans le reflet de la vitre, le regard de son nouveau maître étincela brièvement d'une lueur orangée.

« Nous verrons, dit Seelgen. Nous verrons… »

ÉPILOGUE

Dans les jardins de l'Hôtel de Ville, au-delà du labyrinthe, des grands flambeaux fichés en terre brûlaient à la croisée de deux larges allées. Ils éclairaient une silhouette solitaire. Pieds et poings liés, elle était agenouillée, immobile, prostrée. La foule des gueux s'était depuis peu dispersée, cependant que l'on devinait encore la présence de quelques guetteurs invisibles.

L'épée au côté, Kantz avança dans le cercle de lumière. Il tenait serré contre lui son bras gauche blessé. Sa démarche était raide. C'était celle d'un homme épuisé mais résolu.

« Est-ce toi, chevalier ? demanda Osiander.

— Oui », répondit Kantz en s'arrêtant devant lui.

Le démon leva alors un visage supplicié. Il avait, en place des yeux, deux caillots sanglants qui suintaient sur ses joues.

« C'est donc ainsi que tout s'achève ?

— Oui.

— Tu m'as bien trompé, chevalier. Il me faut t'en féliciter. »

Malgré ses liens, Osiander tenta de se lever.

« Ne bouge pas ! » ordonna tranquillement Kantz.

L'autre se le tint pour dit et, haussant les épaules, resta à genoux.

« Tu savais que Tobias Haug trahissait à mon profit, n'est-ce pas ?

— Je l'ai compris en apprenant du Roi Misère que Haug avait payé ses dettes rubis sur l'ongle. D'où pouvait venir cette fortune soudaine, sinon de toi ? Et qui d'autre que Haug pouvait t'avoir indiqué où logeait Madame de Ludehn ?...

— Et tu en dis juste assez à Haug pour qu'il me rapporte que tu allais bientôt rencontrer le Masque d'or. Or comme tu soupçonnais déjà que je n'en voulais qu'à la Rose-Croix, tu savais que je ne négligerais pas cette occasion de frapper la Fraternité à la tête. Tu savais que je te tendrais un piège et tu m'en tendis un autre... »

Osiander eut un petit rire résigné. Il acceptait sa défaite mais ne semblait pas faire cas des conséquences.

« Je doute, dit-il, que le Masque d'or te pardonne un jour de lui avoir fait jouer les appâts...

— Je me servis de lui comme il voulut se servir de moi.

— Où est-il, à cette heure ?

— Je ne sais et je m'en moque. Je gage que le Roi Misère lui a rendu sa liberté. »

Kantz mit la main à l'épée. Devinant son geste, Osiander l'arrêta.

« Encore une chose...

— A l'évidence, ta mort prochaine ne t'inquiète guère...

— Réponds encore à une question. Tu me tueras après... Qu'as-tu à perdre puisque je suis vaincu ?

— Soit.

— Le Roi Misère. Qui l'avertit et pourquoi vint-il à ton secours ?

— Je le fis prévenir ce matin par un mien ami, le faune Zacharios. Mais le Roi Misère ne vint pas à mon secours. Il vint pour venger sa fille… Ce fut sans doute ta plus grande erreur. Nul n'est assez puissant pour défier le Roi Misère. Avant ta venue, la Sainte-Vehme elle-même se tenait à l'écart de lui. »

Kantz tira sa rapière. La lame magique vrombit légèrement et, pour la première fois, le chevalier lut de la peur sur le visage ensanglanté d'Osiander.

« Ton épée ?… s'exclama le démon en tressaillant. Mais tu ne peux l'avoir déjà retrouvée !… C'est impossible ! Impossible !

— Ma rapière m'attendait dans le labyrinthe, où mon valet la laissa selon mes ordres. J'en avais une autre au côté dans le cimetière. Vois-tu, si tu avais laissé Reinecker me désarmer, il y aurait survécu et tu aurais flairé un piège. Je n'ai jamais été aussi près d'être découvert qu'à cet instant…

— Non… Non !

— N'oublie pas que je savais que tu te saisirais de moi. Je ne pouvais prendre le risque que tu me sépares de ma rapière. Surtout en cette nuit… »

Osiander voulut se redresser. Kantz le fit tomber sur le dos d'un coup de botte, et l'obligea à rester allongé en lui écrasant la poitrine.

« Si tu me tues, tenta le démon terrifié, je reviendrai. Je prendrai un autre corps… Ce ne sera que partie remise ! Ton épée sacrée n'y peut rien !…

— Je ne le crois pas. J'ai longuement songé à la nuit de notre rencontre dans les ruines de l'abbaye. J'étais seul, tu avais tes trois spectres avec toi, tu pouvais me vaincre aisément et pourtant tu as fui. Pourquoi ? A cause de la terreur que t'inspirait mon épée. Tu savais qu'elle pouvait te détruire à jamais…

— Tu divagues !

— C'était il y a exactement un mois lunaire, poursuivit Kantz… Mon sentiment est que tu vins sur Terre par une nuit semblable à celle-ci. Mon sentiment est que tu peux être occis cette nuit… Crois-tu que j'aurais pris tous ces risques si je n'avais l'espérance de te vaincre enfin ?

— Et si tu te trompes ? lança le démon en se débattant tandis que la lame magique crépitait d'impatience. Et si tu ne tues que le corps ? Je reviendrai des Enfers pour me venger ! Je serai plus puissant que jamais !

— Adieu, démon.

— Non ! »

Kantz planta sa rapière dans le cœur d'Osiander.

Achevé d'imprimer sur les presses de

BUSSIÈRE

GROUPE CPI

à Saint-Amand-Montrond (Cher)
en octobre 2004

POCKET - 12, avenue d'Italie - 75627 Paris Cedex 13
Tél. : 01-44-16-05-00

— N° d'imp. : 44997. —
Dépôt légal : novembre 2004.

Imprimé en France

POCKET - 12, avenue d'Italie - 75627 Paris Cedex 13
Tél. : 01-44-16-05-00

— N° d'imp. 42091. —
Dépôt légal : novembre 2004

Imprimé en France